오늘의 현대시작법

오늘의 현대시작법

박명용

The Creation of Modern Poetry

푸른사상
PRUNSASANG

개정판을 내면서

이 책은 1999년에 출간된 『현대시창작방법』을 2003년 3월 제1차로 개정하고 이번에 제2차로 개정한 것이다. 여기에서는 초판과 1차 개정본에서 미진했던 부분을 알기 쉽게 보완하거나 수정하여 시창작을 공부하는 사람들에게 이해의 폭을 넓혀주는 데 주안점을 두었다.

시를 쓴다는 것은 사물과 세계에 대한 새로운 발견이고, 이해이며 삶의 진리에 대한 탐구이다. 이것을 상상력과 감정에 의존하여 독창적인 언어로 그려내야 하기 때문에 복잡하고도 어려운 작업이다. 더구나 여기에는 공식이나 정답이 없다는 것이 특징이기 때문에 시를 쓰고자 하는 사람들에게는 어렵지 않을 수 없다. 시를 쓰기 위해서는 무엇보다도 뜨거운 열정과 풍부한 사고, 그리고 감성을 키워야 함은 물론 노력이 뒤따라야 한다. 시를 쓰고자 하는 사람은 이러한 기본 자세를 가지고 창작에 임하는 것이 가장 옳은 방법이 아닌가 싶다.

시를 쓰기 위해서는 먼저 감수성을 길러야 한다. 시가 '정서표현'을 특성으로 하기 때문에 시를 쓰고자 하는 사람은 감수성이 남달라야 한다. 그래서 사물과 삶의 본질에 대한 보다 깊고 넓은 사고를 풍부하게 하여 감수성을 길러야 한다.

다음은 순수한 열정과 노력이 있어야 한다. 아무리 좋은 일이라 할지라도 '하고자 하는' 열정이 없으면 이루어지는 것이 없듯 이것이 없으면 시 역시 쓸 수가 없다. 그래서 시를 대하는 순수한 열정과 치열한 정신이 필요한 것이다. 또한 노력 없이 결실을 기대할 수 없듯 노력이라는 대가를 치룰 때 비로소 결과가 좋다는 의미에서 부단한 노력이 있어야 한다.

다음은 문장 숙달에 필요한 삼다주의(三多主意)다. 이 삼다주의는 시 쓰기에도 그대로 적용시킬 수 있다. 첫째, 시를 많이 읽는 것이 중요하다. 좋은 시를 읽음으로써 사상이나 기법 등 다양한 시적 요건을 스스로 깨우칠 수 있고 사물이나 세계를 인식하는 눈이 깊어지기 때문이다. 둘째, 실제 시를 써보는 일이다. 아무리 이론에 밝고 기법을 안다고 해도 시를 직접 써보지 않으면 시 쓰기가 향상되지 않는다. 어떠한 일이건 단 한 번이나 단시간에 이루어지는 것은 없다. 부단히 써봄으로써 시쓰기가 점차적으로 발전하게 된다. 시쓰기란 실험의 연속이다. 마지막으로 생각해 보는 일이다. 많은 생각은 새로운 상상력을 불러와 시를 풍요롭게 만든다. 시가 무한한 상상력에서 나온다는 사실에서 많은 생각을 한다는 것은 필수적이다. 끊임없는 사고는 시의 발상이나 성장에 단초가 되기 때문이다. 시쓰기란 이와 같은 조건을 가지고 부단히 노력할 때만이 보다 빨리 익히게 된다는 의미에서 그 정신과 실천이 강조되고 있는 것이다.

이 책이 시를 쓰고자 하는 사람들에게 큰 도움이 되기를 기대한다. 이 책을 펴내준 푸른사상사 한봉숙 사장과 직원 여러분들께 감사드린다.

2008. 3

박 명 용

차례

□ 개정판을 내면서 • 1

Ⅰ. 창작의 정신 ··· • 9
  1. 이성과 사상 ·· 10
  2. 감정과 정서 ·· 14

Ⅱ. 시의 종자와 성장 ··· • 20
  1. 시의 종자 얻기 ··· 20
  2. 종자의 성장과 시적 사고 ···························· 24
  3. 구체적 언어 찾기 ··· 30

Ⅲ. 시의 언어 ··· • 34
  1. 언어의 시적 기능 ··· 34
  2. 시적 언어의 특성 ··· 38
    가. 정서성 ·· 38
    나. 애매성 ·· 43
    다. 사물성 ·· 53
    라. 낯설음 ·· 57

Ⅳ. 리듬의 이해와 자유시 ····································· • 62
  1. 리듬의 개념 ··· 62
  2. 리듬의 종류 ··· 66
    가. 운 ·· 66

나. 율격 ···································· 69
다. 음수율 ·································· 70
라. 음보율 ·································· 72
3. 자유시의 리듬 ························· 74

V. 시와 상상 • 79
1. 상상의 개념 ···························· 79
2. 상상의 유형과 상상력 키우기 ·········· 84
  가. 재생적 상상 ························ 84
  나. 연합적 상상 ························ 86
  다. 창조적 상상 ························ 90

VI. 이미지 만들기 • 97
1. 이미지의 개념 ························· 97
2. 이미지의 기능 ························· 100
3. 이미지 만들기 ························· 105

VII. 비유의 방법 • 114
1. 비유의 개념 ··························· 114
2. 비유의 종류와 방법 ··················· 119
  가. 직유 ······························· 119
  나. 은유 ······························· 123
  다. 환유 ······························· 135

라. 제유 ·· 137
마. 활유 ·· 139
바. 성유 ·· 142

Ⅷ. 상징의 방법 • 146
1. 상징의 개념 ·· 146
2. 상징의 특성 ·· 149
   가. 동일성 ·· 150
   나. 암시성 ·· 151
   다. 다의성 ·· 153
   라. 입체성 ·· 155
   마. 문맥성 ·· 156
3. 상징의 유형과 방법 ·· 157
   가. 개인적 상징 ·· 157
   나. 대중적 상징 ·· 161
   다. 원형적 상징 ·· 165
   라. 알레고리 ·· 171

Ⅸ. 아이러니와 역설의 방법 • 175
1. 아이러니의 개념 ·· 175
2. 아이러니의 유형과 방법 ·· 176
   가. 언어적 아이러니 ·· 176
   나. 구조적 아이러니 ·· 177
3. 역설 ·· 181

차례

Ⅹ. 패러디와 펀의 방법 • 186
  1. 패러디 ·· 186
  2. 펀 ·· 189

ⅩⅠ. 기법의 몇 가지 • 192
  1. 메타 언어 ·· 192
  2. 객관적 상관물 ······································· 194
  3. 중층 묘사 ·· 197

ⅩⅡ. 화자 • 201
  1. 화자의 개념 ··· 201
  2. 화자의 기능 ··· 204
  3. 화자와 청자의 위치 ······························· 209

ⅩⅢ. 행과 연 만들기 • 214
  1. 첫 행 쓰기 ··· 214
    가. 시의 중심 이미지 ······························· 215
    나. 시간과 공간 ····································· 217
    다. 시간과 계절 ····································· 218
    라. 계절과 공간 ····································· 220
    마. 비유 ··· 221
    바. 행위와 모습 ····································· 223
    사. 기타 ··· 225

차례

　2. 행 만들기 ·· 227
　　가. 전통적 율격의 변용 방법 ····························· 227
　　나. 이미지 단위의 배열 방법 ····························· 230
　　다. 의미 단위의 배열 방법 ································· 232
　3. 연 만들기 ·· 234
　　가. 전통적 율격의 변용 방법 ····························· 234
　　나. 이미지 단위의 배열 방법 ····························· 236
　　다. 의미 단위의 배열 방법 ································· 238

XIV. 제목 붙이기 • 241
　1. 주제의 제목화 ·· 242
　2. 제재의 제목화 ·· 244
　3. 단어 · 어구 · 문장의 제목화 ································· 248
　4. 첫 행과 마지막 행의 제목화 ································· 252
　5. 제목 붙이기의 선 · 후 문제 ································· 256
　　가. 제목을 미리 정해 놓고 시를 쓰는 경우 ········ 256
　　나. 시를 쓰고 제목을 붙이는 경우 ····················· 259

XV. 등단 • 262
　1. 문학지 추천 작품 ·· 264
　2. 신춘문예 당선 작품 ··· 293

□시 용어 사전 • 319
□찾아보기 • 341

Ⅰ. 창작의 정신

정신은 지각·기억·고려·평가·결정 등을 포함하는 복합적인 능력을 가리키는 말로 넓은 뜻으로는 마음이나 혼과 같이 쓰이기도 한다. 서양의 지적 전통에서 정신은 대개 진리인식·도덕·예술에 관한 고차원의 심적 능력, 이성을 가리키는 말로 통용되어 왔다. 여기에 비해 동양, 특히 유교적 전통에서는 성정론의 경우에서 알 수 있듯이 '성'과 '정'을 별개의 것으로 보지 않고 이성과 감정, 논리와 직관을 융합적으로 이해해 왔다. 여기에서는 창작의 정신을 이성과 감정으로 나누어 살펴보긴 하지만 그것은 설명의 편의를 위한 것이다. 물론 사상은 정서와 별개로 존재할 수도 있지만 사상이 정서를 자극할 수도 있다. 이성의 작용으로 수행되는 학문과 달리 창작활동은 사상에 대해 정서적 충동을 증가시킨다. 그리고 이 정서적인 충동은 시를 구성하는 모든 요소와 조화를 이루면서 조직화되어 위대한 시에는 언제나 사상과 정서가 혼용되어 있다.

1. 이성과 사상

이성은 사물의 진위(眞僞)·선악(善惡)·미추(美醜)·시비(是非)를 식별하는 능력을 말한다. 그리스어의 로고스logos, 혹은 그 라틴어 역으로서의 라티오ratio에는 비례·균형이라는 의미가 포함되어 있어 그리스 사람들은 진위와 선악을 판단하여 균형을 잡게 하는 것이 이성이라고 생각했음을 알 수 있다. 서양에서는 오랫동안 인간을 인간답게 하는 것이 이성이라고 간주하고 이성을 철학의 핵심 개념의 하나로 존중해 왔다. 여기에서 '인간은 이성적 동물이다'라는 정의가 성립하며 파스칼의 '인간은 생각하는 갈대'라는 말도 의의를 갖게 되는 것이다. 유명한 "나는 생각한다. 그러므로 존재한다."라는 말을 남긴 데카르트는, 만인에게 태어날 때부터 평등하게 갖추어진 이성능력을 '양식(良識)'이라는 말로 표현하였다. 이성을 이렇게 밝은 빛으로 파악한 반면 감정은 어둡고 맹목적인 힘으로 간주해 무가치하고 부정적인 것으로 여겨왔다. 플라톤이 진리에서 세 단계나 떨어져 있는 예술이 감정을 흥분시켜 이성을 손상시킨다는 이유로 그의 공화국에서 시인을 추방한 것은 이성과 감정을 어떻게 판단하고 있는지에 대한 단적인 예가 된다.

이성의 작용으로 이루어지는 것을 사상이라 할 수 있는데 여기에는 명확한 체계적 질서를 가진 이론이나 학설뿐만 아니라 세계에 관한 여러 가지 견해나 인생에 관한 사고방식을 나타내는 인생관도 포괄되는 것이라고 할 수 있다.

시가 언어예술이고 언어는 사상의 전달을 가능하게 한다는 점에서 시가 어떤 사상이나 이념을 표현한다는 것은 자연스럽다. 더구나 시인은 살아 있는 인간으로서 자신이 살고 있는 시대에 대해서, 또 동시대의 세계관에 대해서 무관심할 수 없다. 그러나 시를 사상의 표현으로 이해하는 것은 시 이해와 창작의 바른 길이 될 수 없다. 짧은 서정시에 사상이 풍부하기도 어렵지만 풍부한 사상이 들어 있다거나 바람직한 이념이 들어 있다고 해서 그 시가 좋은 시가 되는 것은 아니다. 『님의 침묵』은 만해의 불교사상, 특히 선사상을 시화시킨 것이라는 평가가 있다. 이 평가가 불교사상 혹은 선사상이 심오한 것이니까 『님의 침묵』에 실린 시들은 모두 심오하고 훌륭한 것으로 이어질 수 있는 것은 아니다.

> 그 선사는 어지간히 어리석습니다.
> 사랑의 줄에 묶인 것이 아프기는 아프지만 사랑의 줄을 끊으면 죽는 것보다도 더 아픈 줄을 모르는 말입니다.
> 사랑의 속박은 단단히 얽어매는 것이 풀어 주는 것입니다.
> 그러므로 대해탈은 속박에서 얻는 것입니다.
> 님이여, 나를 얽은 님의 사랑의 줄이 약할까 봐서 나의 님을 사랑하는 줄을 곱드렸습니다.
> — 「禪師의 說法」에서

위 시에서 '대해탈은 속박에서 얻는 것'이라는 싯구가 불교에서 말하는 존재의 역설적 진리를 담고 있기 때문에 이 시가 훌륭하다고 말할 수는 없다. 시는 시로서 판단되고 향수되어야 한다. 시는 추상적인 원리를 전달하기 위해 쓰는 것도 아니고 그 원리를 알고 싶어서 읽는 것도 아니다. 시인은 삶의 추상적인 원리가 드러나는 구체적인 상황을 절묘하게 포착하여 자신이 꼭 표현하고 싶은, 가치 있는 생각을 담고 독자는 시를 읽으며 "아, 그렇구나, 나도 그랬는데…" 하며 경험을 공유하고, 공감하도록 해야 하는 것이다.

물론 사상이나 생각이 전혀 들어 있지 않은 시는 없다. 그러나 짧은 서정시에서 사상을 찾아 요약하고 그것만으로 시를 판단하려고 하는 태도는 시를 제대로 즐기거나 창작하려는 자세라고 볼 수 없다. 불교사상은 시와 관계없이 다루어질 수 있고, 시와 관계없이 가치 있는 것이지만 시에서는 시를 형성하는 다른 요소와 어울려야 한다. 시에 표현된 불교사상은 단순히 그 사상 자체가 아니라 시를 형성하는 여러 요소와 연관되어 나타나는 사상인 것이다. 즉 비유법, 운율적인 구성, 시의 음조 등과 결합하여 정서를 자극해야 하는 것이다. 때문에 시에 담겨진 사상을 요약하는 것은 시가 될 수 없다.

　　시에서 사상이나 이념을 강조하는 태도는 시에서 교훈을 찾으려는 태도와 맞물려 있다. 그러나 교훈 그 자체로 시가 되는 경우는 거의 없다고 보아야 하며 시에서 추출한 교훈이 곧 그 시가 아니다. 이념과 교훈을 시로 표현하는 경우, 경직된 구호가 되어 버리기 쉬운 이유가 여기에 있다.

> 小부르조아지들아
> 못나고 卑怯한 小부르조아지들아
> 어서 가거라 너들 나라로
> 幻滅의 나라로 沒落의 나라로
>
> 小부르조아지들아
> 부르조아지의 庶子息 프롤레타리아의 적인 小부르조아지들아
> 어서 가거라 너 갈 데로 가거라
> 紅燈이 달린 '카페'로
> 따뜻한 너의 집 안방구석에로
> 부드러운 복음자리 녀편네 무릎위로
>
> 　　　　　　　　── 권환, 「가랴거든 가거라」에서

'소부르조아지들은 가라'는 구호를 거듭하고 있는 위 글을 오늘날 시라고 읽으며 감동 받을 독자는 없다. 물론 이 시기 권환은 "계급적 필요의 집중적 표현이 정치이고 정치의 집중적 표현이 슬로건이고 예술은 이같은 슬로건과 결부되어야 한다"[1]는 믿음 아래 이렇게 썼지만 이것이 결코 시가 될 수 없다는 것은 너무나 분명한 사실이다.

또 한편의 시를 보자.

여기
人民共和國의
수도가 있다

노래에도
演說에도 이미
살길은 明白하고
우리는 단지
죽는 법을 배워
도라가면 그만이다

— 임화, 「獻詩」에서

이 작품은 8·15 해방 이후에 조선청년총동맹 결성대회를 겨냥해서 쓴 것이다. 여기에서도 시적 요건은 갖추지 않고 오직 목적에 기여하는 내용, 즉 메시지의 전달에만 치중하여 쓴 것임을 알 수 있다.

교훈이나 가르침을 직접적으로 외치거나 설교하고 있는 시를 보면 독자들은 즐거움을 느끼기보다 반감을 갖게 된다. 인간은 지시나 설교의 대상이 되는 것에 대해서 본능적인 거부감을 갖고 있다. 인간은 스스로 터득하고 이해하는 데에서 즐거움을 느끼며, 태도의 변화는 감동을 통해서 자연스럽게 이루어지는 것이다. 이렇게 본다면 결국 시는 이성의 활동인 사상과 이념, 교훈으로 이루어진 것이 아니고 마음과 영혼의 영역에 속하는 감정과 정서를 움직여 즐거움을 느끼게 하는 예술성에 기반을 둔 것임을 알 수 있다.

2. 감정과 정서

감정은 인간이 사물(세계)을 대할 때 일어나는 어떤 마음의 상태이다. 그러기에 감정은 주관적이며 개별적이다. 감정이라는 말의 영어 feeling나 독일어Gefuhl는 '접촉한다'라는 뜻의 동사에서 온 말이다. 또 프랑스어의 감정sentiment도 추위나 더위를 느낀다는 뜻의 동사에서 만들어진 말이다. 여기에서 유추해 볼 때 감정은 보거나 만지거나 듣거나 하는 감각적 자극, 즉 생리적·신체적 원인에서 생긴다. 가령, 갑자기 몸을 의지할 곳이 없어지면 공포심이 일어나고, 몸의 어떤 부분을 자극하면 쾌감이 생기고, 겨드랑이나 발바닥을 간지르면 웃음이 나오는 것이다.

그러나 감정이 신체적 원인에서만 생기는 것은 아니다. 좋아하는 사람과는 오랜 시간을 함께 있어도 행복하지만 싫은 사람과는 잠깐만 같이 있어도 지루해지고 짜증이 나게 된다. 이처럼 감정은 심리적 원인에서 발생되기도 하는데 이것은 쾌·불쾌, 행복감과 불행감이 주된 감정이다. 더욱이 인간은 사회적 동물이기 때문에 심리적 원인에 사회적 원인이 결합되기도 한다.

감정 중에 정조(情操)는 가치 의식이 가해진 안정적이고 영속적인 감정으로 문화적 원인에서 생긴다. 예술적 정조, 도덕적 정조, 과학적 정조, 종교적 정조 등이 있는데 일정한 문화가치를 가진 사물에서 일어나는 여러 가지 감정이 통합된 것으로 보편적이라기보다는 문화에 따라 다르게 나타난다.

정서는 희로애락처럼 격렬하고 강하지만 폭발적으로 표현되어 오래 지속되지 않는 감정을 말한다. 타오르는 듯한 애정, 강렬한 증오 등이 이에 속한다. 이에 비해서 약하기는 하지만 표현이 억제되어 비교적 오래 지속되는 감정은 정취(情趣)라고 한다. 공포는 정서이며, 걱정과 불안은 정취이다. 격노(激怒)는 정서이지만, 상대방에 대한 불유쾌한 생각은 정취이다. 이렇기는 하지만 요즈음 일상어에서는 정서와 정취를 구별하지 않는 것은 물론 흔히 감정 대신 정서를 사용하는 경향이 있다. 국민정서니, 지역정서니 하는 것처럼 정서는 문화적 풍토, 심정적 경향 등을 모두 이르는 용어가 되어 있다.

정서를 논의하면서 감상(感傷)sentimental을 빠뜨릴 수는 없다. 근본적으로 감상은 정서적 반응을 유발하는 자극과 그 반응의 정도 사이에 균형이 깨진 상태를 이르는 말이다. 나뭇잎이 떨어지는 것을 보고 약간 애석한 마음이 드는 것은 당연하다. 그러나 그것을 보고 누구나 다 당하는 죽음으로 생각하여 슬픔의 감정이 커질 때 그것은 감상이 되어 버린다. 전체적인 심미적 경험에 부수되는 부분으로서 감상을 즐기는 것이 아니라 오히려 심미적 경험 전체가 감상이 되어버릴 때 감상주의가 된다는 뜻이다. 이 경우 슬픔과 허무는 슬픔을 위한 슬픔 혹은 허무를 위한 허무에 빠져 절제되지 못하고 과잉된 감정상태에 빠지게 된다.

시에서 정서는 두 방면으로 구분하여 논의되어야 한다. 첫째는 시인이 시에서 어떤 정서를 나타내는가 하는 문제이고 둘째는 시가 독자에게 어떤 정서적 효과를 미치는가 하는 점이다.

시인은 자신이 느끼는 정서와 그것에 부합되는 상상적인 정서를 결합한다. 시인은 대상과 정서적 호응을 이루는 능력이 뛰어나며 또한 정서를 상상하는 능력을 가지고 있다. 말하자면 시인은 사물과 교감을 이루어 사물을 하나의 생명체로 탄생시키며, 여기에 머무르지 않고 상상력을 통해 사물을 변용시키게 된다. 사물을 있는 그대로가 아니라 다른 여러 생각과 감정에 의하여 무한한 형상으로 빚어내거나 이질적인 사물을 통합시켜 새로운 의미를 창출해 내는 것은 모두 상상력의 작용이다. 상상하는 정서도 실제로 경험하는 정서만큼, 아니 오히려 더 강렬하고 구체적이며 다양하다.

시인은 이렇게 강렬하게 느껴진 정서적 경험에 적합한 형식을 창조해 내는 것이다. 시인은 자신이 기대하는 감정의 표현을 강화하기 위해 운율을 규칙적으로 사용하기도 하고 변화를 주기도 하며, 특별한 시적 조어를 사용하기도 하고, 참신한 비유적 표현을 고안하기도 한다. 형식이 없으면 정서적 경험은 사라지고 만다. 또 정서적 경험 없는 시적 형식은 작은 효과밖에 내지 못한다. 정서적 경험과 그것에 적합한 형식과의 관계는 쾌락의 강도를 강화시키는 새로운 감정의 원천이다.[2]

여기에서 실제든 상상한 것이든 간에 어떤 정서적 경험에서 야기된 시와 그 경험 자체는 같은 것이 아니라는 사실을 기억해야 한다.[3] 시인은 정서적 경험을 이해하고 설명해야 하며, 경험을 하나의 형태로 조직화해서 그것을 유용하게 만들고, 자기가 아닌 다른 사람의 마음을 움직이게 해야 한다. 창조는 시인의 느낄 줄 아는 능력과 그 느낌을 조직화하는 재질에 달려 있지만 이렇게 해서 창조된 시가 독자의 반응을 유발시키는 것이다.

서정시의 이상과 미덕은 독자간의 정서간 교감이며 이때 독자가 느끼는 정서적 반응이 카타르시스인 것이다. 독자의 정서적 반응이 유발되는 것은 처음에 시인에게 반응을 불러일으켰던 그 경험이 아니고 복잡하고 미묘한 창작과정을 거쳐 완성된 시, 그 자체이다. 시는 비록 사랑하는 사람과 헤어진 고통과 슬픔의 경험에서 유발되었다 하더라도 독자는 시를 읽으면서 슬픔과 고통의 즐거움을 느끼기도 하고 자신의 억압되었던 감정이 정화되는 것을 느끼기도 한다. 김소월의 「초혼」을 예로 들어보자.

> 산산이 부서진 이름이여!
> 虛空中에 헤어진 이름이여!
> 불러도 主人 없는 이름이여!
> 부르다가 내가 죽을 이름이여!
>
> 心中에 남아있는 말 한 마디는
> 끝끝내 마저 하지 못하였구나.
> 사랑하던 그 사람이여!
> 사랑하던 그 사람이여!
>
> 붉은 해는 西山 마루에 걸리었다.
> 사슴이의 무리도 슬피 운다.
> 떨어져 나가 앉은 山 위에서
> 나는 그대의 이름을 부르노라.
>
> ― 「招魂」에서

이 시는 실제든 상상한 것이든 사랑하던 사람이 죽어 슬프고도 고통스러운 감정에 반응한 것이다. 그 정서적 반응이 얼마나 강렬한지 님의 죽음을 부정하려고 하고, 더 나아가 스스로 죽음으로써 님과 하나가 되려고 한다. 독자도 물론 시를 읽으면서 슬픔을 느끼지만 이것은 전체적인 반응의 일부분이고 오히려 독자는 예술적으로 선택된 말의 배열에서 즐거움을 느끼거나, 고조되었다가 가라앉고, 가라앉았다가 다시 고조되는 정서에 따라 슬픔이 진정되는 효과를 느끼기도 한다. 길이가 다른 시행, 음조의 형태, 음보와 그 음보를 구성하는 음절의 변화에 따라 달라지는 운율의 흐름, 시의 중심에 놓여 있는 초혼 의식(儀式) 등은 서로 얽히면서 연상에 연상을 거듭하여 독자의 사상과 정서를 자극함으로써 지적, 정서적으로 통합된 반응을 불러일으키게 되는 것이다.

순이야, 영이야, 또 돌아간 남아.

굳이 잠긴 잿빛의 문을 열고 나와서
하늘ㅅ가에 머무른 꽃봉오릴 보아라

한없는 누에실의 올과 날로 짜 늘인
채일을 두른듯, 아늑한 하늘ㅅ가에

뺨 부비며 열려 있는 꽃봉오릴 보아라
순이야, 영이야, 또 돌아간 남아.

저,
가슴같이 따뜻한 삼월의 하늘ㅅ가에
언제 바로 숨쉬는 꽃봉오릴 보아라.

— 서정주, 「密語」 전문

이 작품도 8·15 이후에 쓰여진 시인데 사상이나 관념을 전혀 드러내지 않고 따뜻한 봄날의 정서를 아름답게 드러내 놓고 있다. 물론 이 시는 시인이 고백했듯이 해방의 기쁨을 노래한 것이나 그 내면세계의 깊이는 단순한 기쁨이 아님을 알 수 있다. 앞에서 예로 든 「獻詩」와 대비해 보면 이 시의 가치를 알 수 있다.

시적 진실은 무엇보다도 예술가치로서의 정서적 감동이다. 감성으로 받아들이고 감성으로 표현하며 감성에 자극되는 것이 시의 정통적 본질이다. 그러나 이때 이 시적 감성이 지성이나 윤리를 떠나서 있는 것이라고 오해해서는 안 된다.[4] 시는 인간의 마음을 전체적으로 활동시키는 것이기 때문이다. 시는 사상과 감정이 절묘한 형식으로 포착되어 통합된 전체인 것으로 구성요소 중 한 가지라도 빠지면 존재가치가 없어져 버린다. 이렇게 통합된 시에 존재가 현현되는 것이며 이런 시를 통해 시인과 독자가 정서적 교감을 이루며 인간과 사물이 정서적 호응을 이루게 되는 것이다.

II. 시의 종자와 성장

영국의 시인이자 비평가인 루이스 C.D. Lewis는 시를 쓰는 과정을 3단계로 나누고 있다. 첫 번째는 '시의 종자'를 얻는 단계이고, 두 번째는 종자의 성장과 발전 단계이며 세 번째는 구체적인 언어 표현 찾기 등이 그것이다.

시를 쓰는 사람은 제 각각 개성이나 스타일이 다르기 때문에 꼭 이 3단계만이 옳다고는 단정 지을 수 없다. 그러나 시를 처음으로 배우고자 하는 사람에게 있어서는 시 쓰기의 일반 과정이라고 할 수 있는 이 단계를 알아두지 않고서는 시를 제대로 쓰지 못하기 때문에 이 과정은 무엇보다도 필수적인 것이다.

1. 시의 종자 얻기

이 세상의 모든 사물은 종자에서 출발한다. 시 역시 종자가 없는 시란 있을 수 없다.

루이스는 시의 종자를 "어떤 감정, 어떤 체험, 어떤 관념, 때로는 하나의 이미지이거나 한 줄의 시구일 수도 있다"고 말하고 있는데 이것은 그 어떤 '절실함'의 정신이다. 인간의 삶이란 세계와의 끊임 없는 접촉이며 체험이다. 이 경험의 과정에서 인간의 생각과 감정은 어떤 형태로든 반응하게 되는데 이 중에는 절실하게 남게 되는 체험 이나 지워지지 않는 대상의 이미지가 있다. 그리고 강렬한 심리적 충 격이나 인상적인 느낌을 받을 수 있는 것들도 있다. 이렇게 특별한 느낌이나 충격으로 인하여 "시를 써야겠다"는 욕구를 일게 하는 것이 시의 종자인 것이다. 일종의 영감이라고도 할 수 있으며 시를 쓰는 동기이거나 계기라고 할 수 있다.

> 그 차돌 같은 발바닥
> 억센 발목이
> 그립구나
> 　외짝 군화.
>
> 포화 속
> 갯벌을 뛰고
> 가파른 언덕 기어오르며
> 탄환처럼 돌진하던
> 외짝 군화
> 　잡초 속에 누웠구나.
>
> 바닥은 뚫리고
> 발등은 찢겨진 채
> 휴전 속 달빛 속에

그날을
홀로 증언하고 있구나,
　외짝 군화.
　　　　　　　　— 문덕수, 「외짝 군화」 전문

　위의 종자를 보자. 아마 그것은 철조망 잡초 속에 버려진 '외짝 군화'의 모습에서 강렬하게 느꼈던 감정이거나 '외짝 군화'의 이미지였으리라 생각된다. 이 시의 종자를 시인의 말을 통하여 들어보자

　　'외짝 군화'의 씨는, 그러니까 6·25 한국전쟁의 체험이 심층
　　심리 속에 종자로 내장되어 있다가 40년이나 지난 후에야 연작
　　시로 現行된 것이다.

　이렇듯 시의 종자는 범상하게 보아 넘길 수 없는 인상이나 심리적 충격에서 생기는 것인데 그것은 무엇보다도 그 어떤 것이든 진실되게 마음에 와닿는 것이어야 한다. 그래서 시의 종자가 된 '외짝 군화'는 시인의 말대로 "그 때의 행동을, 그리고 정쟁의 폐허와 참혹함을 증언"하고 "무의미성을 통해서 반전사상을 암시"하는 시로 성장한 것이다.
　또 하나의 예를 보자.

　　툭, 하며
　　떨어지는 사과
　　순간적이다
　　인간도 이런 것인가
　　아름다운 나이에

툭, 하고 마침표를 찍은

생애

발자국 소리도,

다정한 음성도 없다

목숨이란 이런 것이라고

툭, 하며

몸으로 보여주는 사과

집착이 무슨 소용이랴

위 시는 필자의 「낙과(落果)」 전문이다. 필자는 어느 해 늦가을, 과수원촌에 있는 상가를 방문했다. 세상을 뜬 사람이 젊은 나이였기 때문에 분위기는 더욱 숙연했다. 그런 분위기 속에서 사과 떨어지는 소리가 무시로 '툭툭' 들려 왔다. 그 소리는 정적을 깨뜨리기라도 하듯 유난히 컸으며 순간적이었다. 그 소리에 문득 그 어떤 이미지가 떠올랐다. 그래서 '낙과'와 '죽음', '영원'과 '순간'이라는 것을 생각하게 되었는데 이것이 곧 이시의 '종자'가 되었던 셈이다.

시의 종자는 특별한 체험에서 생기기도 하지만 하나의 이미지에서 순간적으로 얻어지는 경우도 있고, 막연한 감정이나 관념의 형태, 그리고 '한 줄의 시구'에서도 얻어지기도 한다. 그러나 종자는 저절로 생겨나는 것이 아니다. 종자를 얻기 위해서는 스스로 아름다운 마음을 가지기에 노력하고, 사물이나 세계에 대한 깊은 통찰 등 치열한 시적 사고가 있어야 한다. 특히 삶에 대한 인식과 미적 체험은 시의 종자 얻기에서 빼놓을 수 없는 조건들이다.

다음으로 루이스가 지적하고 있는 것은 종자를 얻은 후 이를 노트해 두라는 것이다. 종자는 대부분이 순간적이기 때문에 사라지기 쉽다. 그래서 종자는 노트해 두는 것이 좋은 것이다. 그렇게 노트에 보관한 이후에는 한동안 잊고 지내면서 종자가 자신의 무의식 속에서 움트기를 기다려야 한다. 종자를 얻었다고 해서 당장 그것을 바탕으로 시를 쓰려고 서두르면 감정적이고 내용이 단조로워 빈약한 시가 되기 쉽다. 그래서 종자를 얻은 후에는 반드시 메모를 하여 보관하고 그것이 움틀 때까지 기다리는 것이 중요하다.

시인들이 밝힌 '시작과정'을 보면 서정주의 「선운사 동구」가 수십년 만에, 신경림의 「폐광」이 20년 만에 종자가 결실을 본 경우도 있으며 박목월의 「산・소묘 제6」이 아우의 죽음에서 종자를 얻고 두 달 만에, 한성기의 「둑길・1」이 20일 만에 시를 완성시켰다. 이것은 시의 종자를 소중히 보관해 두었다가 시의 싹이 트고 풍부해 질 때까지 기다렸기 때문이다. 그렇다고 종자를 얻은 후 막연하게 기다리라는 것은 아니다. 적어도 종자가 싹트고 자랄 수 있을 때까지 꼭 메모를 해두고 기다릴 줄 아는 힘을 기르라는 의미이다.

2. 종자의 성장과 시적 사고

이 단계는 마음속에 자리 잡은 종자에서 싹이 트고 가지가 뻗으며 잎이 피기까지의 시인의 정신적 단계를 말한다. 꽃씨를 뿌리고 날마다 정성의 손길이 있을 때 꽃이 만발하듯 시의 종자도 역시 정성으로 돌볼 때 제대로 성장하여 시의 열매를 맺을 수 있다.

종자의 성장은 시인의 정신 내부에서 성장하며 그 기간은 일률적이지 않고 시를 쓰는 사람에 따라 다르다. 단 하루 만에 속성으로 결실을 가져오는 경우도 있고 며칠, 몇 주일, 몇 년이 걸릴 수도 있다. 그래서 시를 쓰고자 하는 사람은 성장이 빠르고 느림을 크게 생각할 필요가 없다.

시의 종자를 얻고 메모해 두었다고 해서 그 종자가 자연적으로 성장하여 시의 나무가 되는 것이 아니다. 온갖 식물이 그러하듯 시의 종자 역시 제대로 싹이 트고 성장하려면 시인의 정성과 노력이 필요하다. 즉 시적 사고를 지속적으로 해야 하며 시의 종자와 관계하여 구체적으로 새로운 세계를 생각하고 발견하는 데 힘을 쏟아야 한다는 말이다. 나아가 종자와 관련하여 상상력을 길러야 한다. 바로 이 상상력이 만든 세계가 종자에 결합됨으로써 시가 성장하기 때문이다. 이렇게 종합적인 시적 조건이 종자를 성장시키는 요인이 되어 시가 만들어 지게 되는 것이다.

> 가야할 때가 언제인가를
> 분명히 알고 가는 이의
> 뒷모습은 얼마나 아름다운가.
>
> 봄 한철
> 격정(激情)을 인내한
> 나의 사랑은 지고 있다.
>
> 분분한 낙화……
> 결별(訣別)이 이룩하는 축복에 싸여
> 지금은 가야할 때,
>
> 무성한 녹음과 그리고
> 머지 않아 열매 맺는
> 가을을 향하여

나의 청춘은 꽃답게 죽는다.

헤어지자
섬세한 손길을 흔들며
하롱하롱 꽃잎이 지는 어느 날

나의 사랑, 나의 결별,
샘터에 물 고이듯 성숙하는
내 영혼의 슬픈 눈.

           — 이형기, 「낙화」 전문

이 시의 성장 과정을 그의 말을 통하여 들어보자.[1]

50년대 중반, '좌절과 실의의 고달픔' 속에서 나날을 보내던 어느 날 문득 하나의 이미지가 떠올랐는데 "그날의 그것은 작은 샘이면서 동시에 슬픔이 가득 어려 있는 눈의 이미지였다." 시인은 이 이미지가 떠오른 순간 "거의 본능적으로 이것은 시가 되겠구나 하는 느낌을 받았다."는 것이다. 이것이 곧 시의 종자인 것이다. 시인은 "곧 종이 쪽지를 꺼내 "샘=슬픈 눈"이라고 메모를 해놓고 역시 평소의 버릇대로 한동안 이리저리 생각을 굴렸다."는 것이다. "그러자 이윽고 떠오른 것이 「샘터에 물 고이듯 성숙하는/내 영혼의 슬픈 눈」이라는 구절이다. 성숙한 영혼의 샘터에 고이는 맑은 물은 승화된 고통의 표상이 아닌가. 눈은 그러한 영혼의 창이다. 그리고 그 눈에는 또 수많은 고통을 참고 견디는 동안에 느꼈던 갖가지 슬픔이 어려 있을 밖에 없다."고 시 종자의 성장 배경을 말하고 있다.

위 언급에서 보듯 종자를 얻고 싹을 틔운 것은 오랜 기간이 아니라 곧바로 이루어진 것이다. 그러나 시인 말대로 '속성'으로 이루어

졌지만 시의 토양은 이미 갖추고 있었다. 끼니를 거르는 어려운 생활 속에서 참고 견딜 밖에는 다른 도리가 없었는데 "자기도 모르는 사이에 '고통의 인내'라는 관념을 정신의 지주로 살았다."는 것이다. 그래서 "참고 견디면 지금의 이 쓰라린 고통도 언젠가는 맑고 깨끗한 그 무엇으로 승화되지 않겠는가⋯⋯" 하는 생각을 지니고 있었다. 이런 것을 보면 시의 종자가 어느 날 갑자기 얻어졌다고는 하나 평소 시인의 생활 속에 있던 의식에서 나온 것임을 알 수 있다. 그러면 이러한 시의 종자가 어떻게 성장했는가를 보자.

　아무리 마음에 들었다해도 처음에 얻은 그 한 구절만으로는 시가 되지 않는다. 그것을 보완하고 발전시키는 다른 표현이 필요한 것이다. 그래서 다시 생각에 잠긴 내가 한참만에 찾아낸 것이 「낙화 속의 이별」이라는 말이었다. 이렇게 말하면 그 발견이 우연한 것 같은 느낌을 주기 쉽지만 사실은 그렇지 않다. 실상 「낙화 속의 이별」은 그 무렵 내가 막연하게 품고 있던 감정의 한 갈래와 유관한 것이다. 구체적으로 말하면 그것은 마음에 두고 있는 여자로부터 버림을 받은 듯한 감정이었는데 실제로는 그런 일이 없다. 그러나 한창 여자가 그리운 나이에 객지에서 혼자 고달프게 살다 보니 때때로 자기가 그런 실연자 같은 느낌이 들기도 했던 것이다. 그리고 그로 해서 어느 날 나는 자신의 그 상상적 실연을 꽃잎이 지고 있는 벚나무 아래서 그녀와 헤어진 아름다운 이별이었다고 역시 상상적으로 미화해 본 일이 있었던 것이다. 「낙화 속의 이별」이란 말의 발견은 여기에 그 근거를 두고 있다.
　일단 떠오른 그 말은 곧 새로운 연상 작용을 일으켰다. 그것은 낙화 자체가 바로 꽃과 꽃나무의 아름다운 이별이요, 또 장차 열매를 기약하는 값진 이별이라는 생각으로 발전한 연상이다. 나는 이 연상의 내용을 처음에 얻은 마음에 들었던 구절과 결합시켰다. 그랬더니 낙화의 이별의 고통이 인내를 통해 「슬픈 눈」을 가진 「성숙한 영혼」을 이루어 간다는 줄거리가 잡히게 된 것이다.

위 글에서 보듯 시의 종자를 얻었다고 해서 시가 되는 것이 아니라 종자와 관련한 이미지들을 유기적으로 조직해야 하는 것이다. 그러기 위해서는 풍부한 상상력이 뒤따라야 함은 물론이다. 계속하여 시인의 말을 들어보자.

일 주일 쯤 뒤에 퇴고를 시작했다. 퇴고의 과정에서는 「결별(訣別)」이냐 「몌별(袂別)」이냐를 두고 생각을 거듭했다. 뜻이 거의 같기는 하지만 전자는 「영 이별」, 후자는 「섭섭한 헤어짐」이라는 함축을 갖는 말이다. 그러니까 시의 내용으로 보아서는 「몌별」이 그에 어울리는 말이라 할 수 있다. 그러나 그것은 자주 쓰이지 않는 말이기 때문에 어감이 귀에 설다. 나는 몇 번인가 사전을 펼쳐보다 처음 쓴대로 「결별」을 택하고 퇴고를 마쳤다.

우리는 이 글에서 씨앗을 얻기부터 한편의 시를 완성시키기까지의 성장과정을 자세히 살펴보았다. 시를 쓴다는 일이 결코 끈질긴 노력과 고통이 없이는 불가능하다는 것을 확인하게 된다.
또 하나의 예를 보자

아편을 사러 밤길을 걷는다
진눈깨비 치는 백 리 산길
낮이면 주막 뒷방에 숨어 잠을 자다
지치면 아낙을 불러 육백을 친다
억울하고 어리석게 죽은
빛 바랜 주인의 사진 아래서
음탕한 농짓거리로 아낙을 웃기면
바람은 뒷산 나뭇가지에 와 엉겨

굶어 죽은 소년들의 원귀처럼 우는데
이제 남은 것은 힘없는 두 주먹뿐
수제비국 한 사발로 배를 채울 때
아낙은 신세 타령을 늘어 놓고
우리는 미친놈처럼 자꾸 웃음이 나온다.

         — 신경림, 「눈길」 전문

　시인의 말을 들어보면[2] 한 때 '떠돌이 생활'을 하면서 보았던 '한 결같이 가난'했던 사람들은 시인에게 '커다란 감동'을 주었다는 것이다.

　그해 겨울은 유난히 눈이 많이 내렸다. 1월 중순 강원도 평창 가까운 어느 고장에서는 무릎까지 빠지는 길을 걷지 않으면 안되었다. 결국 두집말이라는 언덕마을의 주막에 숙소를 정하고 며칠을 쉬게 되었다. 집이 두 채밖에 없대서 붙여진 이름이었다.
　주막집 아낙네는 미장가 전의 아들 형제를 데리고 살고 있었다. 아들은 둘다 거기서 4킬로쯤 떨어진 철광에서 일하고 있었다. 아낙네는 중년의 과부답게 수다스럽고 또 그런 만큼 인정도 푸져서 우리와는 쉽게 정이 들었다. 며칠이 지나니까 그와 우리는 마치 십년지기처럼 가까워졌다. 아들들과 마찬가지로 철광에서 일하던 그의 남편이 보도연맹원이 되었다가 억울하게 죽은 사연도 들었다. 이 외진 산골짜기에 와서 주막을 연 것은 수리조합 공사판이 바로 그 동네에 벌어져 있었기 때문이었는데, 이 한가한 주막도 해동이 되면 공사판 인부들로 북적거리고, 이 골짜기도 불도저와 남포소리로 정신이 없을 판이었다. 그러나 눈으로 하얗게 덮인 골짜기는 너무 조용해서 무서울 지경이었다.

　그러던 "어느날 밤, 막걸리를 마시고 일찍 잠이 들었다가 눈을 뜨니 속이 거북했다. 변소는 지붕이 없고 난다리였다. 하늘을 쳐다보니 새카만 하늘에 별이 총총히 박혀 있었다. 아래를 내려다보았다. 오직 하얀 눈 뿐이었다. 아, 하고 탄성이 절도 나왔다. 그날 나는 밤새도록 잠을 자지 못했"고 "새벽에 잠깐 눈을 붙였다 떴는데, 밖에는 거짓말처럼 진눈깨비가 내리고 있었다."는 것이다.

여기에서 "글을 쓰고 싶다"는 생각이 '간절'히 들어 쓴 것이 "아편을 사러 밤길을 걷는다/진눈깨비 치는 백 리 산길"이라는 두 줄이었다. 이렇게 두 줄을 써놓고 지내고 있다가 십여 년 뒤 어느 날, 문득 머릿속에서 복잡하게 뒤엉켜 있는 광산의 이미지를 시로 정리해야겠다는 생각이 들어 고향을 찾았다. "광산서 일하고 있는 친구들을 찾아가 함께 막걸리도 마시고 광산 구경도" 하면서 '닷새쯤' 걸려 이 작품을 완성시켰다는 것이다.

우리는 이같은 말에서 시의 종자를 얻은 후 풍부한 시적 사고를 위해 미적 체험에서 얻은 이미지들을 종합적으로 조직한 것을 확인해 볼 수 있다. 여기에서 종자의 성장이 자연스러움보다는 시적 사고를 토대로 하고 있음을 알게 된다.

3. 구체적 언어 찾기

시의 종자가 성장 과정을 거치게 되면 어느 정도 시가 완성된 형태를 갖추게 된다. 이때부터 정확한 표현을 위해 구체적 언어를 찾아야 된다. 시의 열매는 이 구체적 언어를 통해서 비로소 그 진정한 모습이 드러나기 때문이다.

구체적 언어를 찾기란 그리 쉬운 일이 아니다. 산모가 아기를 출산하는 순간처럼 고도의 정신집중으로 거기에 알맞은 언어를 찾는 데 힘써야 한다. 정신을 집중한다고 해서 꼭 거기에 적합한 언어가 나오는 것은 아니다. 다만 시적 언어를 찾기 위해서는 철저한 정신집중이 필요하다는 의미이다.

그래서 시인들은 정신집중을 아무리 해도 적합한 언어가 찾아지지 않을 때에는 독특한 습관이나 기벽을 부리기도 한다. 김현승 시인은 줄담배를 피웠고, 한성기는 흐르는 물을 바라보며 둑길을 정처 없이 걸었으며 이형기는 술을 마셨다. 필자 역시 구체적 언어를 찾지 못한 때는 시 쓰기를 중단하고 무작정 교외로 나들이 하는 버릇이 있다. 이때 대부분은 새로운 언어를 얻게 된다.

> 한 송이의 국화꽃을 피우기 위해
> 봄부터 소쩍새는
> 그렇게 울었나 보다.
>
> 한 송이의 국화꽃을 피우기 위해
> 천둥은 먹구름 속에서
> 또 그렇게 울었나 보다.
>
> 그립고 아쉬움에 가슴 조이던
> 머언 먼 젊음의 뒤안길에서
> 인제는 돌아와 거울 앞에 선
> 내 누님같이 생긴 꽃이여.
>
> 노오란 네 꽃잎이 피려고
> 간밤엔 무서리가 저리 내리고
> 내게는 잠도 오지 않았나 보다.
>
> — 서정주, 「국화 옆에서」 전문

서정주는 이 시를 쓸 때 3연이 제일 먼저 떠올랐다고 말한다. 물론 이 3연은 순간적으로 떠오른 것이 아니라 상당 기간 시적 사고를 거쳐 나온 것이다. 어쨌든 이 3연을 써 놓고 몇 시간을 누웠다 앉았다 하는 동안에 1연과 2연의 이미지들이 저절로 모여들었다는 것이다. 시인은 이때의 심정을 "이것은 마치 내게 있어서는 오랫동안 어느 구석에 잊어 버렸다가 앞서 찾아내어서 쓰게 되는 낯익은 내 옛날의 소지품을 사용하는 것과 같은 감개였습니다."라고 말했는데 마지막 연은 쉽게 언어를 찾지 못했던 것 같다. 시인의 말을 들어보자.

> 그러나 마지막 연만은 좀처럼 표현이 되지 않아, 새벽까지 누웠다 앉았다 하다가 그만 자버리고 말았습니다. 그리하여 이것은 며칠 동안을 그대로 있다가, 어느 날 새벽 눈이 뜨여서 처음으로 마련되었습니다. 밖에선 무서리가 오는 듯한 늦가을의 상당히 싸늘한 새벽이었는데, 「내가 안 자고 혼자 깨어있다」는 호젓한 생각 끝에 밖에서 서리를 맞고 있을 그놈을 생각하자, 그것은 容易히 맺어졌습니다.

우리는 이 시에서 구체적 언어가 쉽게 얻어진 것이 아니라 상당한 산고 끝에 얻어진 것임을 확인할 수 있다. 따라서 시를 쓰고자 하는 사람은 언어를 찾는 데 있어 고통을 감내할 수 있어야 한다. 그래서 시의 탄생은 산모처럼 고통도 크고 그 뒤의 기쁨도 크지 않을 수 없다.

> 달이 휘영청 밝은 밤에
> 산은 안개로 풀려버렸다.
> 그리고
> 소내기가 비롯하는 야반에
> 그것은 온통 수런대는 소리로

돌아왔다.

— 박목월, 「산·소묘(6)」 전문

이 시는 "아우를 잃어버리고" "두어 달 만에" 쓴 작품이다[3]. 아우를 잃은 슬픔을, "체험이나 슬픔은 때로는 풀잎이나, 이슬이나 그 외 무릇 모습을 달리한 <다른 것>의 모습으로서 이룩하고 빚게 되리라." 고 생각하고 쓴 이 시가 "두어 달 만에" 완성되었다는 것은 구체적 언어 찾기가 그만큼 길었다는 의미일 것이다.

구체적 언어 표현에서도 상상력의 도움이 필요하다. 위 시에 대한 시인의 말을 들어보면 "이 한밤중에 우두둑 소내기가 시작하는 자연의 목소리 속에, 아우를 잃어버린, 그 체험을 통한 생명의 허전한 뜻이 속삭이는 소리를 들은 것이다."라고 말하고 있는 데에서 상상력의 중요성을 알 수 있다.

그래서 정확한 표현은 구체적 언어에서 나오기 때문에 정신집중과 상상력을 키우는 데 노력해야 한다.

마지막으로, 탄생된 시를 깎고 보태고 다듬는 일이다. 한 편의 시가 탄생되었다고 해서 그것이 완성된 것은 아니다. 한 번에 써 시가 완성되는 경우도 있지만 이는 드물고 완성되지 않는 예가 대부분이다. 따라서 다듬는 일은 필수적이다.

한 편의 시를 탄생시켰을 때에는 거의가 흥분되거나 만족감에 빠져 결점을 발견 할 수가 없다. 그래서 시를 쓴 후에는 반드시 넣어두었다가 일주일이나 열흘쯤 뒤에 그 시를 다시 꺼내보아야 한다. 그래야만 객관적으로 볼 수 있는 마음의 여유가 생겨 미흡한 점을 발견하게 되며 다듬는 일을 제대로 할 수 있다. 대체로 이러한 과정을 거칠 때 한 편의 시로 완성된다.

Ⅲ. 시의 언어

1. 언어의 시적 기능

시의 언어는 단순한 지시나 전달의 수단이나 기능이 아니다. 그래서 야콥슨 R. Jakobson은 시학의 첫째 과제로 "언어 메시지를 예술작품답게 하는 것은 무엇인가?"에 두었는데 이것이 바로 시적기능poetic function이다. 야콥슨은 언어의 시적 기능을 언어전달이라는 측면에서 발신자adresser, 수신자adressee, 전언massage, 관련상황context, 신호체계code, 접촉contact 이라는 여섯가지를 기본요소로 들고 있다.

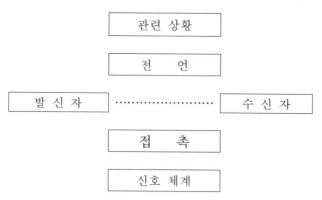

언어전달은 발신자가 보내는 전언에 의해서 성립되며 도착점은 수신자다. 전언은 그 방법이 무엇이든 간에 발신자와 수신자 간의 접촉을 필요로 하며 전언은 말하기, 글쓰기, 음의 형성 등에 따라 이루어진다. 또 관련사항은 발신자와 수신자에 다같이 이해되는 것이어야 할 때 전언은 의미를 지니게 된다. 언어전달은 이와같은 여섯가지 요소를 수반할 때 성립되는데 야콥슨은 이 여섯가지 요소들에 의해 전달되는 과정에서 다음과 같은 기능을 갖는다고 밝히고 있다.

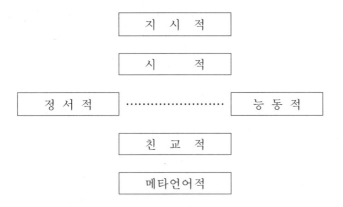

이 기능을 보면 발신자는 정서적emotive 기능, 수신자는 능동적 conative 기능, 관련상항은 지시적referential 기능, 전언은 시적poetic 기능, 접촉은 친교적phatic 기능, 신호체계는 메타언어적metalingual 기능에 각각 초점을 두고 있는데 여기서 특히 언어의 시적 기능은 전언 그 자체에 초점을 두며 기호의 명료성을 증진함으로써 기호와 대상간의 근본적 양분관계를 심화시킨다고 하였다. 이는 의사소통이나 일상적·논리적 전달보다는 전언 그 자체에 주의를 집중하는 데서 심미적 기능, 다시 말해 시적 기능이 발생한다는 것이다.

특히 언어의 시적 기능은 시의 영역, 곧 언어 예술의 영역에서만 나타나는 것이 아니고, 다른 언어 활동의 부수적 기능으로도 나타난다. 다만 시의 영역에서는 지배적이고 결정적인 기능을 하며, 다른 영역에서는 부수적 기능을 할 뿐이다. 야콥슨은 언어의 시적 기능이란 언어를 그렇게 사용하는 것이 자연스럽기 때문에 우리가 그렇게 사용할 때 나타나는 기능이라는 것이다. 이를테면, 한 여성이 언제나 '끔찍한 해리' horrible Harry라고 말할 때, 그렇게 말하는 이유는 해리가 밉기 때문이지만, 해리가 밉다면 '두려운' dreadful, '섬뜩한' frightful, '싫은' disgusting 등 여러 가지 말 가운데 구태여 '끔찍한'이란 말만 쓸 필요가 무엇이란 말인가. 그녀는 그 이유를 명백히 모른다. 다만 "그 말이 그녀에게 더 맞는 것 같아서"라고 대답할 것이다. 언어의 시적 기능이란 내면적인 무의식의 세계가 성취하는 부분이 많다고 할 수 있다.

언어의 시적 기능은 두 개의 원리, 즉 선택selection과 결합 combination에서 추구한다. 야콥슨은 '어린이child'가 화제(話題)인 경우, 화자는 어린이child, 아이kid, 애숭이youngster, 꼬마tot 등 어지간히 비슷한 여러 낱말 중 어느 한 관점에서 자기 감정표시에 알맞다고 생각되는 하나의 명사를 선택하고 다음은 이 話題에 대한 언급을 하기 위해서 자다sleeps, 졸다dozes, 꾸벅꾸벅하다nods, 낮잠 자다naps 등 의미상의 동족동사(同族動詞) 가운데 한 낱말을 사용하는 것이라고 말하고 이때 선택의 기준은 등가성·유사성·동의성·상이성과 반의성이며 결합, 즉 배열을 구성하는 기준이 되는 것은 근접성[1]이라고 말한다.

도표로 나타내면 다음과 같다.

아 동	잠자고 있다	
어린이 가	졸고 있다	
애숭이 꼬 마	꾸벅꾸벅하고 있다 눈 감고 있다	

선택의 축 〈계열체〉

결합의 축 (통합체)

위에서 보는 바와 같이 선택의 축에서 '어린이'는 '아동', '유아', '꼬마' 등 많은 등가, 유사, 동의성의 명사 중에서 '어린이'가 선택된 것이고, '졸고 있다', '잠자고 있다', '꾸벅꾸벅하고 있다', '눈감고 있다' 등 무수한 변화를 가능하게 하는 동사 중에서 가장 적합하다고 생각되는 '졸고 있다'가 결합되어 "어린이가 졸고 있다"라는 하나의 행을 형성하고 있는 것이다. 그래서 야콥슨은 "시적 기능은 등가의 원리를 선택의 축에서 결합의 축으로 투영한다"고 말한다.

2. 시적 언어의 특성

가. 정서성

지금까지 우리는 언어의 뜻이 다만 사전적이라고 생각해 왔다. 그러나 시에서 유의성을 가지는 것들을 보면 그 이상의 것임을 알게 된다. 우리는 본래 말을 할 때 그 논리적인 내용을 바탕으로 시작한다. 그러면서 거기에는 말하는 사람의 의도가 내포되고 상대방에 대한 배려도 가해지는 것이다. 가령 '푸짐하다'라는 말을 상기시켜 보자. 긍정적인 입장에서는 '풍성하고 소담한 것'을 가리킨다. 그러니까 "그 잔치, 참 음식들이 푸짐했어"라고 하면 잔치 음식이 넉넉했음을 뜻한다. 그러나 같은 말이라 할지라도 부정적인 측면에서 "원 잔치하곤, 음식 참 푸짐하게도 했어"라고 했다면 이때의 '푸짐하다'는 '보잘 것 없음'을 나타낸다. 이렇듯 말의 뜻은 그것을 쓰는 화자의 입장이나 듣는 이에게 갖는 태도에 따라 그 내용이 달라진다. 그리하여 리처즈 I. A Richards는 시의 중요한 요소를 말뜻sense, 느낌feeling, 어조tone, 의도intension 등 네 가지로 설명하고 있다.

여기서 리처즈가 말하는 말뜻이란 우리가 무엇을 말하기 위하여 이야기하며 우리가 귀를 기울일 때, 무엇이 말하여질까를 기대하는 것이며, 느낌이란 이러한 말뜻에 대하여 우리가 가리키고 있는 사태에 대하여 갖는 어떤 방향을 말한다. 또 이야기하는 사람은 보통 그 이야기를 청취하는 사람에 대하여 어떤 태도를 가진다. 이러한 관계에 대한 감각을 반영한 것이 바로 어조이다. 끝으로 어조와는 달리 이야기하는 사람은 의도가 있다. 보통 어떤 목적을 위하여 이야기를 조정하며 효과를 내기 위하여 애쓰게 되는데 이것이 의도라고 할 수 있다.

그리고 리처즈는 언어를 '과학적 용법에 의한 언어' scientific use of language와 '정서적 용법에 의한 언어' emotive use of language로 대별하고 있다. 이 두 가지 언어의 전자, 즉 과학적 언어는 그것이 지시하는 대상이 지시된 그대로의 모양으로 현실에 존재하고 있어야만 그 의미를 갖게 되어 관련대상을 어김없이 정확하게 지시하는데 기여함으로써 외연적이다. 그러나 시에 있어서의 언어는 근본적으로 이와는 다른 입장에서 쓰여진다. 이 언어는 관련대상을 지시하는 데 효과적이기를 기대하면서 쓰여지지 않고 우리에게 얼마나 효과적으로 정서를 빚어낼 수 있는 것인가에 더 염두를 두고 쓰여지기 때문에 내포적이다.

> 과학적 언어에 있어서는 지시에 대한 혼동이 그 자체로 실패일 수가 있다. 목적이 달성되지 않았기 때문이다. 그러나 정서적 언어에 있어서도 지시에 대한 오류가 아무리 크다고 하더라도 태도 및 정서에 있어서 일으킬 수 있는 효과가 큰 것이라면 그것도 별로 문제되지 않는다.[2]

리처즈는 "물은 수소와 산소의 화합물이다"와 같이 지시하는 그대로의 모양이 현실에 존재하거나 그 말의 옳고 그름을 객관적으로 검증할 수 있는 객관적 의미, 즉 과학적 의미의 전달을 목적으로 조직된 언어형식을 진술statement이라고 말한다. 그런가 하면 "물은 대지의 젖이다"는 현실적으로 존재하지 않으며 검증이 불가능하지만 화자와의 정서적 공감을 갖는 사람들에게는 정당한 것으로 수용되어 정서라는 주관적 요소를 내포한 함축적 의미가 된다. 이렇게 정서적 의미의 전달을 목적으로 만들어진 언어조직을 의사진술

pseudo statement이라고 명명하였다.

> 의사진술은 우리의 충동과 태도를 풀어 놓고 혹은 조직하는
> 효과로써 (이는 이러한 태도의 조직을 〔곧 시작품〕을 서로 비교
> 할 때 보다 좋은 것인가, 혹은 나쁜 것인가에 대한 적절한 고려
> 를 가지고 나서의 말이다) 전적으로 정당화되는 하나의 언어형
> 식이다. 진술은 이와 반대로 그것이 진리인 경우, 즉 전문적인
> 의미에서 그 진술이 지적하는 사실과 부합될 때에 비로소 정당
> 화된다.[3]

이와같이 과학적 언어와 정서적 언어, 그리고 진술과 의사진술의
두 가지로 언어를 구분한 리처즈는 각각의 후자를 시에 있어서의 언
어의 특성이라고 주장하고 있다. 그의 말을 그대로 인용하면 '시는
정서적 언어의 회고의 형식'이라는 것이다. 결국 과학적 언어는 객관
적, 개념적, 직접적, 비개인적, 지시적, 논리적 의미이고 정서적 언어
는 주관적, 정서적, 간접적, 개인적, 함축적, 비약적 의미로 결부되는
만큼 후자에 초점을 두고 사용된 언어가 곧 시의 언어가 된다는 것
이다.

리처즈는 시어에 있어서는 과학적인 것보다 정서적인 것을 주장하
였지만 시의 구조나 시의 해석에 있어서는 매우 과학적이고 객관적
인 입장이었다. 그는 모든 사실은 경험할 수 있고 실증할 수 있는 것
이어야 한다고 믿고, 시도 시인도 언어의 지배자가 되고 경험의 지배
자가 되어야 하며, 이 두가지를 할 수 있는 능력이 있어야 좋은 시이
고 좋은 시인이 된다고 하였다. 그는 이러한 태도를 유지하면서 좋은
시와 나쁜 시를 경험의 포괄과 배제로 구분하였다. 그리고 상반
되는 충동들이 조화 또는 조직하는 데는 두 가지 방법이 있다고
보았다. 즉 배제하느냐 포괄하느냐, 아니면 종합하느냐, 분리하느

냐의 두 길을 말했다. 따라서 시에 나타나는 경험은 상반되는 충동들이 균형과 조화, 즉 포괄을 이룰 때 좋은 시가 되고, 이질적인 경험을 배제하고 동질의 경험만으로 되어 없는 시는 나쁜 것으로 규정했다. 가령 테니슨의 「부서져라, 부서져라, 부서져라」는 잡다한 경험이 종합되지 못하고 단일한 성질이 유사한 경험만으로 되었기 때문에 좋은 시가 아니라는 것이다. 즉 그런 시는 포괄이 아닌 배제의 시poetry of exclusion다. 그러나 키이츠의 「나이팅게일」Nightingale은 이질적인 충동의 특이한 잡다성을 보이고 있는 점에서 좋은 포괄의 시라는 것이다.[4]

> 1) 부서져라, 부서져라, 부서져라
>   차디찬 잿빛 바위 위에, 오 바다여!
>   솟아 오르는 나의 생각을
>   나의 해가 토로해 주었으면.
>
>   오. 너 어부의 아이는 좋겠구나
>   누이와 놀며 소리치는.
>   여울에 있는 작은 배 위에서 노래하는
>   오 사공의 아이는 좋겠구나
>
>   그리고 커다란 배들은 간다.
>   저 산 아래 항구를 향하여
>   그러나 그리워라 사라진 손의
>   더 들을 수 없는 목소리.
>
>   부서져라, 부서져라, 부서져라.
>   저 바위 아래 오 바다여!

그러나 가버린 날의 그의 우아한 모습은
다시는 나에게 돌아오지 않으리.

　　　　　　　　　— 「부서져라, 부서져라, 부서져라」에서

2) 너는 죽으려고 태어나지 않았다, 불사조여!
　어떠한 굶주린 세대도 너를 짓밟아 죽이지는 못하였다
　이 깊어가는 밤에 내가 듣는 저 소리는
　옛날 제왕과 촌부의 귀에도 들렸을 것이다.
　아마도 저 노래는 향수에 잠겨
　낯선 나라의 밀밭에서 눈물 지으며 서 있는
　룻의 슬픈 가슴속으로 스며들어 갔을 것이다.
　바로 저 노래는 가끔
　쓸쓸한 요정의 나라, 풍랑 높은 바다를 향하여 열려져 있는
　마술의 창을 매혹하였을 것이다

　　　　　　　　　— 「나이팅게일을 위한 오드」에서

　리차즈가 대표적인 배제의 시로 뽑은 1)은 그 제목에서부터 동일어
가 반복되고 감탄적인 어구로 채워지는 낭만파 시의 전형이라고 볼
수 있다. 그리고 바다의 파도소리와 떠나간 사람에 대한 슬픈 애상
이 지나치게 단조롭게 연속되어 상반되는 경험의 충동을 느낄 수
없다. 소재 또한 모두가 동질적인 것들이다. 반면에 2)의 시는 1)과
같은 낭만파 시이지만 여기서는 이질적인 소재들의 충돌을 경험할
수 있다. 우선 나이팅게일의 노래를 '어떤 굶주린 세대도 너를 짓
밟아 죽이지 못하였다'라는 표현이나 '옛날 제왕과 촌부의 귀', '낯
선 나라의 밀밭에서 눈물지으며 서 있는 룻의 슬픈 가슴속', '마술
의 창' 등 여러 구절들은 모두 나이팅게일의 노래소리와는 먼 이

질적인 경험들이 결합되어 잡다성을 보여주고 있다. 따라서 2)는 포괄의 시poetry of inclusion가 되는 것이다.

결국 리처즈의 포괄의 시론은 비논리의 아이러니irony라는 결론으로 귀착된다. 아이러니가 모순 상반되는 경험을 한자리에 끌어들여 그것에 균형과 조화를 이루는 방법이고, 아이러니로써 이루어진 시가 최고급의 시이며, 그것이 시의 특징이라고 밝힌 것이다. 이같은 리처즈의 포괄의 시론은 테이트의 텐션tension, 브룩스의 역설paradox과 아이러니irony 등으로 발전하게 되었다.

한편 울만 S. Ullmann은 시는 문법적 국면을 정확하게 사용하는 것이 아니라, 오히려 은유나 상징이나 리듬감을 자아내기 위하여 기존의 문법을 이탈하고 있다[5]고 보았다. 따라서 단어의 시적 기능은 오히려 시라는 독특한 문맥에서 톡톡하게 작용하는 정서적 역할을 밝히는 것이 중요한 일이라는 것이다. 그러나 사전적인 단어나 어휘들도 정서적 기능이 있다는 사실을 주목해야 하고 그러한 정서적 기능들이 어떻게 작용하는가를 먼저 살펴 볼 필요가 있음을 강조했다.

나. 애매성

시를 구성하는 언어와 문맥이 글자 그대로의 의미만을 지닌다면 시적인 언어와 문맥으로서의 가치는 상실된다. 시적 표현은 글자 그대로의 지시적 의미 외에 다양한 의미층을 입체적으로 지니고 다양하게 해석될 때 그 의의가 더 커지는 것이다. 그것은 시어의 내포와 함축에서 발생되는 애매성의 획득이라 할 수 있다. 이 경우를 이른바 앰비규어티ambiguity의 상황이라 하는데 이 앰비규어티는 막연히 애매하고 불투명한 상태를 지칭하는 것이 아니라 의미의 풍요함richness

과 다중성pluricification, 복합성complexity 등을 가리키는 것이다. 이와 같은 시어의 애매성, 즉 앰비규어티에 대한 이론은 리처즈가 구별한 시적 언어(정서적 언어)와 과학적 언어의 상이점에 근거점을 두고 이를 비평적 안목에서 발전·심화시킨 엠프슨 W. Empson에 의해서 집중적으로 탐구되기에 이르렀다.

이전까지 시어의 애매성은 극복되어야 할 과제로 생각되어 왔다. 그러나 엠프슨은 이같은 생각과 반대의 입장을 취하여 애매성이야말로 시의 특성이며 시의 중요한 자산이라고 들고 나선 것이다. 일반적으로 애매성은 언어학적 견지에서 다음과 같이 규명된다.[6]

    1) 음성적 애매성 : 동음이의어 hononymy － hear － here
    2) 문법적 애매성 : 형태론적 다의성 desirable － eatable
    3) 어휘적 애매성 : 하나의 소리에 여러 가지 의미가 결합되는 다
       의어polysemy, 두 개 혹은 그 이상의 낱말이 소리를 같이하는
       동음이의어를 구별, 그 과정을 설명할 때.

이상 세 가지 유형의 애매성 중 시에서 중요한 것은 3)이며, 애매성이란 용어는 낱말의 (1) 상호결합된 상태에서의 의미 (2) 상호보조를 필요로 하는 의미 (3) 각 의미의 연합으로 인하여 생기는 한 관계나 과정을 의미한다.[7] 그럼, 여기서 엠프슨의 이론[8]을 살피면서, 한국시 해석의 한 방법 내지는 창작의 원리를 찾아 시어의 애매성을 살펴보자.

1) 제1유형

한 낱말이나 문법적 구조가 동시에 여러 방향으로 효과를 나타내는 경우다. 엠프슨은 문법적 구조의 애매성으로 R. 브라우닝의 작품

을 예로 든다.

　　나는 그림 그리는 푸줏간 주인을 알기를 원한다.
　　시를 짓는 빵집 주인을
　　노래로서 그의 영혼을 잘 일깨워 주는 촛대 만드는 자를
　　아니면 벙어리

　여기서 1행 "나는 그림 그리는 푸줏간 주인을 알기를 원한다"라는 구절은 해석에 따라 ① 나는 푸줏간 일에 종사하는 모든 계급의 사람들이 그림 그린다는 사실을 알기를 원한다. ② 나는 어떤 한 푸줏간 주인이 그림을 그린다는 사실을 알기를 원한다. ③ 나는 그림을 그리는 푸줏간 주인을 개인적으로 알기를 원한다 등으로 이해할 수가 있다. 그리하여 이들을 종합하면 "나는 푸줏간 일에 종사하는 계층의 사람들이 어느 정도 그림을 그리려고도 한다는 사실을 알기 원한다. 혹은 적어도 그가 그림을 그리기를 원할 때는 그림을 그릴 수도 있다는 사실을 알고자 한다"[9]는 해석이 성립된다.

　한 낱말에 나타나는 애매성의 특성은 김수영의 「눈」과 이상의 「꽃」을 인용, 분석[10]할 때 명확히 드러난다.

　　눈은 살아 있다.
　　떨어진 눈은 살아 있다.
　　마당 위에 떨어진 눈은 살아 있다.
　　　　　　　　　　― 「눈」에서

　　꽃이보이지않는다. 꽃이香氣롭다. 香氣가萬開한다. 나는거기墓

穴을판다. 墓穴도보이지않는다.보이지않는墓穴속에나는들어앉는다.
나는눕는다.또꽃이香氣롭다.꽃은보이지않는다.

—「꽃」에서

김수영의 「눈」에서의 '눈'은 한글로만 표기되어 동음이의어의 자격을 갖고, 다음의 몇 가지 의미를 동시에 내포하고 있다. 즉 '눈'은 雪, 目, 초목의 싹, 길이·수·양·구획 등을 나타내기 위해 측량기구에 표시한 금이나 점 그리고 그물같은 물건의 매듭 등을 동시에 지칭한다. 그러나 이들 의미는 '눈'이라는 동음이의어가 유발한 가장 표층적인 차원의 것에 지나지 않으므로 우리는 그들 각각이 지니고 있는 내포적 의미를 더 탐구해야 한다. 雪은 순백, 순수, 순결, 고요, 평화, 추위 등, 目은 분별력, 판단력, 비젼, 반영, 사랑 등, 초목의 싹은 탄생, 소생, 부활 등, 측량기구의 점이나 눈은 분할, 측정, 가늠, 비중 등, 그물의 매듭은 얽힘, 복잡, 관련 등과 같이 '눈'이라는 하나의 단어는 이처럼 다양한 의미를 동시에 내포하고 있다. 김수영의 '눈'이 동음이의어에 의한 애매성을 보여준 것이라면, 이상의 「꽃」에 나타나는 '꽃'은 복합상징어로서의 애매성을 지닌다. '꽃'은 일단 '현화(顯花)식물의 유성(有性) 생식기관'이라는 외연을 지니고 있다. 그러나 '꽃'이 의미하는 내포적 의미를 열거해 보면 그것은 여성, 미인, 번영, 화려함, 순간적인 아름다움, 인기 있는 것 등으로 다양하게 제시될 수 있다. 그러므로 퍼소나persona가 말하는 '보이지 않는 것', '향기로운 것', '만개한 것' 등은 위의 어떤 것 혹은 모든 것을 지칭한다고 볼 수 있다.

다음은 문법적 구조로 인한 애매성이다.

하나의 문장이 문법적으로 완전한 문장을 형성하는 데 필요한 구성요소를 모두 갖추지 않았을 때 애매성이 발생한다. 특히 시에 불완전한 문장이 쓰일 수 있는 것은 시라는 문학 장르가 형태나 내용을 막론하고 고도의 압축된 표현을 요구하기 때문이다.

第一의 兒孩가무섭다고그리오
第二의 兒孩가무섭다고그리오
第三의 兒孩가무섭다고그리오
....
第十三의 兒孩가무섭다고그리오

— 이상, 「烏瞰圖」에서

「오감도」의 아이는 13명이나 등장하지만 그들이 무엇을 무섭다고 그러는지 그 목적어에 해당하는 것을 정확히 찾아낼 수가 없다. 다만 독자 나름대로 작품의 전체 문맥에 비추어봄으로써 목적어에 해당될 만한 것을 상정해 낼 수밖에 없다. 따라서 생략된 부분은 다양한 의미로 해석될 수 있다.

또 문장의 요소가 생략되지 않은 완전한 문장이라 하더라도 문장의 호응관계가 불분명할 때 두 가지 이상의 뜻으로 해석이 가능하다. 가령 "그는 아름다운 꽃의 나비를 보는구나"의 경우, '아름다운'이라는 수식어가 '꽃'을 수식하느냐, '나비'를 수식하느냐에 따라서 그 해석이 달라질 수 있기 때문이다.

2) 제2유형

하나의 진술 속에 내포된 둘 또는 그 이상의 단어나 구, 문장들이 결합하여 시인의 불명료한 내면세계를 나타내는 경우다. 이것은 시어에 담긴 감정이나 사상의 복합성 또는 논리적·문법적 혼란을 지적한 것이다.

큐피트가 나래를 펴고 정렬을 시키자
내 사랑하는 그녀의 나라는 변하였다.
그녀의 땅도 그녀의 하늘도
그러나 나는 죽는 날까지 그녀를 사랑하리라

여기서 "그녀의 나라는 변하였다"고 했는데, 나라는 무엇이며 변해 버린 것의 진의를 무엇일까. 그리고 그녀의 나라와 땅 그리고 하늘은 무엇일까. 내가 찾을 수 없는 지상의 어느 곳으로 이사를 했을까. 다른 별나라로 갔을까. 사회적으로나 지적으로 나와는 상대할 수 없는 영역에 갔을까. 아니면 내가 있는 하늘과 땅을 바꾸어 버렸어도 나는 그녀를 사랑하겠다는 것인가 등 논리적 또는 심리적 복합성을 드러내고 있다.

서정주의 「花蛇」 첫 연에서도 구문상으로 몇 개의 의미가 드러나고 있다.[11] 우선 '사향 박하의 뒤안길'이라고 했는데, 사향노루가 있고, 박하라는 식물이 있는 숲의 뒤쪽에 있는 길이란 구체적으로 어디인가. 음침한 길인가, 더러운 장소인가, 신비로운 곳인가, 그리고 '커다란 슬픔'은 무슨 뜻인가. 원형의 슬픔인가, 태어날 때의 고통인가, 여러 가지로 추측해 볼 수 있는 애매성을 가지고 있는 것이다.

3) 제3유형

합리적인 문맥상으로는 두 개로 나타내야 하는 관념이 의미상으로는 하나의 낱말로 나타나는 경우다.

그 허울좋은 괴물
능란한 함정

내가 떨어질

— 밀턴, 「투사 삼손」에서

이 구절은 삼손이 애인 데릴라가 아름답기는 하지만 결국은 자기를 파멸에 빠뜨릴 것이라는 내용인데 '허울좋은'이란 말은 아름다움이란 의미와 기만적이란 의미를 동시에 내포한다. 그리고 '능란한'이란 말은 아첨도 능란하고, 남편을 파멸시키는 데도 능란할 것이라는 이중의 의미를 동시에 갖고 있다.

4) 제4유형

하나의 진술이 내포하는 둘 또는 그 이상의 의미가 그들 스스로의 내적 일치가 없으나 상호결합 하여 매우 복잡한 시인의 정신상태를 명시하는 경우이다. 제3유형이 상이한 두 분위기가 상호결합 하여 하나의 보편성을 나타내는 것이라면 제4유형은 A · B 두 분위기가 상호반응 하여 A도 B도 아닌 전혀 새로운 C라는 분위기를 생산하는 것이다.

視覺의 이름을 節約하라

— 이상, 「線에 관한 覺書」에서

의미상으로 보면 '시각의 이름'도 비논리적이고 거기에 '절약하라'는 말도 어울리지 않는다. '시각의 이름'을 A라 하고 '절약하라'를 B라 한다면 A와 B는 결코 내적 일치가 있을 수 없다. 그러나 이들이한 문장에 배치됨으로써 모순된 의식상태를 나타내고 있다. 따라서전체적 의미는 A도 B도 아닌 전혀 생소한 정서를 자아낸다.

5) 제5유형

시인이 시를 쓰는 과정에서 관념idea을 찾아내고 있거나 관념을 한 동안은 부분적으로밖에 가지고 있지 못할 경우이다. 비록 직유를 사용하더라도 정확하게 일치되지 않고, 서로 병행된 A와 B로 화자는 옮겨가면서 직유 양자의 중간에 머물게 된다.

> 이 無言의 말
> 하늘의 빛이요 물의 빛이요 偶然의 빛이요 우연의 말
> 죽음을 꿰뚫으려는 가장 무력한 말
> 죽음을 위한 죽음에 섬기는 말
> 고지식한 것을 제일 싫어하는 말
> 이 만능의 말
> 겨울의 말이자 봄의 말
> 이제 내 말은 내 말이 아니다.
>
> — 김수영, 「말」에서

이 시에서는 말에 관한 시상이 배열되고 있는데 도무지 종잡을 수 없을 만큼 비약적이다. '이 무언의 말'이 비유적 해석의 전이에 따라, 하늘의 빛 → 물의 빛 → 우연의 빛 → 우연의 말 → 죽음을 꿰뚫으려는 가장 무력한 말 → 죽음을 위한 말 → 죽음을 섬기는 말 → 고지식한 것을 제일 싫어하는 말 → 만능의 말 → 겨울의 말 → 봄의 말 → 이제 내말 → 내 말이 아닌 말 등으로 비약하면서 상호 무질서한 반응으로 애매성을 드러낸다.

6) 제6유형

동어 반복tautology, 모순법contradiction, 비적합 진술irrelevant statement 등

에 의하여 하나의 진술이 아무 것도 언급치 못할 때 야기되는 경우이다. 따라서 독자는 나름대로의 해석을 해야 하며 진술 상호간에는 갈등이 개재한다.

　1) 동어반복 ― 두 번 사용되는 언어유희의 경우로, 어떤 의미가 어떤 낱말과 관련되어 진행되는가에 대한 의문으로부터 애매성이 나타난다.
　2) 모순법 ― 시인이 내적 갈등의 재현이 아니라 독자의 관심을 외견상의 주제로부터 진실한 주제로 옮기게 한다.
　3) 비적합 진술 ― 제1유형과 제7유형 사이에 불안정하게 존재한다. 이것은 단순히 다양한 암시를 내포한 하나의 진술이 아니라 상호 갈등을 일으키는 다양한 암시를 내포한 진술이다.

> 風景이 風景을 반성하지 않는 것처럼
> 곰팡이 곰팡을 반성하지 않는 것처럼
> 여름이 여름을 반성하지 않는 것처럼
> 速度가 速度를 반성하지 않는 것처럼
>
> 　　　　　― 김수영, 「絶望」에서

　이 형식은 이상의 「오감도」, 김수영의 「적」, 전봉건의 「속의 바다 11」「속의 바다 12」, 김춘수의 장시 「들리는 소리」 등에서도 나타난다. 동음반복에 의한 애매성을 지니고 있다.

　7) 제7유형
한 낱말의 이중의미 또는 애매성의 이중적 가치가 문맥에 의하여 두 개의 대립적 의미로 규정되어 그 전체효과가 시인의 내부에서 근본적으로 구분division을 나타내는 경우이다. 따라서 논리적이기보다는 심리적이고 개인적인 기준에 의하고 모순된 무의미성을 노출하지만 그 논의의 배후에 은폐된 주제를 진술한다.

> 나는 섬찟해서 그 전의 둔감한 내 자신으로
> 다시 돌아간다
> 憐憫의 순간이다. 황홀의 순간이 아니라
> 속삭이는 憐憫의 순간이다.
>
> ― 김수영, 「性」에서

상반성은 서로 모순되지만 상이한 판단체제에 의하여 집중적으로 기도되는 욕망된 두 사물은 그 두 사물에 적응되는 낱말들로 동시에 말해진다는 프로이트Freud 심리학의 압축condensation의 개념과 유사하다. 여기서는 섬찟함과 둔감함, 연민과 황홀이 상반된 개념으로 받아들이면서 애매성을 드러내고 있다.

이상에서 확인할 수 있는 것은, 시어의 애매성이 시인의 자기 도취나 감상적인 시를 만들어 내는 절제 없는 연상작용 혹은 의미에 대한 수많은 독단을 허용하는 그런 것이 아니라는 점이다. 복합된 의미란 오히려 의미간의 상호 연민을 통하여 획득되는 정당한 어법이다. 따라서 절제없이 새로운 의미를 추가시켜도 안되며 하나의 의미만을 선택하고 나머지 모든 의미를 배제해서도 안된다. 이는 의미간에 서로 영향력을 미치는 언어 본래적 특성의 하나로 시에서 더욱 고도화하고 심화시켜야 한다.

다. 사물성

　개인이나 유파의 시 해석에 따라 시의 언어에 대한 견해는 크게 좌우된다. 가령 고전주의자들은 시가 규범에 맞고 정리된 세계를 가져야 한다고 생각하여 품격을 지닌 차분한 언어를 사용하였지만 낭만주의자들은 자유분방하게 상상의 날개를 펼치는 것이 시의 길이라 생각하여 시 작품에서 감정을 앞세우고 몽롱, 유현, 동경, 영원 등을 자주 사용하였다. 그런가 하면 흄 T. E. Hulme은 종교적 태도로 신고전주의적 입장을 취하면서 정확, 정밀, 명확한 표현으로 '간명한 가운데 견고한' 시어의 사용을 주창하였다. 흄은 낭만주의에 반기를 들고 명징하며 견고한 시 쓰기를 주장하였을 뿐만 아니라 실제 창작운동을 전개하여 그후 그에 동조하는 이미지스트들이 이미지 선언을 하기에 이르렀다.

　엘리어트 T. S. Eliot는 이러한 이미지스트들의 한계, 즉 작품내용을 이루는 철학이나 사상과 시 작품 사이의 거리를 좁히는 대안으로 객관적 상관물objective correlative을 내세웠다. 좋은 시를 위해서는 사상이나 관념이 시에서 배제됨이 없이 이것들이 어떤 사물, 정황 또는 일련의 사건으로 대체되어 쓰여져야 한다는 것이다. 물론 이러한 생각은 어떤 대상에 대해 직접적으로 감정을 토로시키는 일이 예술일 수 없다는 반낭만주의적 발상에 근거를 두고 있다. 엘리어트는 또 사상과 관념이 "장미의 향기처럼 느껴져야 한다"는 생각도 가지고 있었다. 그런데 사상과 관념을 장미의 향기처럼 느끼게 만들었다면 이미 거기에도 다른 차원의 세계가 구축되었음을 뜻한다.

　이런 의미에서 시의 언어는 사상, 관념, 의미 내용에 봉사하는 언어가 아니라 오히려 그들을 이용하고 자양분으로 삼을 뿐이다. 그래서 일단 시가 되는 순간 그 언어는 사상, 관념과는 무관한 제3의 실체, 즉 사물이 되는 것이다.

사르트르 J. P. Sartre는 「존재와 무」Being and Nothingness에서 모든 존재는 의식이 없는 '즉자'the in-itself와 의식을 가진 '대자' 'the for-itself'로 구별된다고 보고, 자의식을 가진 인간을 '대자적 존재'라 하였다.

존재하지 않는 것으로 존재하는 대자적 의식은 그냥 존재하는 즉자가 자연의 인과율에 의해서 지배되고 있는데 반해서 그런 인과율의 지배를 받지 않는다. 의식의 자유라는 뜻이다. 인과율을 벗어나서 자기 자신의 결단 혹은 선택에 의해서 자신을 결정함을 의미한다. 사르트르는 의식의 불안정성을 얘기하고 있다. 불안의 근본요인이 나의 존재구조, 즉 대자로서 존재함에 있다면 불안으로부터의 유일한 해방은 내가 대자로서 존재하지 않고 즉자로서 존재해야만 될 것이다. 그러므로 대자는 언제나 즉자가 되고자 한다. 그것은 인간이 스스로 의식없는 존재가 되고자 함을 의미한다. 그러나 역사는 끊임없이 의식의 발달을 강요했고 그것은 결국 즉자와의 거리를 넓히는 결과만 초래하였다. 이것이 사르트르가 바라본 자연, 즉 즉자로부터 소외될 수밖에 없는 인간, 대자의 불안이기도 하다. 자연으로부터의 소외, 자연을 추상화하는 이성적 문화구조는 하나의 유기체로 살아 있는 인간, 자연과 하나가 되어 즉자와 대자로 공존하고자 하는 인간의 궁극적인 욕망과 배치된다.

따라서 시인이 지나치게 의식화되어 있는 문명, 즉 대자적인 인간존재의 비극에서 즉자로 전환하고, 시가 사물이고자 하는 이유는 바로 현존재이면서 대자가 지니는 불안과 소외를 극복하기 위한 구원의 몸부림이라 할 수 있다. 이는 인간존재의 근원적인 실존에서 이와 같이 확인할 수 있는 것이다.

이러한 존재론에 입각해 보면 존재는 우연한 것으로서의 무이유를 극복하기 위해 대자존재를 통해 존재이기를 기도하고, 이것이 존재이유를 획득하고자 한 현대인들의 정신적이고도 현실적 존재적 지향이라고 할 수 있다. 현대시가 존재를 탐구하는 것도 근원적 이유는 바로 현대적 존재론을 배경으로 출발했던 것이 되고, 이는 존재에 따르는 시대적 요청을 시가 수용했던 것이 된다. 현대시가 존재에서 탐구를 통한 존재의 현현을 제1의로 선택했던 것도 바로 존재를 무이유와 무에서 필연적 존재로 존재의 필연성을 획득하기 위해서는 우연을 극복해야 하고, 우연을 극복하기 위해서는 존재이유가 부여되어야한다는 자각에서이다. 현대시는 바로 존재에 존재이유를 부여하기 위해서 존재를 탐구하는 것이다. 우연에서 필연을 찾음으로써 존재의 무나 허무로부터 극복되고자 하는 존재의 기도이자 투기다. 여기에서 시는 기존의 즉자를 대화자, 존재와 존재의 관계를 창조적 관계로 필연화하고자 한다. 현대시가 존재의 새로운 탄생을 위해 존재 이유를 사물에 부여하는 것은 이 때문이다.

누가 떨어뜨렸을까.
밟히고 찢겨진 손수건이
밤의 길 바닥에 붙어 있다.
지금은 지옥까지 잠든 시간
손수건이 눈을 뜬다.
금시 한 마리 새로 날아갈 듯이
금시 한 마리 벌레로 기어갈 듯이
발닥발닥 살아나는 이 슬픔.

— 문덕수, 「손수건」 전문

위 시에서는 사물이나 존재들이 새로운 존재나 대상 사물로 전이

되고 있다. '손수건'이 '한 마리 새'와 '한 마리 벌레'라는 새 생명으로 전이되고 있다. 이 시에서 '새', '벌레'는 다같이 원시적 사물로서 원시적 세계, 즉 원시적 생명에로의 환원을 보여주고 있다. 단순한 정서적 해석이 아니라 존재로의 이동인데 이것은 존재론적 해석에 의존한 것이다.

존재론적 해석은 전통 철학이 존재만을 탐구함으로써 존재망각, 본질의 상실을 초래했다고 경고하면서 사유의 근원인 존재로 돌아가 존재의 진리를 현시할 것을 강조한 하이데거류의 존재의 진실현시와 맥을 같이 한다. 여기에서 말하는 존재의 현시는 단순한 현상학적 현상의 묘사를 뜻하는 것이 아니라 현상학적인 것으로부터 숨어 있는 것이나 존재자의 존재 의미와 가능성을 포착하는 것이다. 여기에는 존재란 드러냄의 배후에 '숨김'과 '감춰짐'의 은폐성을 지니고 있고 이를 위장해서만 자신을 드러내는 계시성을 지니고 있다는 의미인 것이다. 동시에 존재의 나타남은 자기를 나타내는 어떤 것, 존재자를 통해 자기를 알리는 대자존재 양식을 통해 자신을 드러냈다는 의미가 되기도 한다. 이를 지적해 하이데거는 "존재는 본질이며 절대적인 것이지만 비밀에 가득찬 형이상적 신이다. 따라서 철학이나 시인의 임무는 바로 숨어 있는 신의 만남이며 이 속에 드러내는 일이다. 그러나 숨어 있는 신의 추상적이고 사유적인 과학적 언어로는 결단코 신과의 해우가 불가능하다는 것이다. 신은 숨어 있지만 분명히 어떤 계시성을 지니고 있다. 그리고 그 계시성을 반드시 어떤 사물, 즉 존재를 통하여 알리고 있다. 시어의 사물성은 바로 존재의 현시를 위한 존재의 집인 것이다"고 피력하고 있다.

따라서 앞의 시는 바로 언어의 사물성을 빌어 존재를 드러내는 존재의 집으로 사용되었음을 알 수 있다. 길에 떨어진 '손수건'을 새나 벌레로 재탄생케 한 것은 존재의 현현으로 볼 수 있다. 다시 말하면 시의 진리는 바로 존재의 불가해성과 심오성을 지님으로써 과학적 언어 속에는 드러날 수 없고, 비과학적 시어에서만 나타날 수 있다. 이 때문에 시어는 존재해명의 통로가 된다.

이와같이 현대시가 존재의 탐구를 통한 존재의 해석이 아니라 존재의 현현, 나아가서는 존재 자체이기를 희망한 것은 현대 과학문명에 의해 현상학적 존재만을 중시한 나머지 존재 속의 존재, 존재 뒤의 존재를 망각한 데 따른 것이다. 현대시가 존재, 즉 즉자존재를 통해 존재의 필연성을 획득하고자 하고 이를 존재탐구를 통해 성취하고자 함은 현대 수용의 문화적 측면이다.[12]

사물을 통하여 제3의 실체를 존재화하는 것은 현대시에 있어서의 언어관이며 양식이다. 결국 시어의 사물성은 존재의 현현을 위한 '존재의 집'인 것이다.

라. 낯설음

현대시학은 시와 산문의 언어가 보통의 용어를 그대로 사용해야 한다는 원칙에는 변함이 없고 더구나 시가 특수한 언어poetic diction만을 사용할 수 없다는 것 역시 분명하나 그 언어를 사용하는 용법에 있어서는 분명히 다르다는 것이 러시아 형식주의자들의 견해다. 이것은 시와 산문의 변별성differentia을 설명하는 것으로 언어로 사용되는 용법의 분리를 제시한 것이라 할 수 있다.

쉬클로프스키 V. Shklovski의 그 유명한 낯설게 만들기makes strange는 시의 문학성literariness을 낯설은 이미지의 구조로 보는 것인데 이는 기계적인 습관을 파괴, 대상을 낯설게 하여 그를 통해 새로운 경험의 세계를 인식하도록 전환한다는 개념이다. 이러한 개념으로 제시된 낯설게 하기는 종전의 고전주의나 낭만주의에서 주장된 시어의 효과적인 전달이나 경제적 절약법칙과는 전혀 다른 것임을 알 수 있다.

포프 A. Pope는 시를 어려운 것을 적절히 표현하는 것이라 하였고, 워즈워드 W. Wordsworth는 과학자가 발견한 낯선 세계를 인간에게 친숙하도록 만드는 기능이라고 하였으나 쉬클로프스키는 언어의 친숙화야말로 가장 비시적(非詩的)인 것으로 규정하였다.

"바닷가에 사는 사람들은 점점 파도의 속삭임에 익숙해져서 그들은 그것을 듣지 않는다. 이런 사실로 비추어 볼 때, 우리도 우리들이 말하는 언어를 친숙한 일상의 것으로 사용할 때는 거의 듣지 않는다. 낯익은 사람끼리는 서로 바라보지만look 우리는 더 이상 서로의 주의 깊게 쳐다보지는see 않는다. 세계에 대한 우리의 인식은 시들어 버려서 남아 있는 것이라고는 단순한 인정recognition뿐이다."라고 말하고 있다.

친숙화는 동일한 사물에 대한 우리의 지식이 반복되어 습관화되었을 때 조성되는 것이다. 그리하여 지각은 자동화되고 감각은 마비되어 낯익은 사람 사이에는 언어를 생략하고 손짓이나 눈짓으로 의사를 교환하는 탈언어화 상태가 된다. 지각적인 인식의 언어가 생략될 때 남는 것은 기호뿐이다. 인간과 사물, 인간과 인간 사이에 기호만 존재하게 될 때 그것은 시의 세계가 아니라 수학이고 과학이고 산문이다. 추상적인 관념과 습관적이고 기계적인 생활만 존재하는 삶이란 이미 창조적 인간이 아니고 기계나 동물이나 다를 바 없는 비인간화의 무의미한 존재의 세계일 뿐이다.[13]

예술가가 대항해서 투쟁해야 할 것은 바로 이 일상과 습관이 냉혹하게 끌어당기는 힘이다. 대상을 습관적 문맥에서 뜯어내고, 본질적으로 다른 개념들과 함께 묶음으로써 시인은 상투적 표현과 거기에 따르는 기계적 반응stock response에 치명적인 일격coup degrace을 가해서 우리들로 하여금 대상들과 그것들의 감각적인 결texture을 고양된 상태에서 인식하도록 해야만 하는 것이다.[14)

그래서 시의 언어는 낯익음의 용법에서 벗어나 낯선 용법, 즉 난해성을 창조하여 지각하는 것이어야 한다는 것이다. 이는 미적원리의 기본을 암시하고 있는 것이다. 엠프슨은 예술의 목적은 사물들이 알려진 그대로가 아니라 지각되는 대로 그 감각을 부여하는 것이다. 예술의 여러 테크닉은 사물을 낯설게 하고, 형태를 어렵게 하고, 지각을 어렵게 하여 지각하는 데 소요되는 시간을 증대시킨다. 지각의 과정이야말로 그 자체로서 하나의 심미적 목적이며 따라서 되도록 연장시켜야 하는 것이다. 예술이란 한 대상이 예술적임을 의식적으로 경험하기 위한 한 방법이다. 이런 의미에서 대상 자체는 별로 중요하지 않다고 말하고 있다.

이러한 언어의 용법은 무카로프스키 J. Mukarovsky에 의해 체계화된 전경화foregrounding로 설명되기도 한다. 전경화란 탈선deviation, 즉 규칙과 인습에 대한 위반이라는 개념으로 해석된다. 이러한 탈선에 의해 언어가 지니는 일상적인 의사전달 기능을 초월하고 독자를 각성시켜 상투적인 표현의 관습에서 이탈시킴으로써 새로운 지각작용에 이르게 하는 것이다. 즉 일상적인 언어들을 배경화background하고 낯선 시어들을 전면에 제시하는 수법이다. 시에서 이러한 것은 리듬, 어휘 등 시를 구성하고 있는 모든 요소들에 적용된다.

의미자질을 통한 낯설게 하기의 예시를 보자.

> 꽃처럼 붉은 울음을 밤새 울었다.
>
> — 서정주, 「문둥이」에서

위 시에서 언어의 일상적인 용법이 벗어난 시어는 '꽃처럼 붉은 울음'이다. 여기서 '꽃'의 의미자질은 +식물, +시각, +기쁨 등으로 분석된다. 반면 '울음'의 의미자질을 꽃과 대조해 보면 우선 울음의 주체는 동물(−식물)이어야 하고 붉은 빛의 시각이 아닌 청각(−시각)이고 기쁨이 아니라 슬픔(−기쁨)이다. 따라서 각각의 의미자질은 전혀 동질성이 없는 상호모순의 변별성을 갖고 있는 것이다. '꽃'과 '울음' 사이에는 유사성의 자질이 배제되어 그만큼 일탈성이나 낯설음의 충격이 크게 작용[15]함으로써 새로운 지각작용을 유발시키게 된다.

> 내가 생각에 잠긴 도시를 헤매다
> 공동묘지 옆에서 멈출 때
> 격자창, 원추, 우아한 무덤들
> 그 밑에는 수도의 모든 시체들이 부패하고
> 아무렇게나 연이어 모여있는 복잡한 습지에는
> 거지의 식탁에 앉은 탐욕스런 손님처럼
> 죽은 상인과 관료들의 장려한 무덤
> 싸구려 끌로 판 우스꽝스런 장식들
> 그 위에는 산문과 시로 된
> 미덕, 직업, 신분이 적힌 비명;
> 늙은 오쟁이진 남편에 대한 과부의 사랑의 탄식,
> 도둑들에 의해 원추가 나사 풀린 납골단지
> 진흙투성이 무덤들, 그것은 또한 여기서
> 아침에 그들의 주민들이 오기를 입을 떡 벌리고 기다린다
> 근심, 절망이
> 나를 엄습한다.
> 당신은 침뱉고 달아나고 싶을 것이다…
>
> — 푸쉬킨, 「내가 생각에 잠긴 도시를 방황할 때…」에서

여기서 나타나는 단어들의 짝을 어법으로 보면 모순된다. 즉 우아

한-무덤들, 시체-수도, 장려한 무덤-상인들, 죽은 자-관료들, 싸구려-끌, 불평-사랑 등 의미론적으로는 거의 결합될 수 없는 단어들이 결합되어 짝을 이룬다.[16] 이런 것들은 모두가 낯설게 하기의 용법이라고 할 수 있다.

Ⅳ. 리듬의 이해와 자유시

1. 리듬의 개념

리듬rhythme이란 흔히 율동, 운율 혹은 가락으로 번역된다. 그리고 사전적 정의에 따르면, 크게 네 가지 뜻으로 사용된다. ① 율동이라는 일반적 개념 ② 운율이라는 문학적 개념 ③ 음의 3요소 중의 하나, 곧 음의 강박(強拍)과 약박(弱拍)을 규칙적으로 배치하여 시간적 흐름에 질서감을 나타내는 박자라는 음악적 개념 ④ 선·색의 비슷한 요소를 반복하여 이루는 통일된 율동감이라는 회화적 개념 등이다. 리듬, 곧 운율은 시를 포함하여 일체의 우주현상, 자연현상, 생명현상에서 두루 나타난다. 엘리아데 M. Eliade는 1년, 한 달, 일주일, 하루 등을 우주의 리듬 있는 반복으로 설명하고 있다. 해가 뜨고 지는 것, 달이 차고 기우는 것, 봄·여름·가을·겨울 등의 주기적인 순환을 신생·성장·사멸·재생의 생우주적biocosmic인 리듬이라고 하였다.[1]

밀물과 썰물, 인체의 맥박과 호흡의 내쉼과 들이쉼도 리듬이며, 각자마다 특징이 다른 말의 속도와 왼발 오른발 교대로 움직이는 걸음걸이나 주기적으로 반복되는 몸짓도 인간 개체가 타고난 리듬이라고 할 수 있다. 뿐만 아니라 음악은 물론이고 시와 산문, 무용과 체조에도 리듬이 있으며 미술과 조각 작품에서도 리듬감을 느낄 수 있다.

이렇게 볼 때 리듬은 거의 모든 현상에 해당되는 개념으로서 서로 다른 요소들 사이에서 빚어지는 어떤 반복적인 변화나 운동감을 의미한다. 우리가 어떤 현상에서 리듬감을 느끼려면 서로 대립되는 요소들로 분절되고 또 그것들이 일회적인 것이 아니라 반복될 때이다. 밤과 낮은 대립적이며, 이들이 교체 반복됨으로써 우리는 밤낮의 리듬감 속에서 살게 된다. 별자리의 이름도 규칙적으로 반복된다. 꽃이 피고 낙엽이 지는 것도 반복적이다. 그러므로 주기성, 상이성, 반복성은 리듬의 기본적인 요소가 된다. 우리는 리듬을 확인함으로써 신비로운 우주와 삶의 현상을 일관된 질서 속에서 이해하고 생의 의미를 찾아 생활을 하게 된다.

이러한 중요성 때문에 아리스토텔레스 Aristotles는 "시는 율어(律語)에 의한 모방이다"라고 했고, 포우 E. A. Poe는 "시는 미의 운율적 창조"라 했으며, 페이터 W. Pater는 "모든 예술은 음악의 상태를 동경한다"고 하였다. 이러한 말들은 시에 있어서 운율이라는 요소가 매우 중요한 역할을 한다고 지적한 웰렉과 워렌 R. Wellek & A. Warren도 "시를 구성하는 두 개의 주요 원리는 운율과 비유"라고 하면서, 리듬rhythm과 미터metre의 중요함을 말하고 있다. 또한 카이저 W. Kayser는 "리듬은 모든 시를 개성화 한다"2)고 하였다. 이는 리듬에 따라 시의 미적 차이가 얼마나 다양하게 결정될 수 있는가를 설명한 말이다. 특히 흐루쇼브스키는 시에서 리듬이 얼마나 중요한가를 다음과 같이 강조한다.

어떤 시의 구조에서 특이한 리듬을 구현하지 않으면서도 시적 언어만으로—은유적이거나 모호하거나 그밖의 다른—시의 의미론

적이거나 '존재론적인' 특이성을 설명할 수 있다고 하는 것은 환상에 불과하다.[3)]

이상에서 보듯이 리듬은 시에서 매우 중요한 요소라 할 수 있다. 그러므로 리듬에 대한 이해는 시를 이해하고 창작하는 데 있어서 필수적인 것이라 할 수 있다.

사실 시는 여러 문학 장르 가운데서도 리듬에 가장 민감하여 리듬을 본질적 요소로 한다. 전통적으로 시의 가장 명백한 특징을 거론할 때 가장 먼저 소리의 반복성을 지적한다. 소리의 반복이란 다름아닌 소리의 동일한 시간적 반복과 휴지, 소리의 질서 있는 구조인 리듬을 가리키는 것이다. 따라서 시와 산문을 구별하게 하는 가장 뚜렷한 조건도 소리를 모형화한 음악적 요소, 즉 리듬이라고 할 수 있다. 시는 외형상의 길이나 배열에서부터 다른 장르의 문학 현실과 판연히 구별되는데 그 구별을 가능하게 하는 요건이 바로 리듬인 것이다.

> 가. 꽃은 시들고
> 물은 마르고
> 깨진 꽃병 하나
> 어둠을 지키고 있다
>
>   — 오세영, 「그릇 · 2」에서

> 나. 땅에 꿇어 앉아
> 두 손 모아 우러르면
> 하늘도 땅이 되어
> 폭포로 일어선다
>
>   — 허형만, 「땅에 꿇어 앉아」에서

위의 작품들은 행가름을 하지 않았을 때 산문구절이 된다. 그러나 가, 나에서처럼 행가름을 했을 경우, 억양·강세 등으로 의미의 차이가 발생하게 되는데 행은 리듬을 만들어 하나의 시구가 된다. 결국 행가름은 내재율을 창조하고, 내재율은 시를 시답게 만들게 되는 것이다.

> 낮이란 낮
> 밤이란 밤
> 쿵
> 쿵
> 쿵
> 내 빈 뜰을 울리면서
> 다가오느니
> 그대 발걸음
> 심장에 부싯돌을 치는가.
>
> — 이운룡, 「밀물」에서

인용된 시는 리듬감을 위해 의도한 작품이다. 만일 이 작품이 의미만을 드러내기 위한 것이었다면 하나의 행이나 쉼표를 넣어 1행이나 2개의 행으로 나열했을 것이다.

> 가. 맨윗가지에 매단 내 그리움
>   소멸의
>   아픈 구름에 젖어 흐느끼고
>
>   잔가지 사이 머문 바람이
>   한낮을 빛내고 있는 때

앞서거니 뒤서거니
백양나무 푸른 아래 모든 길들은
깊은 해갈로 머물다 간다.

　　　　　　　　　— 손종호, 「백양나무 푸른 아래」에서

　나. 산골짝 벽지에도
　　바람은 회돌아 흐르고
　　붙박이 잡목숲이
　　물이 되어 흐를 때

　　이 깊은 산중
　　바위들은
　　적막에 덮이고 있네

　　　　　　　　　— 강희안, 「한 톨 씨앗처럼」에서

　위의 가, 나를 산문으로 본다면, 중간에 쉼표를 넣어 나열하면 하나의 문sentence일 수밖에 없다. 그러나 이것을 2연으로 나눔으로써 의미의 리듬이 성립되어 시가 되는 것이다.

2. 리듬의 종류

가. 운

　운rhyme이란 소리의 반복을 말한다. 시행의 두운alliteration, 각운end rhyme, 요운internal rhyme, 즉 시작, 끝, 중간에 동일하거나 유사한 소리를 내는 음절의 반복을 말하는데 이를 통틀어 압운이라고 한다.

영시에서의 압운을 보자.

   1) In a summer season when soft was the sun

      (여름철 태양이 따스할 때)

   2) Nay if read this line, remember not

      The hand that write it

      (아니 그대가 이 글을 읽는다 하여도

      글을 쓴 이 손맛은 기억하지 마시오)

  1)에서는 summer, season, sotf, sun 등에서 s가 반복하고 있으며 2)
에서도 1행의 not와 2행의 it에서 t가 반복되어 각운을 이루고 있다.

   1) 問余何意樓碧山

      笑而不答心自閒

      桃花流水答然去

      別有天地非人間

               — 李白,「秋浦歌」에서

   2) 國破山河在, 城春草木深

      感時花濺淚, 恨別鳥警心

      烽火連三月, 家書抵萬金

      白頭搔更短, 渾欲不勝簪

              — 杜甫,「春望」에서

예로 든 한시에서는 1)의 경우 '山', '聞', '間' 등에서, 2)에서는 '深' '心' '金' '簪' 등이 각운을 이루고 있음을 볼 수 있다. 이처럼 영시나 한시에서는 엄격한 압운을 이루고 있으나 우리 시에서는 압운이 발달하지 못하여 고전시나 현대시에서도 이를 사용한 예는 찾아볼 수 없다.

1) 꽃가루와 같이 보드라운 고양이의 털에
   고운 봄의 향기가 어리우도다.
   금방울과 같이 호동그란 고양이의 눈에
   미친 봄의 불길이 흐르도다.

                        ― 이장희, 「봄은 고양이로다」에서

2) 아랫목에 모인
   아홉 마리의 강아지야,
   강아지 같은 것들아
   굴욕과 굶주림과 추운 길을 걸어
   내가 왔다.
   아버지가 왔다.
   아니 십구 문 반의 신발이 왔다
   아니 地上에는
   아버지라는 어설픈 것이 존재한다.

                        ― 박목월, 「가정」에서

예로 든 1)의 1, 3행의 '에'와 2,4행의 '다'는 음절강조가 아닌, 유사어구나 종결어미 때문에 단순한 소리의 반복에 지나지 않다. 또 2)에서 볼 수 있는 '아'도 소리의 반복일 뿐인데 이는 영시나 한시에서처럼 음절의 강조가 없기 때문이다. 이렇게 압운이 발달하지 못한 이유는 영어의 경우에서 보는 같이 철자(음절)가 다르고, 의미가 다른 단어이면서도 발음이 같은 현상을 발견할 수 있지만, 한국어의 경우에는 그렇지 못한다. 영어에서는 음소나 음소군이 달라도 발음은 같은데, 한국어의 음소는 언제나 단일한 음으로 발음된다. 즉, 영어의 great[greit]와 fail[feil]의 'ea'와 'ai'는 같은 음으로 발음되나, 한국어의 경우에는 이러한 현상을 발견할 수 없다.[4] 이 두 단어가 운을 형성한다는 사실을 생각하면, 이런 현상이 없는 한국어의 경우에는 그만큼 압운할 수 있는 언어학적 자질이 결여되어 있음을 말해준다.

나. 율격

율격meter은 말소리의 고저, 장단, 강약을 규칙적으로 반복하는 것이다.

고저율은 노래의 고저가 교체 반복하는 리듬이다. 이를 성조율(聲調律) 또는 평측율(平仄律)이라고도 하는데 중국 시, 즉 한시에서 볼 수 있다. 한시는 4성(평성·상성·거성·입성)이라는 유형에 따라 음의 높낮이를 사용하여 율격을 만들었으나 우리말에는 언어학적으로 고저의 변별적 자질이 없음으로써 우리 시에서는 이러한 음성율이 전혀 적용이 되지 않는다.

강약율은 영시에서 주로 쓰이는데 강한 음절과 약한 음절을 규칙적으로 반복하는 리듬이다. 강약율의 기본단위를 음보foot라고 하는

데 이 음보는 약강격iambic, 강약격 trochee, 강약약격dactyl 등으로 분류된다. 음보수는 한 행에 나타나는 음보수에 따라 1음보에서 8음보까지 있다. 그러나 영어의 악센트처럼 우리말에는 평측의 구별이 분명하지 않아 강약율 적용이 불가능하다.

장단율은 소리의 길고 짧음이 규칙적으로 교체 반복되는 리듬인데 이는 고대 희랍이나 로마 시 또는 인도의 산스크리트 시에 나타난다. 그러나 강약율처럼 우리말에는 장단 역시 구별이 쉽지 않아 우리 시에서는 찾아볼 수 없다.

다. 음수율

음수율은 음절의 수를 한 단위로 하여 규칙적으로 반복되는 리듬이다. 흔히 자수율, 음절율이라고도 하는데 고전시가나 현대시에서 흔히 찾아볼 수 있다.

로츠 J. Lotz에 의하면, 음수율은 순수 음수율과 복합 음수율로 나뉘어진다. 순수 음수율이란 통사적 체계, 곧 낱말이나 문장 속에서 오직 음절수만이 규칙적으로 반복되는 것을 말한다.

사실 음수율은 고려속요, 경기체가, 시조, 가사, 민요 등의 고전시가나 현대시 등에 두루 나타나고 있다. 우리말에는 2음절과 3음절이 가장 많은데 여기에 조사나 어미가 붙어서 한 어절이 대개 3음절 내지 4음절로 이루어지고 있다. 그래서 우리의 음수율은 2·3조, 3·3조, 3·4조, 4·4조, 3·3·2조, 3·3·3조, 3·3·4조가 있고 개화기 이후 일본의 영향으로 형성되었다는 7·5조가 있다. 그러나 이 역시 7은 3·4조, 5는 2·3 등으로 가를 수 있어 전통 음수율의 변형으로 한국 현대시에 정착될 수 있었던 것이다.

우리 시가에서 대표적인 음수율로 된 작품을 보자.

1) 살어리 살어리 랏다
　　청산에 살어리 랏다

　　　　　　　　　— 「청산별곡」에서

2) 元淳文 仁老詩 公老四六
　　李正言 陳翰林 雙韻走筆

　　　　　　　　　— 「한림별곡」에서

3) 대죠선국 건양원년 자주독립 기쁘하세
　　천지간에 사람되야 진흥보국 제일이니

　　　　　　　— 작자미상, 「애국가」에서

4) 언니는 좋겠네
　　언니는 좋겠네
　　아저씨 코가커
　　언니는 좋겠네

　　　　　　　　　— 민요

　1)은 고려가요로서 3·3·2조의 음수율, 2)는 경기체가로서 3·3·4
조의 음수율, 3)은 개화가사로서 4·4조의 음수율, 4)는 3·3조 음수
율의 민요다.

　그러나 이러한 음수율이 우리 시가에 규칙이 되기 어렵다는 견해
가 있다 이유는 첫째로 음절수에 의한 율격의 최저(기저) 단위를 설
정하기가 곤란하고 둘째로는 그러한 최저 단위가 한 행에서 몇 개가
있느냐 하는 것도 설정하기 어렵다는 점에 있다. 전자의 경우, 음절
수에 의한 단위의 등시성을 확보하기 위해서는 음절군이 일정한 음

절량을 갖고 있어야 하는데 실제 작품에서는 그렇지 않다는 점을 들 수 있다. 후자의 경우, 한 행에서의 최저 율격 단위의 수도 일정한 체계를 세우기가 어렵다. 한가지 실례로, 시조의 기준 음수율을 흔히 3·4 4·4(초장), 3·4 4·4(중장), 3·5 4·3(종장)이라고 하지만, 고시조 중에서 이 기준 음수율을 지키고 있는 시조는 불과 7%밖에 안 되고, 실제로는 3백여 종의 음수율이 검출된다는 것이다.[5]

라. 음보율

음보율은 시를 읽을 때 시간적 등장성(等張性)이 단위가 되어 어절을 규칙적으로 배열하여 생기는 리듬이다. 율격체계를 형성하는 단위에는 음절, 음보, 행line, 연stanza 등이 있는데 여기에서 음절은 단위가 된다기보다는 음보 단위를 형성하는 운율적 자질이고, 행은 음보의 상위 단위이며 연은 행의 상위 단위인 것이다. 음보율은 시행을 율격의 기준 단위로 보고 한 시행 속에 음보가 몇 개 있느냐에 따라 음보율은 결정된다.

우리말의 어휘는 앞서 설명한 바와 같이 2음절과 3음절이 압도적으로 많은데 이 어휘에 조사나 어미가 붙어 실제의 어절은 3음절 또는 4음절이 된다. 그래서 우리 시가에도 3음절과 4음절이 리듬의 기본단위가 되고 있는 것이다. 그러므로 3음절이나 4음절이 한 주기로 하여 휴지의 시간적 등장성으로 나타나게 된다.

구체적으로 예를 들어보면 다음과 같다. 고전 시가 가운데 고려속요는 3음보격이고, 시조와 가사는 4음보격이다. 그리고 구비문학의 갈래에 속하는 민요는 3음보격과 4음보격이 있다.

1) 가시리/가시리/잇고

ᄇ리고/가시리/잇고

　　　　　　　— 「가시리」에서

2) 이 몸이/주거주거/일백번/고텨주거
　　백골이/진토되야/넉시라도/잇고옵고
　　님향한/일편단심이야/가실줄이/이시랴

　　　　　　　— 정몽주, 「단심가」 전문

3) 이 몸/삼기실 제/님을 조차/삼기시니
　　혼싱/綠分이며/하놀모를/일이던가

　　　　　　　— 정철, 「思美人曲」에서

4) 날좀보소/날좀보소/날좀보소
　　동지섣달/꽃본듯이/날좀보소

　　　　　　　— 「밀양 아리랑」에서

5) 장산곶/마루에/북소리/나러니
　　금일도/상봉에/님만나/보겠내

　　　　　　　— 「몽금포타령」에서

　　1)은 고려속요 「가시리」로서 3음보율, 2)는 시조로서 4음보율, 3)은
가사로서 4음보율이다. 4) · 5)는 민요로서, 4)는 3음보율, 5)는 4음보
율이다. 우리 시가에는 이처럼 3음보와 4음보가 기본 음보율을 보이
고 있는데 3음보는 우리의 미의식에 맞는 고유의 리듬이며 4음보는
중국 문화의 영향으로 성립된 리듬이다. 3음보는 서민계층, 서정적,
경쾌, 가창 등에 적합한 리듬이며 4음보는 사대부 계층, 교술적, 장

중, 음송 등에 알맞는 리듬이다.[6]

3. 자유시의 리듬

자유시의 리듬은 내재율 또는 자유율이라고 불리운다. 편의상 여기에서는 자유시의 리듬으로 부르기로 한다. 자유시의 리듬이란 음수율이나 음보율처럼 행갈이 원칙이 고정되지 않고 자유롭게 행갈이를 하는 것을 말한다.

그러나 자유롭게 행갈이를 한다고 해서 리듬 자체가 없는 것은 아니다. 언어가 주는 의미나 정서의 변화가 리듬의 기능을 떠맡기 때문에 고정된 리듬이 아니라 자유로운 리듬이라는 뜻이다. 현대시가 의미단위나 음성단위 또는 음보 등 정형적인 리듬에 맞추지 않고 창조성에 의해 리듬으로 변형되거나 폐기하고 있기 때문에 일어난 현상이다.

> 1) 처마 끝에/호롱불/여위어가며//
>   서글픈/옛 자췬양/흰 눈이 내려//
>
>   하이얀 입김/절로/가슴이 메어//
>   마음/허공에/등불을 켜고//
>   내 홀로/밤깊어/뜰을 내리면//
>
>   머언 곳에/여인의/옷 벗는 소리//
>   ― 김광균, 「설야」에서

2) 내 마음 속/우리 님의/고운 눈썹을

즈믄 밤의/꿈으로/맑게 씻어서

하늘에다/옴기어/심어 놨더니

동지 섣달/나르는/매서운 새가

그걸 알고/시늉하며/비끼어 가네

　　　　　　　　　— 서정주, 「동천」 전문

3) 쓸쓸한/뫼앞에/후젓이/앉으면//

마음은 갈앉은/앙금줄/같이//

무덤의/잔듸에/얼굴을/부비면/

넋시는/향맑은/구슬손/같이//

산골로/가노라/산골로/가노라//

무덤이/그리워/산골로/가노라//

　　　　　　　　— 김영랑, 「쓸쓸한 뫼앞에」 전문

4) 늦은 저녁때/오는 눈발은/말집호롱불/밑에 붐비다//

늦은 저녁때/오는 눈발은/조랑말 말굽/밑에 붐비다//

늦은 저녁때/오는 눈발은/여물써는/소리에 붐비다//

늦은 저녁대/오는 눈발은/변두리 빈터만/다니며 붐비다//

　　　　　　　　— 박용래, 「저녁눈」 전문

　　1)은 3음보의 율격을 채용하며 변형시킨 자유시이다. 1,2행의 음보
의 자수는 2,3,4,5로 불규칙하나 끝음보는 5음절을 철저히 지켜 리듬
감각을 살리고 있으며 2)는 첫음보와 끝음보가 4,5음절로 대칭 관계를
이루고 있음을 볼 수 있다. 또한 1, 5행의 4·4·5자가 4·3·5자의
2,3,4,행을 가운데 두고 있어 정서를 환기하는 데 크게 기여하고 있다.

3)은 4음보를 변형시킨 작품들이다. 대체적으로 3·3·3·3조를 유지하고 있으나 2행과 4행 끝음보는 2자로 변형시켰는데 이는 지루하기 쉬운 리듬을 방지하고자 한 의도로 보이며 5행의 3,4음보를 6행에서 반복한 것은 맛을 효과적으로 나타내기 위한 의도적 표현으로 보인다. 4)는 5·5·5·5조로 되어 있는 4음보의 시로 볼 수 있는데 유난히 호흡이 길다. 따라서 리듬이 갖는 음악성은 다소 떨어진다고 할 수 있으나 3음절을 살리기 위해 반복을 거듭하여 시적 리듬을 살렸다.

그러나 3음보를 몇 개의 행으로 분할시키는 경우도 있다.

나는
나는
죽어서
파랑새 되어

푸른 하늘
푸른 들
날러 다니며

푸른 노래
푸른 울음
울어 예으리.

나는
나는
죽어서
파랑새 되리.
　　　　　　── 한하운, 「파랑새」 전문

다음은 현대시에서 많이 채용되고 있는 7·5조의 변형을 보자.

나보기가 역겨워
가실 때에는
말없이 고히 보내드리우리다.

영변에 약산
진달래꽃
아름따다 가실길에 뿌리우리다.

가시는 걸음걸음
놓인 그 꽃을
사뿐히 즈려밟고 가시옵소서.

나보기가 역겨워
가실때에는
죽어도 아니 눈물 흘리우리다.
　　　　　　　　 ― 김소월, 「진달래 꽃」 전문

이 시를 7·5조의 형식으로 한다면 각 연은 "나보기가 역겨워 가실
때에는/말없이 고히 보내드리우리다."로 2행씩 해야 할 것이다. 그러
나 위 시에서처럼 3행씩 나눈 것은 독특한 소리의 효과를 나타내기
위함이다. 7·5조를 1행으로 할 때와 2행으로 할 때에는 리듬 감각이
크게 달라진다. 1,2행을 7·5조로 나열했을 경우, 자연히 리듬의 속도
가 빨라져 감정의 기복이 묻힌다. 그러나 위 시에서 보듯 2행으로 나
눌 때에는 읽는 속도가 1행보다 느려 감정이 솟구치게 되기 때문에
이같이 변용된 것이다. 한편 이 시의 소리구조는 1연과 4연이 서로
대응하고, 2연과 3연이 서로 대응하고 있는데 이는 정상적 율격을 낮

설게 만든 보기가 된다.

또한 7 · 5조는 3음보와 4음보가 될 수도 있다.

1) 나 보기가/역겨워/가실 때에는
   말없이/고이 보내/드리우리다

2) 나 보기가/역겨워/가실/때에는
   말없이/고이 보내/드리/우리다

1)의 2행을 "말없이/고이/보내 드리우리다"로 재분할 수 있어 3음보가 될 수도 있고, 2)에서는 2행을 "드리/우리다"로 통사적 관점에서 나누어 놓고 보면 4음보로도 볼 수 있다. 이처럼 7 · 5조는 자유시에서 다양하게 변용되고 있는데 이는 심리적 갈등과 감정의 기복을 살리기 위한 데 있다. 행과 연 만들기에서 다시 보기로 하자.

V. 시와 상상

1. 상상의 개념

상상imagination이란 라틴어imaginatio에서 온 것으로, 과거에 보고 듣고 겪었던 어떤 사물이나 현상에 관하여 마음 속에서 다시 생각해 내는 일, 즉 다시 그려보는 것을 말하고, 상상력이란 상상을 할 수 있도록 하는 정신적인 내면의 힘을 말한다.

사람은 누구나 상상하는 능력이 있어 지난날의 온갖 희·비·애·락을 떠올린다든지, 미래에 대한 꿈을 꾸게 되는데 이러한 것들은 모두가 상상 활동의 일환이다.

기억은 과거의 일들을 단순히 회상하는—감각적 모상(模像)인 것이며 공상fancy은, 시간과 공간의 질서에서 해방되어 나온 기억의 한 형태에 불과할 뿐 실상 아무것도 아닌 것[1]으로 존 러스킨 J. Ruskin은 공상을 사고를 형성하거나 창조하는 힘이 없는 열등한 기능이라고 말한다. 반면 흄은, 고전주의 시의 무기는 한정된 사물을 관조하는 공상이라야 한다며 공상을 중시했다.

어쨌든 상상력은 사물이나 형상을 재구성하여 새로운 그 어떤 모습으로 형상화 할 수 있는 것이기 때문에 특히 시에서 가장 중요한 무기라고 할 수 있다. 코울리지 S. T. Coleridge는, 예술적 상상력은 하나의 새로운 세계 ― 일상적 인식의 세계와 같은 것이기는 하나 재구성하기 보다 고도한 보편의 차원으로 승화된 세계를 창조해 내는 것이라고 말하고 있다. 그렇다면 시는 상상력의 산물일 수밖에 없는데 이를 지적하여 해즐리트 Hazlitt와 셸리 Shelley는 각각 '시는 오직 상상의 언어'이며 '상상의 표현'이라고 말하고 있다. 또한 셰익스피어는 「한 여름밤의 꿈」에서 상상력의 기능을 다음과 같이 말하고 있다.

> 시인은 이글이글 타는 눈알을 굴리며
> 하늘 위 땅 밑을 굽어보고 쳐다보아
> 상상력이 알지 못하는 사물들의 모양을 드러내면,
> 시인의 붓은 그에 따라
> 공허한 것에 육체를 주고
> 장소와 이름을 정해 준다.

이와같이 상상력은 알지 못하는 사물들, 보이지 않는 것을 보이게 하는 기능을 한다는 것이다. 따라서 시인은 사물을 관조하고 그것을 상상력으로 변용시켜야 된다는 것이다. 다시 말하면 상상력은 사물을 상식이란 이름의 인습이 거울에 비친 그대로가 아니라, 오히려 그것을 거부하는 태도로 지금까지와는 다른 새로운 각도에서 낯설게 변용하여 바라보게 하는 힘을 말한 것이다.

그러면 여기서 한 그루의 나무가 서 있다고 가정하고 그 나무를 어떻게 보아야 하는지 사람마다 그 시각은 다르겠지만 일본인 이또 게이찌(伊藤桂一)가 제시한 8단계를 보자.

1) 나무를 그대로 나무로 본다.

2) 나무의 종류와 모양을 본다.

3) 나무가 어떻게 흔들리고 있는가를 본다.

4) 나무의 잎사귀가 움직이는 모습을 세밀하게 본다.

5) 나무 속에 승화되어 있는 생명력을 본다.

6) 나무의 모습과 생명력의 상관관계에서 생기는 나무의 사상을 본다.

7) 나무를 흔들고 있는 바람 그 자체를 본다.

8) 나무를 매개로 하여 나무 저쪽에 있는 세계를 본다.

위에서 든 사물을 보는 시각의 8가지 유형을 보면 1)에서 4)까지는 나무의 외형적 관찰이지만 일상적·상식적 차원의 1), 2)보다는 3), 4)가 한 걸음 앞선 태도이다. 그리고 5)에서 6)까지는 나무의 외형이 아니라 그 내면을 바라보는 시각이다. 나무의 생명력이라든지 또 그 생명력의 의미나 사상 등 보이지 않는 대상이 상상력을 통해 나무 모양의 형상을 얻고 있다. 7)과 8)의 단계에 이르면 나무는 다시 비약적 변용을 이루게 된다. 바람을 동태화하여 바람을 본다거나, 인간 만사 그리고 우주의 삼라만상을 포괄할 수 있는 '나무 저쪽에 있는 세계', 즉 피안의 세계까지도 한 그루의 나무를 통해 정신적이고도 형이상학적인 비물질계까지 보게 된다. 상상력에 의해서 1)에서 8)까지의 사고가 단계적으로 넓고 깊게 확정되고 있음을 볼 수 있다. 시를 쓰고자 하는 사람은 이러한 상상력을 그 누구보다도 많이 키워야 한다.

나는 나무같이 사랑스런 시는
결코 없으리라고 생각한다.

단물 흐르는 대지의 젖가슴에
주린 입을 꼭 댄 나무
종일토록 하느님을 보며
무성한 팔을 들어 기도하는 나무

여름이 되면 머리카락 속에
방울새의 보금자리를 이룬 나무

가슴에는 눈이 쌓이고
비와 정답게 사는 나무

시는 나와 같이 바보가 써도
나무는 오직 하느님만이 만드신다.

　　　　　　　　　— A. T 킬머, 「나무」 전문

　예시에서 보는 바와 같이 '나무'라는 사물이 상상력을 통하여 '사
랑스러운 시', '주린 입술', '기도', '방울새의 보금자리', '비와의 삶',
'하느님만이 만든' 등으로 상상되어 신비롭고 생기있는 사물을 만들
고 있다.

갈대가 날리는 노래다
별과 별에 가 닿아라.
지혜는 가라앉아 뿌리 밑에 침묵하고,
언어는 이슬방울,
사상은 계절풍,
믿음은 業苦,

사랑은 피흘림,
영원. ──너에의
손짓은
하얀꽃 갈대꽃.
잎에는 피가 묻어,
스스로 갈긴 칼에
선혈이 뛰어 흘러,
갈대가 부르짖는 갈대의 절규다.
해와 달 해와 달 뜬 하늘에가 닿아라.
바람이 잠자는,
스스로 침묵하면
갈대는
고독.

— 박두진, 「갈대」 전문

이 시는 '갈대'라는 식물에다가 많은 상상력을 동원하여 새로운 사물이나 정신적인 비물질의 세계까지 창조해 내고 있다. 이는 '갈대'라는 가시적 사물성만을 보는 것이 아니라 인식하지 못하거나 보이지 않는 것들까지 상상력을 통하여 새롭게 바라본 것이다.

주어(S) = 사물	서술어(P · V) = 상상
갈 대	날리는 노래, 별과 별, 지혜, 언어, 사상, 믿음, 사랑, 하얀꽃, 피, 칼, 선혈, 절규, 바람, 고독

이처럼 상상력은 우리의 사고를 신비로운 세계—낯선 세계로 확장시켜 주고 사물에 대한 새로운 의미의 지평까지 열어주게 되는데 리처즈의 지적처럼 이미지를 만들어 내고 직유나 은유를 만들어 통합적·마술적이다. 여기에서 통합적·마술적이라는 것은 원거리 현상의 은유, 역설, 아이러니와 같은 모순·반대되는 이미지들을 결합하여 하나의 전체적인 통합체를 구성하는 기능을 말한다. 결국 상상력은 시를 성립시키는 원리와 창조의 원리로 작용하고 있음을 알 수 있다.

그러면 상상력에 대한 유형을 보자.

먼저 코울리지는 제1상상력primary imagination과 제2상상력secondary imagination으로 나누었는데 제1상상력은 어떤 대상이나 세계를 인식하여 창조행위가 인간의 정신 속에 싹트는 것이고 제2상상력은 제1상상력을 이념화하고 통일하려는 인간의 의지 또는 의식적인 사용을 말한다. 제임즈 W. James는 재생적 상상reproductive imagination, 생산적 상상productive imagination으로 나누었으며 러스킨은 통찰적 상상력 penetration imagination, 연합적 상상력 associative imagination, 정관적 상상력 contemplative imagination 등으로, 윈체스터 C. T. Winchester는 창조적 상상 creative imagination, 연합적 상상, 해석적 상상interpretative imagination 등으로 분류했다. 여기에서는 이들의 이론을 중심으로 1) 재생적 상상 2) 연합적 상상 3) 창조적 상상 등 3분법을 적용하여 실제를 보자.

2. 상상의 유형과 상상력 키우기

가. 재생적 상상

재생적 상상이란 지난날에 겪었던 이미지가 변함없이 그대로 다시 나타나는 경우이다. 즉 과거에 체험했던 일을 회상해 내는 것을 말하는데 곧 기억에 해당된다. 이는 과거의 경험물을 다른 요소들과 결합하여 낯선 이미지를 드러내지 않고 모상이나 인상 자체만을 그대로 재현함으로써 단순 상상이라고도 한다.

물론 재생적 상상은 과거를 재현할 수 있다는 점에서는 상상력의 기능에 의한다고는 할 수 있으나 새로운 창조적 요소가 배제됨으로써 시를 성립시킬 수 없는 것이다. 여기에서 우리는 현대시가 과거를 그대로 떠올리는 단순한 정서의 유희나 직정(直情)의 표출이 아님을 알 수 있다.

학생들의 시를 보자.

바람이 불었다.
나무와 풀이 한쪽으로
쓰러지고 있었다
나도 옆으로 쓰러져
숨을 죽였다
풀벌레 소리도 들을 수 없었다.

이 경우 비록 정서적 체험이 들어있다고 할 수 있으나 경험을 재생한 것에 불과하다. 재생적 상상은 창작의 기초인 이미지를 이끌어 내는 역할을 담당하지만 과거의 단순 재현이 시는 아니다. 재생된 이미지가 시가 되기 위해서는 과거의 경험에 새로운 이미지를 결합하여 재구성, 또 다른 세계를 만들어야 한다. 그러나 예시는 시적 형태만 갖추고 약간의 정서만 드러냈을 뿐 과거의 모상이나 인상의 이미지를 그대로 표현함으로써 시가 성립되지 않는 것이다.

낮에는 문이 잠겨져 있었고

해가 지면
희미한 불빛이 보여
날파리들이 모여들었다.

이 역시 '문', '해', '불빛', '날파리' 등 과거의 이미지만을 그대로
나열했을 뿐 직유나 은유는 물론이고 역설, 아이러니 등 모순되는 새
로운 창조적 이미지들이 결합되지 않아 단순 재현에 불과하다. 이런
것들이 시가 되려면 재생적 상상을 뛰어 넘어 신선하거나 치열한 이
미지를 이끌어 내야하며 시적 요소들과의 결합이 있어야 하는 것이
다.

결국 재생적 상상은 기억이 가공되지 않는 사실이나 소재에 불과
하다는 점에서 창조의 원리가 될 수 없는 것이다.

나. 연합적 상상

연합적 상상은 연합이라는 말 그대로 두 가지 이상의 이미지가 합
치하는 상상이다. 즉 일종의 유사성을 근거로 하여 떠올리는 연계적
상상이다. 이를 달리 복합적 상상 혹은 연상적 상상이라고도 하는데
원물이 '나무'인 경우, 나무에 바람·새·구름 등을 연합하여 재구성
하는 것을 말한다.

지나가는 숙녀의 귀밑머리를 보고 옛 애인의 모습과 흡사함을 느
끼며 이별하기 전의 옛 애인을 상상하는 것과 같다. 즉 재생 상상인
경험 대상물을 해체·분류하거나 분류된 것을 유사성에 의하여 재결
합 또는 다른 경험 모상물을 떠올려 복합시키는 상상력을 의미한다.
그러니까 단순한 과거의 경험적 재현 또는 그 결합체의 재생이 아니
라 새로운 변형의 창조라 할 수 있다. 코울리지는 "시인은 인간의 능

력들을 각자의 가치와 지위에 따라서 서로서로 종속시키면서 결국 인간의 영혼 전체를 활동시킨다. 그는 통일의 기본과 정신을 두루 가득 차게 만드는데, 그것은 저 종합적이며 마술적인 능력으로 말미암아 각 능력을 서로서로 융합시킨다."고 말하고 있다. 한편 러스킨은 '상상력을 고상한 정서를 불러일으키는 원동력으로 보고, 아무리 고상한 정서라도 그 정서를 불러일으키는 상상의 도움 없이는 불가능하며 정서적으로 친근한 이미지들을 결합하여 새로운 형체를 창조하는 것'이라고 말하고 있다. 그래서 재생 상상에서 나온 경험 대상물에 또 다른 경험이나 직관된 연상을 결합시킴으로써 비유가 성립되며 여기에서 나온 새로운 형체는 마술성을 띄게 된다.

> 1) 고래가 이제 횡단한 뒤
> 海峽이 天幕처럼 퍼덕이오
>
> > ― 정지용, 「바다」에서

> 2) 낙엽은 폴란드 망명정부의 지폐
> 포화에 이지러진
> 도룬시의 가을 하늘을 생각케 한다.
> 길은 한줄기 구겨진 넥타이처럼 풀어져
> 일광의 폭포 속으로 사라지고
> 조그만 담배연기를 내뿜으며
> 새로 두시의 급행열차가 들을 달린다.
>
> > ― 김광균, 「추일서정」에서

1)은 '바다'를 단순한 바다로 보지 않고 '고래', '天幕'을 이끌어 내어 결합시킴으로써 신선하고 생동감 넘치는 바다로 새롭게 창조해

내고 있다. 2)에서도 '낙엽'을 보면서 쓸모 없는 '폴란드 망명정부의 지폐'와 '포화에 이지러진 도륜시의 가을 하늘' 등 이질적인 것들을 연상하여 결합시킴으로써 무가치한 낙엽의 이미지를 더욱 실감나는 새로운 이미지로 만들고 있다.

1

향료를 뿌린 듯 곱다란 노을 위에
전신주 하나 기울어지고

머언 고가선 위에 밤이 켜진다.

2

구름은
보라빛 색지 위에
마구 칠한 한 다발 장미

목장의 깃발도 능금 나무도
부울면 꺼질 듯이 외로운 들길

— 김광균, 「데상」 전문

1연에서는 붉게 채색된 노을을 노을로만 보지 않고 이질적인 '향로'로 연상하여 색채 감각이 후각 감각에 상응하도록 교묘히 결합하여 비유를 성립시키고 있다. 2연에서는 밤이 되면 불을 켜는 선행 체험을 동원, '밤이 켜진다'고 명암을 동시적으로 만들어 내고 있으며 3연에서는 '구름'을 선행 체험의 사물인 '한 다발 장미'를 빌어다 결합시켰다. 4연에서는 '목장의 깃발'이나 '능금 나무'를 연상 상상에 의한 체험인 '외로운 들길'을 동원하여 결합, '외로움'을 감각적 정서로 더욱 쓸쓸하게 만들어 냈다.

그렇다. 하늘에서 번개가 번쩍 하자
너는 천둥소리를 내며 깊은 골짜기로 거꾸러졌다.
너는 이제 산마루에 다시 설 수가 없다
너는 이제 바람과 겨루거나 비와 다투지 않아도 된다.

너는 완전히 패배해서 자빠져 있다.
너의 수많은 바늘잎들은 시들어 누렇게 빛이 변했다.
검은 구름은 자랑스레 세상에 선포한다
너는 이제 세상에서 사라졌다고—

세월은 오고 가고 바람과 비는 여전하고 태양은 그대로 빛나지
만
너의 용 같던 몸에선 비늘이 온통 떨어져나가고
너는 썩고 부스러져서
마침내 새까만 흙더미로 변했다.

너는 완전히 사라졌다. 하지만 너는 말없이 씨를 남겼다.
씨들은 날아가서 산 구석구석에서 뿌리를 내린다.
너의 목숨이 억만으로 나뉘어 모두 구름 높이 솟으리라는 것은
오직 시간만이 말할 수 있으리라.
　　― 왕닝유(王宁宇), 「쓰러진 황산(黃山)의 소나무」 전문

　예시는 구상의 설명[2]처럼 메시지의 강렬성이 신선하게 드러나 있
다. 이 시는 만물의 생존번식의 자연법칙에 대한 새로운 발견과 그
놀라움인데, 먼저 산마루의 장송(長松)이 벼락을 맞아 골짜기로 거꾸

로 나가 자빠지는 광경을 보고 그 경험에다 잎이 시들고, 껍질이 말라 떨어지고, 나뭇가지와 기둥이 썩는 등 여러 가지 경험의 연상작용에 의하고 있음을 볼 수 있다. 한 걸음 나아가서는 그 장송이 흩뿌리고 간 씨앗들이 나무가 되어 구름을 뚫고 솟을 미경험의 광경까지 상상으로 그려놓고 있는 것이다. 그래서 이 시는 우리가 흔히 소나무를 보고 느끼는 감동보다 훨씬 더 짙고 깊은 감동을 주고 있는데 이는 시인의 관찰력과 상상력이 현실적 공간과 시간의 제약에 있는 사실성이 아니라 그것을 초월했기 때문이다.

이상에서 볼 수 있듯 연합적 상상은 재생 상상에서 나온 체험 대상물을 또 다른 체험과 통합시켜 구체화하는 하나의 수단이라고 말할 수 있다. 그래서 연합적 상상은 기존의 것을 새로운 것으로 바꾸어 낸다는 점에서 창조의 원동력이 되는 것이다.

다. 창조적 상상

창조적 상상은 선행의 경험을 해체 또는 분리하고 여기에다 또 다른 선행 경험의 모상을 덧붙여 새로운 형태로 재구성, 실재하지 않는 세계의 심상을 창조하거나 전체적 통일을 형성하여 새로운 의미를 창조하는 것을 말한다. 이는 비유사성의 사물을 결합시키는, 즉 원거리 연상의 연결고리 구실을 하는 창조적 원리를 담당하는데 이질적 이미지와의 결합을 말한다.

윈체스터에 의하면 창조적 상상은 경험에 의하여 주어지는 요소들 중에서 자발적으로 선택하고 그것을 통합하여 새로운 것을 창조하는 것이다. 이 과정에서 통합이 무규율적이고 불합리하게 진행될 경우, 그것은 공상의 성격을 갖게 된다고 설명하고 있다.

또한 코울리지는 관찰 대상을 변형시키는 독창적 기능으로 파악하고 있다.

> 심오한 감정과 심원한 사상의 합일, 또한 관찰의 대상에 대한
> 관찰에서 드러나는 진실성과 그 관찰 대상을 변형시키는 상상력
> 이라는 기능 사이의 정교한 균형, 그리고 무엇보다도 일상적인 사
> 람의 눈에는 습관이라는 장벽에 의해서 그 모든 광채를 잃어버리
> 고 말아 그 섬광과 이슬같은 싱싱함을 고갈하고 말았을 형상과
> 사건, 정황들의 주위에 이상세계의 색조와 분위기를, 또한 그 깊
> 이와 높이를, 시 속에서 펼쳐내는 독창적인 재능.[3]

이와 같은 견해는 일상적 상상을 초월하여 관찰 대상을 변형시키
는, 다시 말해 서로 다른 이질적 체험들을 합일시켜 시 속에서 펼치
는 창조적 상상을 말하고 있는 것으로 볼 수 있다.

> 나는 커피 스푼으로 내 일생을 떠마셨다.

엘리어트의 시에 나오는 이 구절은 일상적인 해석으로는 "나는 커
피 스푼으로 차를 떠마셨다."가 된다. 그러나 '커피'와는 전혀 관련성
이 없는 "내 일생을 떠마셨다."고 엉뚱하리만치 먼 거리의 이질성을
동원하여 결합시키고 있다. 결국 '나의 삶은 양적·질적으로 가치없
는 존재'라는 논리를 먼 거리에 있는 이미지들을 결합시켜 시를 시답
게 만들고 있다.

> 많은
> 태양이
> 쬐그만 공처럼
> 바다 끝에서 뛰어 오른다

일제히 쏘아 올린 총알이다
짐승처럼
우르르 몰려 왔다가는
몰려간다
능금처럼 익은 바다가 부글부글 끓는다
일제 사격
벌집처럼 총총히 뚫린 구멍 속으로
태양이 하나하나 박힌다
바다는 寶石箱子다.

— 문덕수, 「새벽바다」 전문

예시에서는 태양이 솟아오르는 모습을 일상적 해석과는 다른 이질
적 사물을 동원하여 결합시킴으로써 시적 긴장감을 한층 북돋아 주
고 있다. 즉 '총알', '벌집', '보석상자' 등 먼 거리의 사물 이미지들을
끌어들여 시를 신선하면서도 단단하게 만들고 있다. 이와 같이 바다
의 섭리를 은유적 수법으로 탄력성 있게 처리한 것은 바로 창조적
상상에 의한 것이다.
또 한 편의 시를 보자.

터진 內臟이다
한무더기 蛔蟲을 쏟는다
어느새 旣定事實이 되어버린
이 軟禁狀態
皇帝는 계속 無電을 치지만
그야말로 隔靴搔痒일 수밖에 없는
창궐하는 무좀이다.

— 李炯基, 「장마」에서

여기에서는 '장마'와는 관련이 없는 '內臟', '蛔蟲', '無電', '무좀' 등 이질성의 이미지들을 결합시켜 '지루한 장마'라는 논리를 은유로 창조하여 '장마'의 이미지를 새롭게 만들고 있는데 이런 것들은 시인 자신의 주관적 창조인 것이다.

> 버린 女子들이
> 무시로 다시 찾아온다.
> 젓가락 한 짝이라도 들려줘야 떠난다.
> 버린 자식들이
> 떼지어 몰려온다.
> 기계총이 돋은 머리로 그대를 규탄한다.
> 비로소 强者를 만난다. 소금과 같다.
> 한밤중엔
> 버린 만년필이 찾아온다.
> 그대의 모든 공책에 쓴다.
> 그대의 全生涯을 누설한다.
> 구멍뚫린 모자도 온다.
>
> ── 정진규, 「降雪」에서

'눈이 내린다'는 「降雪」이 여기에서는 일상적 의미와는 다른 '버린 女子들', '젓가락 한 짝', '버린 자식들', '소금', '만년필', '공책', '모자' 등 이질적인 이미지들이 결합되어 관찰 대상인 '눈'을 매우 신선하게 드러내고 있다. 따라서 '눈이 내린다'는 단순한 현실이 아니라 창조적 상상력에 의한 다양한 모습으로 또다른 세계를 창조하고 있는 것이다.

그러면 이쯤에서 문덕수가 예로 들로 있는 재생적 상상부터 창조
적 상상까지의 과정이 선명하게 드러나고 있는 시를 보자.

　　　남향 영창을 열고
　　　볕을 쪼이고 앉다.

　　　오직 하나인 나의 視野엔
　　　온 종일
　　　푸른 熱로 내뿜는 생명의 噴水
　　　앞뜰에 서 있는 두어 그루 나무뿐.

　　　그러나
　　　그 神秘로운 가장귀의 線들은
　　　보다 큰 다른 視野 속에서
　　　南風에 바르르 떨기도 한다.

　　　아, 나의 소원은 무엇이었던가?
　　　이제 나는 그것을 알아지는 것 같다.
　　　그것은 저 五月의 나무처럼
　　　어떤 全體의 視野 속에서 成長한다는 그것이다.

　　　나는 어느새
　　　잠이 들고 있다.
　　　　　　　　　　　— 김윤성, 「新綠」 전문

　　최초의 감각적 경험은 "남향 영창을 열고/볕을 쪼이고 앉다"는 것
인데 이는 시인이 앞뜰에 서 있는 두어 그루 나무를 보고 있는 것에

대한 재생이다. 이것은 현재 경험하고 있는 순간의 재현이지만, 이 작품을 쓸 때에는 선행 경험이 되고 있는 것이다. 이 선행 경험의 재생에서 푸른 열을 뿜는 나무에, 또 다른 선행 경험인 '噴水'가 결부되어 '생명의 噴水'라는 의미를 부가시켰다. 그리고 나무의 푸른 윤곽의 선들이 남풍에 바르르 떨고 있는데, 여기에는 나무 외에 또 '南風'이라는 요소가 결부되었다. 나무에 분수와 남풍이 결부되고, 거기에 생명의 신비성이라는 의미가 부여된 하나의 '視野'라는 공간인식의 확대 작용이 있다. 이것이 연합적 상상이다. 여기에서 다시 "나의 소원은 무엇이었던가?"로 시작한 자성(自省)이 결부되어 "어떤 全體"라는 형이상적 체험의 의미가 부가되어, 창조적 상상이라는 제3단계의 상상에까지 이르렀음을 볼 수 있다.

이러한 창조적 상상은 자동기술법automatism과 같이 상상력이 의식의 지배에서 벗어나 자유연상에 의해 재구성 된다는 원리와 같다고 할 수 있다.

> 내 妻는 갖고 있다. 山불의 머리칼을
> 自然의 번개의 사고를
> 모래시계의 동체를
> 내 妻는 갖고 있다. 호랑이 이빨 사이의 수달의 동체를
> 내 妻는 갖고 있다. 장미꽃 무늬 리본매듭과 최후의 웅대한 별
> 의 花環의 입술을
> 흰 땅 위의 흰 생쥐의 흔적 같은 이를
> 문지른 호박과 유리의 혀를
> 내 妻는 갖고 있다. 칼에 찔린 주인 같은 혀를
> 눈을 감았다 떴다 하는 인형의 혀 같은 혀를
> 믿기 어려운 돌의 혀를
> 내 처는 갖고 있다. 어린애의 첫 습작글씨 같은 눈썹을

제비 둥지의 가장자리 같은 눈썹을
내 妻는 갖고 있다. 온실 지붕의 슬레이트 같은 관자놀이를
유리창에 낀 습기의 관자놀이를
내 妻는 갖고 있다. 상파뉴의 어깨를

　예시는 앙드레 브르통 André Breton의 「자유로운 結合」의 일부인데
여기에서 볼 수 있는 것은 단절과 의미의 착란적 남발이다. '호랑이
이빨', '장미꽃 무늬', '흰 생쥐의 흔적', '칼에 찔린 주인', '어린애의
첫 습작글자', '지붕의 슬레이트', '상파뉴의 어깨' 등 아무런 상관성
이 없는 이미지들이 결합되어 있는데 이와 같은 무분별적 현상은 착
란 그 자체가 아니라 새로운 탄생을 제시하는 것으로서 융이 지적한
것처럼 무분별의 원시적 심리상태, 어둠의 상태, 주관과 객관의 미분
화 상태, 인간과 우주의 무의식적 동일화 상태를 지시한 것이다. 여
기에서 창조적 상상이 의식의 구속에서 벗어남으로써 새로움을 창조
하게 된다는 것을 알 수 있다.
　결국 창조적 상상은 체험으로 해석한 이미지와 다른 선행 경험의
이미지를 연계시키고 결합시키는 기능이다. 물론 여기서 이미지를 결
합시킨다고 하는 것은 해체한 이미지와 또 다른 이미지를 결합하는
창조적 원리를 뜻한다. 바슐라르 Bachelard의 지적처럼 창조적 상상은
예술 창조의 내면적 힘이라고 할 수 있다.

VI. 이미지 만들기

1. 이미지의 개념

이미지image라는 용어는 일상어로서도 광범위하게 통용되고 있다. 가령 우리들은 "누구누구는 이미지가 참 좋다", "그 여자는 왠지 청순하고 지적인 이미지가 있어", "이번 일로 너는 종전의 이미지를 완전히 바꾸어 놓았어" 등의 대화를 나눌 뿐만 아니라 현대는 '이미지의 시대'라 할만큼 우리들이 일상에서 늘 보아오는 상표, 간판, 네온사인, 포스터, 회사나 어떤 집단의 마크, 영화스크린, TV화면 등에서도 이미지라는 용어를 많이 쓰고 있는 것을 볼 수 있다.

이미지라는 말은 원래 실물의 모상(模像)이나 조상(彫像)을 말하는데 상상imagination과 어원을 같이 하고 있는 점에서도 알 수 있듯 상상력이 만들어낸 심상 또는 영상을 말한다. 다시 말해 어떤 체험이 구체적·감각적으로 마음속에 재생되는 상을 말한다.

이미지는 보통 단일한 심상을 의미하고 복수 이미지를 나타내는 경우에는 이미저리imagery라는 용어를 쓴다. 시는 선택된 단일한 이미지가 유기적으로 결합되어 구성된 것인데 이 때 결합된 이미지들을 통틀어 가리킬 때 이미저리라고 한다. 즉 이미지들의 결합체인 것이다.

　루이스가 참신하고 대담하고 풍부한 이미지야말로 현대인의 장점이며 제일의 수호신이다[1]라고 하였듯이 현대시에 있어서 이미지는 절대적인 시의 구성요건이 되고 있다. 그러면 시의 이미지를 무엇으로 이해하는가? 루이스는 "그것은 말로 만들어진 그림이다."[2]라고 설명한다. 그리고 한 개의 형용사, 한 개의 은유, 한 개의 직유로 이미지를 만들어 낼 수 있다. 또 이미지는 표면상으로는 순전히 묘사적이지만 우리의 상상에 외적 현실의 정확한 반영 이상의 어떤 것을 전달하는 어구나 구절로 제시될 수도 있다는 견해를 표명, 이미지라는 말의 뜻을 넓게 확장시켰다. 그러니까 말로 만들어진 그림은 독자가 시를 읽으며 음미하는 것이 아니라 마음에 어떤 영상을 떠올려 한 폭의 그림을 감상하는 경지로 볼 수 있다. 그런데 여기서 말로 만들어진 그림은 웰렉과 워렌도 지적하듯이 시각적인 것만이 아니라 '과거의 감각상의 혹은 지각상의 체험을 지적으로 재생한 것', 즉 기억까지를 말하고 있는 것이다.

　그런가 하면 이미지스트의 선구자 역할을 한 흄은 "시는 표지의 언어counter language로 구성되는 것이 아니라 시각적이고 구체적인 언어visual and concret language로 구성된다."고 하였다. 따라서 '배가 항해했다'sailed라는 표지는 '바다 위로 질주하였다'coursed the sea라고 말해야 한다. 이렇듯 시인에 있어서 이미지란 단순한 장식이 아니라 직관적인 언어의 정수 그 자체[3]라고 했다. 이렇게 본다면 이미지는 체험, 시각, 구상화를 중시하고 있음을 알 수 있다. 파운드 E. Pound는 "수많은 작품을 쓰는 것보다 일생 동안 단 하나의 이미지를 만드는 것이 더 좋다."[4]라고 말하고 '이미지스트 시인들은, 불필요한 말과 형용사를 쓰지 말 것과 추상적인 말을 두려워하고 사용하지 말 것' 등을 제시하였다.

이와 관련하여 이미지스트들은 1915년 「이미지스트 시집」Some Imagists Poets에서 총 6장의 이미지즘 선언문을 통해 구체화했다.

1) 일상용어를 사용할 것. 그러나 항상 정확한 말을 사용할 것. 엇비슷하게 정확하거나 단순히 수사에 그치는 말을 사용하지 말 것.

2) 새로운 정조의 표현으로 새로운 리듬을 창출해 낼 것. 낡은 정조를 반영하는 데 지나지 않는 낡은 운율을 흉내내지 말 것. 우리는 시를 쓰는 유일한 길이 자유시에 있다고 주장하지는 않는다. 우리는 자유의 원칙을 위하여 노력하는 것과 같이 자유시를 위하여 노력한다. 우리는 시인의 개성이 인습적 형식에 의해서보다는 자유시로서 더 훌륭하게 표현될 수 있다고 믿는다. 시에 있어서 새로운 운율은 새로운 사상을 뜻하는 것이다.

3) 주제의 선택은 절대로 자유로울 것. 비행기와 자동차에 대하여 서툴게 쓰는 것은 좋은 예술이 아니다. 과거의 것에 대하여 솜씨 있게 쓰는 것이 나쁜 예술일 수 없다. 우리는 현대생활의 예술적 가치를 진심으로 믿는 바다. 그러나 우리는 1911년도의 비행기처럼 곰팡내가 나고 또한 새로운 분위기를 갖지 못하는 것은 예술적 가치가 없다고 지적하고 싶다.

4) 이미지를 제시할 것(이미지스트라는 말은 여기서 유래한다). 우리는 화가의 일파가 아니다. 그러나 우리는 시라는 것이 특수한 것을 정확하게 표현해야 하며 아무리 휘황 찬란하고 당당한 것이라 할지라도 막연하게 보편적인 것을 다루어서는 안 된다고 믿는다. 이러한 이유로 우리는 자신의 예술에 있어서 실제의 곤란을 회피하는 것으로 보이는, 질서정연함을 주장하는 우주파 시인들을 반대한다.

5) 견고하고 명쾌한 시를 만들어 낼 것. 흐리멍텅하고 모호한 시를 쓰지 말 것.

6) 마지막으로 우리들 대부분은 집중 농축이야말로 바로 시의 진수(본질)라고 믿는다.

이상의 이미지즘 선언문을 요약하면 정확한 말의 사용, 새로운 정조로 새로운 리듬 창출, 주제의 자유, 이미지 제시, 견고하고 명쾌한 시, 집중과 농축 등인데 특히 4), 5), 6)이 여기에서 강조되는 대목이다. 이에 대한 구체적인 설명과 예시는 기능이나 종류에서 살펴보는 것으로 한다.

2. 이미지의 기능

시에 있어 이미지의 기능은 이미지가 시 속에서 어떤 권리를 수행하는가 하는 점을 말하는데 그 기능은 다양하다. 루이스는 이미지가 시에서 1) 신선한 미를 빚어내게 하고 2) 강렬성과 3) 환기력을 자아낸다[5]고 하였다. 신선함이란 일종의 생명감이나 쾌감을 뜻하는데 루이스에 의하면 "해바라기가 되었다. 그 꽃 빛깔은 노랗다"와 같이 우리가 쓰는 일상적 언어, 또는 추상적 용어들은 거칠고 비계시적(非啓示的)이기 때문에 묘사의 정밀성을 통해서 객체와 감각이 하나로 합치되어 새롭게 산뜻한 세계를 가져다 주는 기능을 하고 있다는 것이다. 또한 강렬성은 함축적 의미의 사용, 언어의 탄력감, 긴축미 같은 것인데 이미지 상호간의 긴밀한 관계 확보로 튼튼한 형태의 구조를 확보해 내는 일이며 환기력은 정서적 반응을 뜻한다.

여기에서는 이미지의 기능에 대한 여러 견해들을 종합하여 첫째 사물의 구체적 묘사, 둘째 정서 환기, 셋째 사상의 육화(肉化) 등으로 집약시켜 살펴본다.

첫째 사물의 구체적 묘사를 보자. 현대시는 설명하고 해석하는 언어기능에 의존하기보다는 의미의 회화화에 의탁하기 때문에 의미의 형상화를 위해서는 언어가 아닌 구체적 사물로 재구성될 수 밖에 없게 된다. 그래서 시의 구체적 사물화는 그 어떤 의미가 형상이나 소리, 맛, 색깔까지 드러내 주게 되고 관념이나 정서까지 정확하게 그 형상을 드러내 의미를 전달하게 된다. 즉 사물의 구체적 묘사는 사물의 감각적 성질을 제시하는 것이라고 할 수 있다.

> 검은 망토 자락이
> 서서히 미끄러져 내려가는
> 산등성이만한
> 실팍한 등어리에
> 純度 높은
> 빛과
> 소리를
> 한 짐 짊어지고
> 都市의 골목으로
> 걸어 들어오는
> 싱싱한 얼굴.
>
> ― 정한모, 「새벽·3」 전문

이 시는 시적 대상을 추상이 아니라 시각적 이미지로 구상화함으로써 '새벽'을 신선하게 드러내 주고 있다. '망토자락', '산등성이', '등어리', '도시의 골목', '얼굴' 등 구체적 이미지로 추상적인 '새벽'을 감각적·정서적으로 형상화하여 새벽 분위기를 신선하게 환기시켜 주고 특히 '해'를 '싱싱한 얼굴'로 형상화하여 해의 의미를 새롭게 제시해 주고 있다. 이러한 감각적 이미지는 시각 이미지 외에 청각,

미각, 후각, 운동 감각 이미지 등이 있는데 '꽃처럼 붉은 울음'처럼 시각(붉은)과 청각(울음)이 결합된 경우는 공감각 이미지가 된다.

둘째 정서의 환기 기능이다. 루이스는 이미지를 '정서 또는 정열을 가진 언어로 구성된 회화'라고 말한 바 있다. 감각적 성질을 제시하는 모든 이미지는 정서를 환기하는데 이는 정서와 감각이 밀착되어 있기 때문이다. 정서는 환경 속의 어떤 대상에서 느껴지는데 리처즈는 정서에 대하여 "자극하는 상황이 온몸에 질서화된 반응을 확대하여 선명하게 두드러진 의식을 채색하는 것으로 느끼게 된다. 유기적 반응 속에 나타나는 이러한 형태에는 공포, 슬픔, 분노 그리고 다른 여러 가지 정서 상태가 있는 것이다"고 말하고 있다. 이러한 정서를 환기시키는 일은 '슬프다', '기쁘다', '행복하다' 등처럼 직접적으로 정서를 나타내는 것이 아니라 객관적 상관물인 사물의 이미지를 제시하여 그것을 나타내야 하는 것이다.

> 내 소싯적 벚꽃놀이 때는
> 꽃나무 밑에 서면 웅웅대는 벌들의 날개짓 소리
> 온몸 후끈후끈 달아오른 꽃들은 그 소리에 홀려
> 자궁을 활짝 열었다
> 그리고 황홀한 꽃가루받이의 집단오르가즘
> 부끄러움이 없었다
>
> 오늘 이 과수원에도
> 만발한 사과꽃들 토플리스로 치장하고 나서서
> 소싯적 그때처럼 홀려대는 그 소리 기다리고 있건만
> 벌 한 마리 날아오지 않는다
> 아 활짝 열어만 놓고
> 아무것도 받아들일 게 없는 그녀들의 자궁

무참한 부끄러움!

　　　　　　— 이형기, 「石女들의 마을」에서

　이 시를 보면 '슬프다', '무섭다', '처참하다', '한심하다' 등 직접적인 정서적 언어는 보이지 않으나 사물 이미지를 통하여 '분노'와 '슬픔'이라는 정서를 환기시키고 있음을 볼 수 있다. 화자의 유년시절은 '웅웅대는 벌들의 날개짓 소리'에 '온몸 후끈후끈 달아오른 꽃'들이 '자궁을 활짝 열어', '황홀한 꽃가루받이의 집단 오르가즘에 빠져도 부끄러움이' 없던 곳이었다. 그러나 이제는 '만발한 사과꽃'들이 '토플리스로 치장하고' 있어도 '벌 한 마리 날아오지 않는' 공간으로 변하여 애기를 낳지 못하는 '石女들의 마을'이 되었다는 — 즉 환경오염에 대한 분노와 슬픔의 정서를 객관적 상관물인 '꽃', '벌', '자궁', '과수원' 등 사물의 감각적 이미지들을 통해 환기하고 있다.

　마지막으로 사상thought의 육화incarnation를 들 수 있다. 이밖에도 이미지의 기능에는 개념conception, 관념idea, 의미meaning 등을 표현한다. 사상의 육화는 사상의 감각화인데 이는 사물을 구체적으로 제시하여 사상을 표현하는 것이다. 즉 사상의 이미지화를 말한다.

　　　새장 속의 새가
　　　죽음 직전처럼 푸드득거리며
　　　통제된 하늘을 향해
　　　가냘픈 소리로
　　　눈물을 뿌리고 있다.
　　　불어오는 바람이나
　　　흔들리는 풀잎의

가느다란 인연도 있으련만
어찌하여 가쁜 숨이
연약한 날개로 돋아나서
더욱 그리운 하늘인가.
햇살은 사정없이 내리고
마음은 푸르른 바람인데
쇠창살에 매인 소망
죽음을 맞이하듯 파르르 떨고 있다.

　　　　　　　　　— 박명용, 「새」에서

　　이 시에서 필자는 구속과 억압 그리고 자유를 암시하고자 했다. 이를 위해 구속과 자유의 본질을 '새'라는 구체적 사물 이미지로 형상화한 것이다. 자유에 대한 억압을 '새장 속의 새'라는 구체적 사물로 구상화하고 '갇힘'에 대한 비애를 '눈물'로 이미지화 했다. 또한 '날개', '하늘', '햇살', '바람'이라는 등가물을 동원하여 자유에 대한 그리움을 표현한 것이다. 결국 구속과 자유라는 관념을 '새'라는 객관적 상관물을 빌어 구체화, 관념의 모습을 보여준 것이다. 이것이 곧 관념으로부터의 도피요, 객관화요, 관념의 사물화를 통한 형상화인 것이다. 이렇듯 사상이나 관념이 이미지를 빌리지 않는다면 그것은 비시적인 관념시platonic poetry가 될 뿐이다.

　　김현승의 「절대신앙」도 기독교적 사상이 구체적 사물을 통해 감각화된 시이다. "당신의 불꽃 속으로/나의 눈송이가/뛰어듭니다"에서 보는 바와 같이 인간의 독실한 기독교적 사상이 '불꽃', '눈송이' 등 구체적 이미지로 형상화되어 그 본질을 나타내 주고 있다.

3. 이미지 만들기

이미지의 분류는 이미지를 어떻게 규정하느냐에 따라 달라질 수 있어 다양하다. 웰렉과 워렌은 시각적 이미지, 청각적 이미지, 미각적 이미지, 후각적 이미지, 근육 감각적 이미지, 역동적 이미지, 색채적 이미지, 공감각적 이미지 등으로 나누고 있는가 하면, 시각적 이미지, 청각적 이미지, 은유적 이미지 등으로 나누기도 한다. 그러나 일반적으로 정신적 이미지mental image, 비유적 이미지figurative image, 상징적 이미지symbolic image로 나눈다. 여기에서는 독자의 정서에 나타나는 감각적 경험만을 강조하는 정신적 이미지를 다루고 비유의 방법인 비유적 이미지와 암시의 방법인 상징적 이미지는 '비유'와 '상징'의 장에서 구체적으로 다루고자 한다.

정신적 이미지는 지금까지 우리 주변에서 이미지를 논할 때 가장 많이 거론된 것으로, 감각적 체념의 대상이 되는 모든 이미지를 일컫는다. 즉 마음 속에 떠오른 감각적 이미지를 말한다. 작품을 대할 때 하나의 사상이나 정서는 감각을 통해서 독자의 심리 현상 속에 독특한 인상체계를 형성하게 되는데, 이 감각체험과 인상에 바탕을 둔 것이 정신적 이미지인 것이다. 정신적 이미지는 시각, 청각, 후각, 미각, 촉각, 근육감각, 공감각적 이미지 등으로 세분할 수 있다.

1

눈
가득히 담은
눈

새 한 마리가 지나간다

눈
가득히 담긴
눈

                    2

눈
가득한
들

새 여러 마리가 지나갔다

들
가득한
눈

                    — 전봉건, 「눈과 눈」에서

　이 시는 '눈'에서 보는 감각적 체험 내지는 정경을 이미지화 하여 시각적으로 제시한 것인데 여기에는 그 어떤 사상이나 관념을 드러내지 않고 '눈', '새', '들' 등 그 자체만을 객관적으로 드러내어 자연의 정경이나 사물을 생동감 있게 나타내 주고 있다. 이 역시 사물시 physical poetry다. 한편 시각적 이미지에서는 '지나간다', '지나갔다' 등 동적인 묘사가 중요한 위치를 차지하게 되는데 여기에서는 정적 이미지와 대조를 이루어 더욱 살아 움직이는 형상의 '눈'으로 드러나고 있다.

山
절망의 산
대가리를 밀어버
린, 민둥산, 벌거숭이산
분노의 산, 사랑의 산, 침묵의
산, 함성의 산, 증인의 산, 죽음의
산, 부활의산, 영생하는산, 생의산, 희생의
산, 숨가쁜산, 꿈의산, 그러나 현실의 산, 피의산
피투성이산, 종교적인산, 아아너무나너무나 폭발적인
산, 힘든산, 힘센산, 일어나는 산, 눈뜬산, 눈뜨는산, 새벽
의 산, 희망의 산, 모두 모두 절정을 이루는 평등의 산, 대지
의 산, 우리를 감싸주는, 격하게 넉넉하게, 우리를 감싸주는 어머니
— 황지우, 「無等」 전문

　이 시는 활자를 배열, 무등산의 형태를 추상하여 기하학적으로 그
린 것이다. 문법과 시의 형식까지 파괴된 이 시는 활자 도형과 의미
의 조화를 시각적으로 제시하여 효과를 획득하고 있다.
　또 한 편의 시를 보자. "날이 저문다./먼 곳에서 빈 뜰이 넘어진다./
無天空 바람 겹겹이/사람은 혼자 펄럭이고/조금씩 파도치는 거리의
집들/끝까지 남아 있는 햇빛 하나가/어딜까 어딜까 都市를 끌고 간
다."(강은교, 「自轉 1」에서)는 이 시는 일몰의 정경을 시각적 이미지
로 제시하여 그 인상에서 삶의 피곤함을 절실하게 보여주고 있다.

　　이윽고 용광로 끓어오르는 소리
　　헉헉 몸 달아오르는 소리
　　금강물 철렁이는 소리 들린다
　　짜증 부리는 소리 신경질 부리는 소리
　　내 친구들 잔주접 떠는 소리
　　안 들린다 오직 들린다

신새벽 계룡산 홰치는 소리 들린다
　　　그 아줌마 애낳는 소리 크게크게 들린다

　　　　　　　　　— 이은봉, 「대전에 가면」에서

　　청각적 이미지를 통해 화자가 자란 고장의 모습들을 정겹게 보여
주고 있는 작품이다. '용광로 끓어오르는 소리'에서 젊은 날의 정열
과 '금강물 철렁이는 소리'에서 따뜻한 정서, 그리고 '계룡산 홰치는
소리'에서 생동감 넘치는 정기를 생생하게 드러내 주고 있다. "어디
선가 들려오는/축복과 구원의 소리에/쇠북이 운다//수중 고혼 위해 목
어(木魚)가 울리고/나래치는 짐승 위해 운판이 진동하고"(구영주, 「도
량석」에서) 역시 '쇠북', '목어', '운판'의 청각적 이미지를 통해 청정
한 의식을 표현해 내고 있다. 또 "호루라기는, 가끔/나의 걸음을 정지
시킨다"(박남수, 「호루라기」에서)에서도 청각적 이미지인 '호루라기'
가 위급한 상황이나 그 어떤 저항의식을 나타내 주고 있는 것으로
제시되고 있다.
　　현대시에서의 청각적 이미지는 '졸졸', '파도 닐리리', '슥슥', '따르
릉', '아야' 등 소리를 직접 모방하여 표현하기보다는 소리가 나는 분
위기를 만드는 것이 중요하다.

　　　　산에 가면
　　　　우거진 나무와 풀의
　　　　후덥지근한 냄새,

　　　　혼령도 눈도 코도 없는 것의
　　　　흙냄새까지 서린
　　　　아, 여기다, 하고 눕고 싶은
　　　　목숨의 골짜기 냄새,

한동안 거기서
내 몸을 쉬다가 오면
쉬던 그 때는 없던 내 정신이
비로소 풀빛을 띠면서
내 몸 전체에서
정신의 그릇을 넘는
후덥지근한 냄새를 내게 한다.

　　　　　　　　　　— 박재삼, 「산에 가면」 전문

　이 시는 산을 배경으로 한 나무, 풀, 흙 등이 '후덥지근한' 후각적
감각을 자극하여 훈훈함을 느끼도록 해주고 있다. 신경림의 "온 집안
에 퀴퀴한 돼지 비린내/사무실패들이 이장집 사랑방에서/중톳을 잡아
날궂이를 벌인 덕에/우리들 한산 인부는 헛간에 죽치고/개평 돼지비
계를 새우젓에 찍는다"(「장마」에서)에서도 '돼지 비린내', '새우젓' 등
후각적 이미지들이 퀴퀴한 장마철을 불러일으켜 주고 있다.

내가 자랐던 남쪽 바닷물
다 퍼담아 졸여도
내가 만든 음식은 늘 심심하다

활활 타오르는 불 앞에 서서
다시 애간장을 달이는
내 조리법은 두서가 없고 식어 있다

함께 나눠 먹을 수저를 놓고
예쁘게 접은 종이도 깔건만
늘 혼자 앉게 되는 이 집

싱겁고 화근내 나고
아리고 쓴맛 뿐이고
언제고 아리송한 듯한 입맛

　　　　　　　— 성춘복, 「혼자 사는 집」에서

　이 시는 미각적 이미지로 제시되고 있다. 음식솜씨가 없거나 입맛
이 없거나가 문제가 아니라 짠 물을 '바닷물'이라는 미각적 이미지로
제시하고 음식의 맛을 심심하고, 싱겁고, 아리고, 쓴 맛으로 표현하고
있다. 장만영의 "비는 대낮에도 나를 키쓰한다/비는 입술이 함씬 딸
기물에 젖었다"(「비」에서)에서는 '키쓰'를 '딸기물'이라는 미각적 이미
지로 제시하여 단맛을 느끼게 해주고 있다.

유리에 차고 슬픈 것이 아른거린다.
열없이 붙어 서서 입김을 흐리우니
길들은 양 언 날개를 파닥거린다.
지우고 보고 지우고 보아도
새까만 밤이 밀려 나가고 밀려와 부딪치고
물 먹은 별이 반짝 보석처럼 박힌다.
밤에 홀로 유리를 닦는 것은
외로운 황홀한 심사이어니
고운 肺血管이 찢어진 채로
아아, 늬는 산새처럼 날아 갔구나.

　　　　　　　— 정지용, 「유리창」 전문

　여기에서는 '차고', '입김을 흐리우니', '언 날개', '물 먹은 별' 등
이 촉각적 이미지를 형성하고 있는데 이같은 이미지는 차고 축축함
을 감각적으로 자아낸다. "긴 잠에서 깨어난/내리는 진눈깨비/그 사이

로 서성이던/세 글자를 주웠다"(홍희표, 「빈 자리」에서) "이따끔 손을 내밀어/빗물을 만져볼 때가 있다//손바닥을 때리는 비/차가운 악수/고여오는 빗물을 들여다 본다"(김후란, 「비」에서)에서도 촉각적 이미지로 차가움을 나타내 주고 있다.

서정주의 「화사」에서는 근육감각 이미지를 보여주고 있다. '낼룽거리는 붉은 아가리', '석유 먹은 듯', '가뿐 숨결' 등 근육감각 이미지가 원시적 생명력의 갈구를 생생하게 자아내 주고 있다. 김소월의 그 유명한 「진달래꽃」에서도 '역겨워', '아름따라', '사뿐히 즈려밟고', '죽어도 아니 눈물 흘리오리다' 등의 근육감각 이미지가 두드러짐을 볼 수 있다.

공감각적 이미지는 하나의 감각이 다른 감각으로 전이하거나 둘 이상의 감각이 결합되는 현상을 말한다. 예를 들면 '바다'에서 청각적인 파도소리를 듣는 동시에 시각적인 어떤 색채나 형태 등을 동시에 느끼는 경우를 말한다. 다시 말해 하나의 자극에 의해서 생기는 어떤 감각의 작용과 동시에 또 다른 영역의 감각이 작용하는 것을 뜻한다.

> 물에서 갓나온 여인이
> 옷 입기 전 한 때를 잠깐
> 돌아선 모습
>
> 달빛에 젖은 塔이여!
>
> 온 몸에 흐르는 윤기는
> 상긋한 풀내음새라
> 검푸른 숲 그림자가 흔들릴 때면

머리채는 부드러운 어깨 위에 흔들린다.

— 조지훈, 「여운」에서

이 시는 '달빛에 젖은 탑'의 시각적 이미지가 '물에서 갓나온 여인'으로 촉각화 되고 시각적 이미지인 '온 몸에 흐르는 윤기'가 후각적 이미지인 '상긋한 풀내음'으로 공감화되어 있다. 달빛 아래 있는 탑을 '물에서 갓나온' 청순한 여인으로 전이시키고 '온 몸에 흐르는 윤기'를 '상긋한 풀내음'으로 전이시키는 등 이미지를 복합적으로 결합시킴으로써 달빛에 젖은 탑을 더욱 감각적이고도 참신한 모습으로 만들어 내고 있다. 두 개 이상의 이미지를 복합적으로 제시함으로써 독자의 상상력을 촉발시켜 대상을 보다 새롭고 참신하게 느끼도록 하는 공감각적 이미지는 다음 구절이 좋은 본보기가 될 수 있다.

자욱한 풀벌레 소리 발길로 차며(김광균, 「추일서정」에서)
분수처럼 흩어지는 푸른 종소리(김광균, 「외인촌」에서)
술 익은 마을마다 타는 저녁놀(박목월, 「나그네」에서)
지조 높은 개는 밤을 새워 어둠을 짖는다(윤동주, 「또 다른 고향」에서)
달빛이 배이면 술보다 독한 것(이동주, 「강강술래」에서)
꽃처럼 붉은 울음(서정주, 「문둥이」에서)
금(金)으로 타는 태양의 즐거운 울림(박남수, 「아침 이미지」에서)
흔들리는 종소리의 동그라미 속에서(정한모, 「가을에」 중에서)

공감각적인 이미지, 즉 감각의 전이는 실제의 감각체험에서 보조관념이 상상적으로 촉발되기 때문에 원관념에서 보조관념으로 전이되는 것이라고 할 수 있다. 그런데 공감각은 감각의 복합적 결합만이 아니라 관념과 결합하는 경우도 있다.

밀림 위에서도 해가 쨍쨍 나는
아스팔트 위에서도 육교 위에서도
이를 갈면서 번쩍이는 평화

    — 이승훈, 「구름의 테마 Ⅱ」에서

　이 시에서 볼 수 있는 것처럼 '평화'라는 관념이 시각인 '번쩍이는'으로 전이되어 결합되었는데 이 역시 공감각적 이미지이다.

　정신적 이미지는, 이밖에도 색채 이미지인 적·황·록·청·백·흑 등이 있고 미각에는 단맛, 짠맛, 간장맛 등 각기 다른 감각의 특질이 있어 이 또한 시창작에서 간과할 수 없는 감각 이미지인 것이다.

Ⅶ. 비유의 방법

1. 비유의 개념

우리는 일상생활의 담화양식에서 알게 모르게 비유figure를 널리
애용하고 있다. 음식을 재빨리 먹어치우는 것을 게의 눈 움직임에 빗
대어 "게눈 감추듯 한다"고 하며, 보잘 것 없어서 비교꺼리가 안되는
것끼리의 비교를 가리켜 '도토리 키재기'라고 말한다. 그리고 "고집으
로 말하면 황소지요", "바람처럼 잠깐 왔다가 갔어요", "눈에 번개가
튀는 것 같았다"라는 말들도 우리는 일상에서 흔히 쓰고 듣는다. 산
허리, 병목, 책상다리, 주전자 꼭지, 버선코, 바늘귀 등 무생물인 사물
에 짐승의 신체 명칭을 빗대어 사용하는 말들도 비유이다.

비유는 이렇듯 본래 말하고자 하는 어떤 사물, 정황, 사실 등을 일
상적 어법이나 표준적 어법에서 벗어나 이미 알고 있는 사물, 정황,
사상, 사실 등에 견주어 특수한 의미나 효과를 나타낼 수 있도록 표
현하는 언어 형식을 말한다. 프라이 N. Frye가 비유의 동기를 "인간
의 마음과 외부 세계를 결합하고 마침내는 동일화하고 싶어하는 욕
구에서 비롯되었다"고 말한 데에서도 알 수 있듯 전달의 불완전성을

극복하고 의미를 보다 더 효과적으로 표현하고자 하는 욕망에서 비유는 사용된다.

특히 언어예술인 시에서는 비유를 상징과 함께 중요 요소로 삼는데 극단적으로 "시는 비유다"라고 명제하기도 한다. 프레밍거 A. Preminger는『시학사전』에서 "비유란 일정한 사물이나 개념 A를 뜻하는 서술어 X로써 다른 또 하나의 대상이나 개념 B를 의미할 수 있도록 언어를 쓰는 과정 또는 그 결과이다"[1]라고 정의를 내리고 있어 시에 있어서 비유는 인간의 복잡한 내면세계를 예술적이고 정확하게 표현하는 수사가 되고 있음을 알 수 있다. 이런 점을 보면 비유란 사물에 대한 구체적인 인식의 표현 수단이라는 것을 알게 된다.

> 1) 아이들이 예쁘다.
> 2) 아이들이 장미꽃처럼 예쁘다.

위에서 1)은 일상적이고 보편적인 의미의 전달을 말하는데 이것을 축어적 표현literal expression이라고 한다. 다시 말해 언어 그 자체가 지시하고 있는 그대로의 진술만을 의미한다. 그러나 2)에서는 의미가 '장미꽃'이라는 직유에 의해 일상적이고 보편적 의미로부터 벗어나 '매우 아름답다'라는 의미의 해석을 낳게 된다. 이렇게 비유가 성립하려면 전혀 다른 구체적 사물을 빌어 비교함으로써 본래의 의미가 더욱 새롭고 가치있게 드러나게 된다. 그러면 비유의 성립조건을 보자.

첫째 원관념tenor과 보조관념vehicle이 있어야 되는데 리처즈는 원관념을 본의(本義), 보조관념을 유의(喩義)라고 말한다.[2] 비유를 성립시키기 위해서는 두 가지 의미의 비교를 전제로 하는데, 표현하고자 하는 본래의 것을 원관념이라 하고, 본래의 것을 보다 정확하게 전달하고 효과적으로 표현하기 위하여 끌어들인 사물을 보조관념이라고 한다. '풍선같은 달'에서는 '달'이 원관념이고 '풍선'이 보조관념이며 '성난 파도'에서는 '파도'가 원관념이고 '성난'이 보조관념이 된다.

　　　도시는 커다란 어항
　　　그 어항 속의 작은 어항인 빌딩도
　　　실은 층층이 쌓아올린 어항이다.

　　　어디로 가나
　　　나는 그 어항 속의 고기다

　　　　　　　　　　　　　　— 문덕수, 「壁」에서

　이 시에서 원관념은 '벽'이고, 이 '벽'을 명확하게 드러내기 위해 동원한 보조관념은 '빌딩'과 '어항'이다. 꽉 막힌 '벽' 속의 답답함을 구체화하여 효과적으로 표현하기 위해 제한 공간인 '빌딩', '어항' 등을 끌어들이고 그 속에 '고기'까지 넣어 '답답함'을 설득력 있게 그려내고 있다. 비유는 이처럼 원관념을 보조관념으로 전이transference시키는 것을 말한다.

　둘째는 원관념과 보조관념은 유사성이나 동질성이 있어야 한다. 이는 두 사물간의 그 어떤 유사성의 발견이다. '내일의 닫힌 상자'에서 '내일'은 미래이고 '상자'는 궤짝이기 때문에 유사성이 있고, "부처님 나심은 온 누리의 빛이요"에서도 '부처님 나심'과 '누리의 빛'이 영원성이라는 유사성과 동일성이 있다. 그러나 동일성이라고 할 수 있는 '남자 같은 남자', '꽃 같은 꽃'은 상상력이 없어 죽은 비유 dead metaphor에 속한다.

　또 한 편의 시를 보자.

윤 팔월 시골 고추밭에 가서
굵게 익은 고추를 딴다
더운 날들의 새빨간 거짓말, 다 삼킨 하느님의
빳빳해진 남근
지금 내 손에 부드럽게 붙잡혀 있다
여름밤 지겨웠던 기억들 지우고
잘 익은 수줍음으로 그것들 다가왔으니
죄다 집어넣고 나 속 쓰려
소리 소리치며 뒹굴고 싶다

— 이유경, 「고추를 따면서」에서

　이 시에서 보면 원관념을 명확하고 깊은 인상을 주기 위해 의인화
한 '남근'을 동원하고 있다. 굵고 붉게 잘 익은 '고추'는 '정열'의 이
미지를 보여 주고 있는데 이를 더욱 효과적으로 나타내기 위해 남성
의 상징물인 '남근'을 끌어들여 용솟음치는 생명력을 설득력 있게 드
러내 주고 있다. 여기에서 우리는 원관념인 '고추'와 보조관념인 '남
근'의 속성과 상징적 의미가 유사하거나 동질성이 있음을 깨닫게 된
다.
　마지막으로 성립조건은 원관념과 보조관념 사이에 이질성이 있어
야 된다. 이질성이라고 하는 것은 선과 악, 삶과 죽음 등 상반된 것
을 말한다. 이렇게 이질성의 것을 결합하고자 할 때는 필연적으로 서
로 거부하거나 갈등을 일으키게 된다. 비유를 성립시키기 위해서는
부득이 이것들을 폭력적으로 결합시킬 수밖에 없게 된다. 이렇게 이
루어지면 긴장의 유지는 물론 이질적 요소가 상호 끌어 당겨 긴장을
유지하게 된다. '꽃처럼 붉은 울음'의 비유는 '꽃'과 '울음'이 상충되
어 탄력과 긴장이 유지되고 있는데 이는 이질성을 결합시켰기 때문

이다.

> 모래 밭에서
> 受話器
> 女人의 허벅지
> 낙지 까만 눈동자
>
> — 조향, 「바다의 層階」에서

이 시에서 볼 수 있는 '모래밭'과 '受話器', '女人의 허벅지'와 '낙지 까만 눈동자' 등은 이질적인 사물의 결합으로 가히 폭력적이라고 할 수 있다. 이와 같이 비동일성의 결합은 긴장감을 더욱 크게 나타낸다.

> 봄날,
> 지표로 솟아 나온 새싹은
> 불꽃이다
> 흙 속에서
> 겨우내 지열(地熱)로 달아오른 밀알들이
> 일시에 터지는 폭발.
> 신(神)들의 성냥개비다
>
> — 오세영, 「봄날」에서

여기에서도 '새싹'과 '불꽃', '밀알'과 '폭발', '신들의 성냥개비' 등은 이질적이다. 이러한 이질성의 결합으로 봄날의 '새싹'이 여리게 움트는 것이 아니라 땅이 폭발하여 솟아오르는 불꽃으로 비유함으로써 탄력과 긴장감을 조성하고 있다.

이와 같이 비유의 성립조건은 1) 두 가지 사물이 있어야 하고 2) 이 두가지 사이에는 유사성과 3) 이질성이 있어야 되는 것으로 집약할 수 있다. 이러한 비유의 조건을 성립시키기 위해서는 무엇보다도 유추analogy 능력을 길러야 한다. 유추란 기지(旣知)의 사물과 미지(未知)의 사물간에 유사하거나 공통된 요소가 있을 것이라는 심리적 추리이다. 즉 유사한 점을 기호로 한 비교 추리 또는 추측을 말한다. 어쨌든 시를 쓰는 사람은 유사성이거나 이질성인 것들을 토대로 두 사물을 비교하는 방법을 익히는 것이 중요하다.

2. 비유의 종류와 방법

가. 직유

직유simile는 두 사물을 직접 비교하여 선명하게 드러낸다는 점에서 명유(明喩)라고도 한다. 직유는 두 사물의 유사성을 토대로 하여 '처럼', '마냥', '같이', '하듯', '인양' 등의 연결어로 결합하여 표현하는 비유이다. 즉 'A는 B와 같다' A is like B의 언어 형식을 말하는데 언어 결합은, 유사성은 물론 이질속의 동일성에 의해 이루어진다.

직유는 보통 단순직유와 확장직유로 나누는데 이를 세분화 해보면 원관념과 보조관념이 하나의 단어로 결합된 직유가 있다. 즉, '풍선같은 달', '말뚝같은 사나이', '반달같은 눈썹' 등이 그것이다. 다음에는 원관념과 보조관념이 연결어에 의하여 하나의 문장이 되는 직유가 있다. "꽃처럼 붉은 울음을 밤새 울었다", "내 이름자 묻힌 언덕 우에도 자랑처럼 풀이 무성할게외다" 등처럼 하나의 문장을 이룬다. 마지막으로 원관념과 보조관념이 하나의 연으로 이루어지는 직유가 있는데 이것이 확장비유다.

1) 돌아오지 않는 시간처럼
   모두들 사라지는가
   벼랑에 핀 꽃처럼
   흐느적이는 바다 위의
   작은 갈매기

                              — 박이도, 「바다 갈매기·5」에서

2) 돔식 국회 의사당
   그 돔처럼 뚱뚱한 경비원이 지키는
   上下兩院은 비어 있고
   관광객 코리아의 발자국 소리가
   한동안 복도를 울린다.

                              — 김규화, 「수도 워싱턴의 초겨울」에서

  이처럼 직유는 단어에서 문장으로, 문장에서 연으로 점차 확장됨으
로써 직정적 수법에서 구체적 수법으로 나아가 단순한 비유가 암시
적·상징적 의미로까지 전이되어 직유의 효과를 나타내게 된다. 1)은
원관념인 '갈매기'와 보조관념인 '꽃'의 결합인데 여기에서는 두 사물
이 유사성에 의해 직유가 성립되고 2)에서는 원관념, 보조관념, 유사
성, 이질성 등이 결합되어 그 분위기를 선명하게 드러내 주고 있다.

   아! 강낭콩 꽃잎보다 더 푸른
   그 물결 위에
   양귀비 꽃보다 더 붉은 그 마음 흘러라.

                              — 변영로, 「논개」에서

이 시는 직유를 통한 의미의 전이로 암시적 효과를 내고 있다. "아! 강낭콩 꽃잎보다 더 푸른/그 물결"은 한번도 중단됨이 없이 내려오는 청사(靑史)를 상징하는 것으로 비유되고 있으며 "양귀비 꽃보다 더 붉은/그 마음"도 논개의 정절이나 혼을 상징하고 있는데 여기에는 유사성, 이질성, 이질성 속의 동질적 요소 등이 결합되어 직유가 성립되고 있음을 볼 수 있다.

한편, 직유의 반복으로 구성된 시를 보자.

> 우리는 사랑했다 꽃과 같이
> 불과 같이
> 바람과 같이
> 바다와 같이
>
> 우리는 입맞추었다 끈적끈적
> 흙탕물같이
> 소낙비같이
> 장마같이
> 천둥같이
>
> 우리는 서로 할켰다 날카로운
> 손톱으로 발톱으로
> 채찍같이
> 몽둥이같이
> 칼날같이
> 우리는 서로 안았다 배암같이
> 두더지같이
> 지렁이같이
> 아메바같이

우리는 서로 죽였다 예쁘게
박제된 백조같이
낭자하게 피 흘리는
복날 개같이

깨갱깽 깨개깽 울면서
우리는 성심껏 서로
죽였다
비수같이 혓바닥을 세워
서로를 깊숙이 찔렀다

한껏 음란하게
우리는 서로를 죽였다
영화같이

— 마광수, 「사랑」 전문

이 시를 보면 직유를 반복함으로써 직유가 장식적 범주가 아니라 창조적 범주로도 수용될 수 있음을 보여 주고 있다. 물론 여기에서도 유사성이나 이질성, 그리고 이질성 속의 동질적 요소가 결합되어 있는데 원관념을 테너tenor의 T라 하고, 보조관념을 비이클vehicle의 V로, 그리고 전이를 트랜스훠런스transference의 t라 한다면 위의 시 1연은 T가 '사랑', V가 '불', '바람', '바다'가 되고, 2연은 T가 '입맞추었다', V가 '흙탕물', '소낙비', '장마', '천둥'으로 구성되어 T+V≒t의 반복형식을 취하고 있다

결국 이 시는 V를 반복함으로써 T를 더욱 열정적으로 만들고 있는데 나머지 연에서는 이를 구체적인 V를 다룬 것으로 볼 수 있어 직유도 다양하게 창조적 역할을 하고 있음을 알 수 있다.

나. 은유

은유metaphor는 그리스어metaphrein에서 유래된 말로서 '초월'과 '너머로'over라는 의미의 meta와 '운반하다'와 '옮김'carring이라는 의미의 pherein이 모아진 합성어이다. 은유는 한 대상의 양상이 다른 하나의 대상으로 옮겨가거나 전이되어서 제2의 대상이 마치 제1의 대상인 것처럼 서술되는 것을 가리킨다.[3]

아리스토텔레스 역시 "어떤 사물에다 다른 사물에 속하는 이름을 전이하는 것"이라고 말하고 있어 은유는 '옮겨 바꿈'의 '전이'를 뜻하고 있음을 알 수 있다. "그녀의 마음은 호수다"처럼 연결어가 없이 보조관념인 '호수'가 원관념인 '그녀'로 전이되어 결합한 것을 말하는데 이것은 유추나 암시를 통하여 이루어진다. 이를 공식화하면 'A는 B다'의 형식을 거쳐 A=B인데 이러한 결합은 새로운 긴장을 주어 시의 맛을 더해 주게 된다. 시가 새로운 변화를 요구한다는 것은 개성의 요구이며 개성은 또 다른 의미의 창조라고 할 수 있어 이에 기여하는 은유의 구실은 시에 있어 매우 중요한 것일 수밖에 없다.

> 1) 휘어진 칼이다
>   허공에 던져진
>   눈썹 몇 금이다
>   비늘이 푸른
>   단선율의 여운이다
>   무반주의 시간에 대있는
>   서늘한 피리소리다
>
>   ― 조창환, 「蘭」 전문

2) 詩는

싸움도 아니고 갈라섬도 아니다.

오히려

상대를 바라보고 가슴 아파하며

자기 잘못도 깨닫는

회개의 눈물이다.

詩는

끝내는 상대를

포근하게 껴안는

온유함이다.

— 양왕용, 「다시 나의 詩 5」에서

1)은 원관념인 '난'을 서술한 것인데 '난'에 대한 진술은 전혀 하지
않고 있다. 축어적 언어란 앞서 언급한 바와 같이 일상적이고 보편적
인 말로 단어 그 자체의 의미와 지시된 문장, 즉 사전적인 의미를 말
하는데 위의 시에서는 '난'에 대한 축어적 의미가 아닌 '칼', '눈썹',
'단선율', '피리소리' 등으로 전이되어 있다. 이러한 변화는 '난'이 축
어적 언어를 떠남으로써 종전의 '난'이 새로운 형태로 나타나 의미가
새롭게 해석되어 심선감을 주게 된다. 한마디로 은유는 이렇게 의미
창조에 기여하는 것이다. 2)에서도 '詩'가 일상적인 의미를 떠나 '눈
물', '온유' 등으로 전이됨으로써 의미가 새롭게 타나나고 있는데 여
기에서는 '詩'를 기독교적으로 은유시키고 있다.

리드 H. Read는, 은유는 두 개의 심상, 하나의 관념과 하나의 심상
을 대등하게 세우기도 하고 반대로 세우기도 하는데, 서로 부딪치는
가 하면 재미있게 조화하여 돌연한 조명으로 독자를 놀라게 하는 상
충속의 상응을 말하고 있는데 이는 A=B의 단순 서술형식 즉 단순

은유simple metaphor에는 한계가 있어 시적 효과를 충분히 나타내기 어렵기 때문에 은유는 상호충돌, 병치, 긴장, 일탈 등의 개념으로 심화시켜야 된다는 의미의 해석이라고 할 수 있다. 그런데 우리는 일상 생활에서 많은 은유를 쓰고 있다. 가령, '사람은 갈대', '마음의 거울', '경제 전쟁', '인생의 황혼기', '입시 지옥' 등은 일반화된 은유이기 때문에 시창작에 있어서는 신선감을 주지 못한다. 따라서 이러한 사은유는 시에서 배제시켜야 된다.

은유는 직관적 사고를 원칙으로 하는 암유이기 때문에 상상력을 자극하여 확대, 심화시키고 사고를 확장시킨다. 은유에 있어 원관념과 보조관념 사이의 인식은 유추에 의하여 이루어지기 때문에 새로운 의미의 창출을 위해서는 무엇보다도 유추능력을 키워야 한다. 휠라이트 P. Wheelwright는 좋은 비유를 구분하는 것은 문법적인 형태를 통해서가 아니라 그것이 가져오는 의미변화의 질에 있는 것으로 보고 있다. 이것은 깊은 상상력과 유추 능력을 중요하게 본 까닭이다.

1) 치환은유

치환은유epiphor는 '…을 향해서 이동한다'는 epi와 의미론적 움직임을 뜻하는 phora가 결합된 것으로 원래의 A가 다른 것인 B로 전이되는 것을 말하는데 우리가 일반적으로 말하는 은유는 바로 이것을 말한다. 휠라이트는 치환은유를 문법적 형태가 아니라 비교를 토대로 A의미가 B의미로 전이되는 것이라고 말하고 있어 무엇보다도 의미변환에 그 본질을 두고 있음을 알 수 있다. 다시 말해 자리바꿈인 것이다.

> 1) 어느 머언 곳의 그리운 소식이기에
>   이 한밤 소리없이 흩날리느뇨
>
>   ─ 김광균, 「설야」에서

2) 나의 허기는
   시골역 플랫포옴

   ― 김광림, 「가을날」에서

3) 한 뼘도 물러서지 않는 안개
   은빛으로 빛나는 단절의 칼

   ― 서정학, 「안개」에서

위의 시들은 치환은유의 'A는 B다'의 형식, 즉 A=B인데 1)은 원관념인 '소리없이' 흩날리는 흰눈을 보조관념인 '어느 머언 곳의 그리운 소식'으로 전이시켜 '흰눈'이라는 사물의 의미를 '소식'이라는 새로운 의미로 바꾸었으며 2)는 원관념 '나의 허기'를 보조관념인 '시골역 플랫포옴'으로 구체화하여 '허기'의 애매한 의미를 텅 비고 쓸쓸한 '시골역 플랫포옴'이라는 사물로 바꾸어 더욱 외롭고 허전한 의미로 확장시키고 있다. 3) 역시 원관념 '안개'를 보조관념인 '칼'로 구체화하여 예측할 수 없는 미래에 대한 불안감이나 무서움의 의미로 바꾸어 놓았다.

한편, 전이의 형식은 1), 2), 3)이 각기 다르다. 1)은 '흰 눈'이라는 구상이 '그리운 소식'이라는 추상으로 2)는 '나의 허기'라는 추상이 '시골역 플랫포옴'이라는 구상으로, 3)은 구상이 구상으로 각각 치환되었고 "있었을 법한 것은 한 추상이다"(엘리어트, 「네 四重奏」에서)처럼 추상에서 추상으로 치환되는 경우도 얼마든지 있다. 이처럼 은유의 전이방법은 다양하다.

1) 너는 나의 古典이다

두터운 책갈피이다.

— 정진규, 「너는」에서

2) 자동판매기를
　賣春婦라 불러도 되겠다
　　黃金교회라 불러도 되겠다
　　이 자동판매기의 돈을 긁는 포주는 누구일까

— 최승호, 「자동판매기」에서

3) 너는
　언젠가 내가 헛디딘
　열두 자 깊이의 어둠이다.
　에스데리온 광야로부터
　우리집 채소밭까지 숨어 있는
　화사한 빙벽(氷壁)의 숨결이다.
　예배당의 종소리와 상관없이 자유롭고
　신화의 헛간으로부터
　이 시각에도 자자손손(子子孫孫) 도망쳐 나오고 있는
　끈질긴 울음이다.
　소문과는 다리 발자국도 남기지만
　널름대는 혀가 금방 그것들을 지운다
　물론 꿈틀대는 것은
　네 몸이 아니라 황홀한 욕정이다.

— 손종호, 「뱀」에서

위의 시들은 하나의 원관념에 여러 개의 보조관념을 거느리고 있다. 1)은 원관념인 '너'에 '古典'과 '책갈피'라는 두 개의 사물, 즉 보조관념을 거느려 '너'에 대한 의미를 확대시켜 주고 있으며 2)에서도 '자동판매기'라는 하나의 원관념에 '賣春婦'와 '黃金교회'라는 두 개의 보조관념이 전이되어 원관념의 의미를 새롭게 해주고 있다. 3)은 '열두 자 깊이의 어둠', '화사한 빙벽(氷壁)의 숨결', '끈질긴 울음', '황홀한 욕정' 등 여러 개의 보조관념으로 원관념인 '뱀'의 의미를 다양하게 확장시켜 주고 있다. 하나의 원관념이 여러 개의 보조관념을 가지고 있는 것을 확장은유라고 한다.

> 눈은 변명의
> 언어다
> 한해가 저무는 날 밤
> 내리는 첫눈은
> 기력 잃은 언어에
> 기막힌 생기이고
> 꿈같은 이야기에 파묻히는
> 그대의 체온이다
> 일 년 내내
> 기억할 수 없이
> 쏟아놓았던 수많은
> 암호의 언어
> 숙제로 미루고
> 눈치로 피하다가
> 해독은 뒤엉겨
> 언어의 발음조차 잊어버린
> 한해의 변두리
> 거기에 내리는
> 진눈깨비는

마지막 달의 언어다
그러나
한해가 문턱을 넘는 날 밤
느리게 내리는 첫눈은
허구라도 좋을 말잔치로
어지러운 언어를
하나의 사랑으로 덮어
지나간 해를 녹이고
새해의 불확실성을
안겨주는
꿈의 언어다
눈은 변증법적
언어다

— 박명용, 「첫눈」 전문

필자는 이 시에서 원관념인 '눈'에 '생기'와 '체온' 등을 거느려 확장은유의 형식을 취했다. 시를 전체적으로 보면 원관념인 '첫눈'을 보조관념인 '언어'로 전이시켜 놓고 그 속에서 다시 원관념인 '불확실성'을 보조관념인 '새해'로, '언어'라는 원관념을 '꿈'이라는 보조관념으로 전이시키는 등 큰 은유 속에 작은 은유를 다시 넣어 시 전체의 원관념을 더욱 구체적인 새로운 의미로 전이시키고자 했는데 이를 액자식 은유라고 한다.

2) 병치은유

병치은유diaphor는 '통과'를 뜻하는 dia와 의미론적 움직임을 뜻하는 phor가 결합된 것으로 A=B의 형식이 아니다. A와 B, 즉 원관념과 보조관념 사이에는 유사성이나 모방적 인자도 없이 독립적으로 A와

B를 나란히 병렬시켜 놓는 형식이다.

휠라이트는, 이를 조합combining이라는 말로 해명하면서 의미론적 전이가 신선한 방법으로 어떤 경험의 특수성을 통과함으로써, 오직 병치에 의해서만 새로운 의미를 획득하는 것이라고 말하고 있는데 여기에서 '새로운 의미'는 모방적 인자가 배제되고 순수하게 새로운 의미를 창출하는 것을 뜻한다. 여기에서 의미의 전이를 통하여 암시성을 본질로 하는 치환은유와는 개념을 달리함을 알 수 있다.

> 1) 희미한 공기 덩어리가 걸어온다
>   안개를 헤치고, 피리소리들이 걸어온다
>   푸른 스카프를 걸친, 홰나무들이 걸어온다
>   열린 門들에서, 구름의 신발들이 걸어온다
>   닭털 모자들이 걸어온다
>   젖은 電流들이 걸어온다
>   강철로 된, 비탈이 걸어온다
>   硫黃과, 酸이 걸어온다
>   黃金빛, 기관차가 걸어온다
>   불과, 파도와, 수증기와
>   깃발들이 걸어온다
>
>   ― 조창환, 「볼레로」 전문

> 2) 리모콘을 누르면
>   피그림이 아롱아롱
>   처음엔 걸프전쟁이더니
>   아르메니아공화국 분규사태로
>   대학생 분신과 분신
>   화염병

최루탄
　　세상은 온통 흙빛임
　　죽음은 노래하고 춤추고
　　붉은 피를 토함
　　도처에 전쟁과 눈물과 절망과 그리고

　　중국엔 흙으로 만나 뿌리를 내리고
　　꽃이 핌

　　　　　　　　― 이상옥, 「꽃」 전문

　위의 시 1)을 보면 원관념은 '볼레로'이고 '공기 덩어리', '홰나무', '신발', '닭털', '모자', '電流', '비탈', '硫黃', '酸', '기관차', '불', '파도', '수증기', '깃발' 등 여러 개의 보조관념이 전후 연관성이 없이 독립적으로 병치되어 있다. 이러한 각기 다른 이미지들은 동질성 등 전후 연관성이나 연결고리가 없이 병치되어 새로운 세계를 창출해 내고 있다. 다시 말해 이질성의 이미지들을 병치하고 이를 내적인 의미로 종합하여 전혀 새로운 의미의 세계를 만든 것이다.
　2)에서도 '분신', '화염병',을 빼고는 '흙빛', '피', '눈물', '절망' 등 연계성이 없는 이질적 이미지들을 나란히 병치하여 원관념인 '꽃'을 새롭게 드러내고 있다. 이처럼 동질성을 배제한 채 이질적인 이미지들의 병치는 제각기 독립된 존재의 표상으로 새로운 세계를 형성하게 된다.

　　천우사 약방 앞길
　　여자 배추장수 돈주머니로 찾아드는 비
　　땅콩장수 여자 젖가슴으로 찾아드는 비

사과장수 남자 가랑이로 찾아드는 비
그러나 슬라브 지붕 밑의 시간은 못 적시고
슬라브 지붕 페인트만 적시는 비
서울특별시 개봉동으로 편입되지 못한
경기도 시흥군 서면 광명리의 실룩거리는 입술 언저리에 붙어
있는
잡풀의 몸 몇 개만 버려놓는 비

                 ― 오규원, 「개봉동의 비」 전문

  이 시에서도 여러 이미지들을 병치하여 '개봉동'의 음울한 분위기를 나타내고 있는데 자율성을 유지하며 시 전체가 독립적 이미지들로 병렬되어 원관념인 「개봉동의 비」가 단순한 '비'가 아니라 '개봉동' 사람들의 '피곤한 삶'이라는 새로운 세계를 만들어 내고 있다. 특히 "슬라브 지붕 밑의 시간은 못 적시고/슬라브 지붕 페인트만 적시는 비"의 병치는 이 시를 더욱 새롭게 변화시키는데 기여하고 있다.
  이러한 병치은유는 다음 예가 좋은 본보기가 될 것이다.

    1) 아뜨리에서 흘러 나오던
       루드비히의
       秦鳴曲
       素描의 寶石길

       한가하였던 娼街의 한낮
       옹기장수가 불던
       單調

              ― 김종삼, 「아뜨리에 幻想」에서

2) 나무와 꽃과 숲이 가득한
   하늘 속을 나는
   이름 모를 새들의 화석이다.
   구슬처럼 빛나는 햇살
   꿈속에서 열반(涅槃)한
   당신의 하얀 보석이다.

           ― 최원규, 「우박」에서

3) 끊임없이 피어나고 있으면서 끊임없이 꽃잎지기
   끊임없이 오르고 있으면서 끊임없이 내려앉기
   끊임없이 달리고 있으면서 끊임없이 멈춰서기
   끊임없이 외치고 있으면서 끊임없이 입다물기
   끊임없이 먹고 있으면서 끊임없이 배고프기
   끊임없이 웃고 있으면서 끊임없이 울어대기

           ― 정진규, 「심지를 끼울까요」에서

4) 나는 가을
   비에 젖어 펄럭이는 질환이 되고
   한없이 깊은 층계를
   굴러 떨어지는 곤충의 눈에 비친 암흑이 된다.
   두려운 칼자욱이 된다.

           ― 이승훈, 「사진」에서

5) 언어는 추억에
   걸려 있는
   18세기형의 모자다.
   늘 방황하는 기사

아이반호의
꿈 많은 말발굽쇠다.

　　　　　　　　　　　　　— 오규원, 「현상 실험·1」에서

　1)에서는 '루드비히의 秦鳴曲', '素描의 寶石길'과 '單調'가 병치되
었고, 2)에서는 '새들의 화석', '하얀 보석'으로 각각 병치되었으며 3)
은 대조법으로 병치되었는데 욕망과 절망의 세계를 더욱 크고 깊게
만들어 내고 있다. 4)에서도 '비에 젖어 펄럭이는 질환', '곤충의 눈에
비친 암흑', '칼자욱' 등이 나란히 병치되었고 5)에서는 '18세기의 문
자', '말발굽쇠' 등이 병치되었다. 이처럼 동질성 등이 배제되고 이질
성의 병치로 '새로운 의미'의 세계를 창출해 내고 있다.

　　1) 사랑하는 나의 하나님, 당신은
　　　늙은 悲哀이다.
　　　푸줏간에 걸린 커다란 살점이다.
　　　詩人 릴케가 만난
　　　슬라브 여자의 마음 속에 갈앉은
　　　놋쇠 항아리다.

　　　　　　　　　　　　— 김춘수, 「나의 하나님」에서

　　2) 그대 아는가.
　　　나의 등판을
　　　어깨서 허리까지 길게 내리친
　　　시퍼런 칼자국을 아는가.

　　　疾走하는 전율과
　　　전율 끝에 斷末魔를 꿈꾸는

벼랑의 直立
그 위에 다시 벼랑을 솟는다.

그대 아는가
石炭紀의 종말을
그때 하늘 높이 날으던
한 마리 장수잠자리의 墮落을.

              — 이형기, 「폭포」 전문

예시 1)은 치환은유와 병치은유가 혼합된 시라고 할 수 있다. 이 시에서 원관념 '하나님'에 보조관념인 '푸줏간에 걸린 커다란 살점', '놋쇠 항아리'가 연결되었으나 여기에는 아무런 유사점이 없다. 그러나 시 전체적으로 보면 황금만능주의라는 표상물로 인식되기 때문에 치환은유라고 할 수 있다. 2)에서도 '시퍼런 칼자국', '疾走하는 전율', '벼랑의 直立', '石炭紀의 종말', '잠수 잠자리의 墮落' 등 이질적 이미지들이 병치되어 있으나 전체적으로는 치환은유에 속한다는 것이다.[4] 이런 점에서 볼 때 두 은유는 별개로 구분되는 것이 아니라 상호보완적 측면에서 어울러질 때 시적 효과가 더욱 커진다는 사실을 알게 된다.

다. 환유

환유metonym는 하나의 사물이 그것과 관련된 또다른 사물의 전체를 나타내어 비유하는 것을 말한다. 은유가 유사의 비유figures of similarity라면 환유는 근접 또는 인접의 비유figures of contiguity에 의존하여 구성된다.

예를 들면 '엽전'이나 '고무신'은 '한국인', '금배지'는 국회의원,

'태극기'는 '한국'을 각각 가리키게 되는데 이처럼 사물의 일부가 그와 관계되는 전체를 드러낸다. 또 하나의 예를 보자. "소월을 읽었다"라고 했을 때는 "소월의 시작품을 읽었다", "별이 지나간다"는 "장군이 지나간다" 등으로 일부가 전체를 드러내기 때문에 환유가 성립되는 것이다.

> 1) 송장이
>   數百萬
>   붉은 피가
>   三千里
>
> — 송욱, 「海印戀歌」에서

> 2) X세대 실뱀과 조선시대 도마뱀
>   배꼽 내놓고
>   로버트춤을 덩실 추는디!
>
> — 홍희표, 「뱀사골 이무기」에서

예로 든 1)의 '三千里'는 거리를 나타내는 추상 명칭인데 여기에서는 한국의 전 국토를 가리키고 있고 2)에서는 'X세대'가 '젊은세대'를, '조선시대'가 '구세대'를 각각 가리키는 등 일부가 전체를 드러내고 있다.

> 사공의 뱃노래 간 곳 없고
> 삼학도 파돗소리 아스팔트로 굳어
> ....
> ....

보해소주만 뜬구름으로 흘러라

— 허형만, 「목포에서」 중에서

이 시를 보면 '사공의 뱃노래'는 목포출신의 가수가 부른 가요의 일부로 '목포'라는 지명을 가리킨 것이며 '보해소주'는 산지로써 '목포'를 가리킨 것이다.

이 밖에도 사물의 기능이나 성분으로 환유를 성립시키기도 하는데 "누가 권총을 쏘았냐?/납덩이에 맞은 하늘 비로소 미쳐 춤추고"(신진, 「까마귀떼 나는 보리밭」에서)를 보면 '납덩이'는 '총탄'을 나타낸다.

용기와 내용물로 된 환유는 '주전자'가 '술', '지갑'이 '돈'을 표현하고 건물주와 건물명으로는 '청와대'가 한국의 '대통령'이나 '한국정부'를, '백악관'이 미국의 '대통령'이나 '미국정부'를 가리키는 것들을 말한다. 따라서 환유는 차이성 속의 인접성에 의하여, 즉 어떤 부분이 그와 관련이 있는 다른 사물의 세계를 나타내고 있음을 알 수 있다.

라. 제유

제유synecdoche는 인접의 비유로 성립되는 환유와는 달리 밀접한 관련 속에서 부분이 전체를, 전체가 부분을 가리키는 것을 말한다. 야콥슨은 제유를 환유 속에 포함시키고 있는데 이는 서로 밀접한 관련성이 있어 그 한계가 명확하지 않기 때문이다. 그러나 제유는 환유와 달리 사물의 한 부분과 전체의 긴밀한 관계 속에서 성립된다는 데 특징이 있다고 할 수 있다.

"우리에게 빵과 자유를"에서 '빵'은 음식의 한 종류로 전체 음식의 한 부분이지만 그것은 식량이라는 의미를 지니게 되고 '앵두 가슴'은 여인 몸의 한 부분이지만 여인의 전체를 가리킨 것이다. 제유는 이와 같이 부분과 전체가 밀접한 관계가 있을 때 성립된다.

뒤 마르세 Du Marsais는 제유를 환유의 하나로 보면서 4가지의 제유를 들고 있는데 그것은 (1) 유(類)에 의한 제유 (2) 종(種)에 의한 제유 (3) 수(數)에 의한 제유 (4) 전체 대신에 부분을, 부분 대신에 전체를 나타내는 제유 등이다. '까치'(종)는 새의 전체(유와 종의 관계), '만년'은 많은 햇수(수의 제유), '외팔이'는 불구자(부분과 전체의 관계) 등 양적 관계를 나타낸다.

> 1) 물방울 하나 튀어
>   밀려온 파도
>   파랑새 날은다
>
>   — 조병무, 「홍련암 파도 소리」에서

> 2) 모국어도 멸망시키고
>   허공 천 길
>   투명한 낭 세워놓고
>
>   — 김영석, 「바다는」에서

1)의 '파랑새'는 유와 종의 관계에서 보면 바닷새 전체를 나타내고 2)에서 '천'은 수의 제유로 많음을 나타낸다. 또한 "그 해 12월 너로 인한 그리움 쪽에서 눈 내렸다"(강연호, 「12월」에서)에서 '12월'의 경우도 마지막 달 또는 겨울 전체를 가리킨다.

> 1) 봄이 애닯아 흐르는
>   섬진강 상류 돌멩이 틈으로

바가사리 같은 물천어들이 무심중
우수를 가다리고 있습니다

　　　　　　　　— 최하림, 「봄 태안사」에서

2) 번뜩이는 눈이 현해탄을 넘어
　　산을 넘어오고
　　강을 바람으로 넘어오고
　　배가 파랑을 일렁일 때마다
　　우리의 영혼을 앗아가는 목소리들이
　　들어오고, 총을 쥔 발자국이
　　들어오고

　　　　　　　　— 채수영, 「해방, 푸른빛 아래서」에서

　1)에서 '우수'는 24절기의 하나로 입춘과 경칩사이를 말하고 있기
때문에 여기서는 봄 전체를 가리킨다. 2)에서 '산'과 '강'은 우리나라
국토 전체를 가리키고 있는 것인데 이처럼 제유는 그 어떤 부분이거
나 밀접한 관련이 있는 일부가 전체를 나타낸다.

마. 활유

　활유personification는 의인법으로 더 널리 알려진 은유의 한 종류
로 인간이 아닌 다른 사물, 즉 무생물이나 추상적 관념에 인간적 속
성이나 형식 등을 부여하여 표현하는 비유법을 말한다. 사물이나 추
상적 관념에 인간의 생명이나 인격을 부여한다는 것은 그 대상을
자기 중심으로 인식하려는 본능에서 출발한다. 따라서 인간적 요소
를 부여할 때 그 대상은 인간처럼 생동감을 갖게 된다는 데 그 의
미가 있다.

로마의 수사학자 퀸틸리아누스 Marcus F. Quintilianus는 무생물에 생명을 부여하는 은유와 생명이 있는 것을 무생물로 전이시키는 은유로 각각 구별했다. 전자는 의인법이고 후자는 반의인법인 의물법(擬物法)animation이다.

먼저, 의인법부터 살펴보자.

의인법은 상상력을 통하여 인간의 속성을 외계의 사물에 투영, 자연을 정령화하며 생명을 부여한다.

> 1) 돌은
> 말이 없다.
> 그래서 돌은
> 어둠의 먹빛이다.
>
>   — 전봉건, 「돌·47」에서

> 2) 밤이면 풀꽃들과 산수목이 일어나
> 수군거림을
> 이제는 알 것 같네
>
>   — 김은철, 「등나무 아래」에서

> 3) 밤엔 나무도 잠이 든다
> 잠든 나무의 고른 숨결소리
>
>   — 이형기, 「돌베개의 詩」에서

> 4) 진달래 난장질에
> 온 산은 주리가 틀려
> 서둘러 푸르러지고
> 겨우내 식은 세상의 이마가
> 불쑥 뜨거워진다
>
>   — 강윤후, 「진달래」에서

위의 1)은 형용사적인 것이고, 2)의 "밤이면 꽃들과 산수목이 일어나/ 수군거림"은 명사적인 것이며 3)은 동사적인 의인법이다. 4)는 지체(肢體) 나 혈맥으로 삼은 의인법이라 할 수 있다. 이와 같이 의인법은 생명이 없는 것에 생명을 부여하거나 인격이 없는 것을 인격화한다.

여기에서 더 나아가 시인이나 화자 자신을 사물에 투영시켜 인간 적 욕망을 부여하는 경우가 있다.

네 키가 봄 햇살과 나란하다.

무릎 꿇어 고개 숙인 잎맥을, 세세한 몸의 무늬를, 들여다본다.

둥글게 휘어진 꿈의 얼굴, 가느다란 목을 늪혀 안겼을 초경 즈 음 입맞춤, 설레는 조개빛 입술. 견디지 못한 부끄럼으로 말아 올 리는 몸의 기억을 들추는 아침, 무수한 프리즘이 네 자궁 속에서 추억의 알들을 깐다. 작은 아기주머니 속에 옛 시간을 더듬더듬 소중히 집어넣고, 다시 시작인, 빛지지 않고 홀로 일궈내는 바람 의 숨결, 오롯이 제 힘의 결로만 견고히 섰는 가벼운 날갯짓, 연 한 살 속에 얄게 숨겨진 단호한 열정이 흔들거린다. 한 번도 의심 을 품은 적 없는 보랏빛 희망 단파장이 네 젖꽃판 위로 부풀어오 른다. 이별을 선행하는 맑은 영혼이 있듯 아무런 두려움 없이 골 똘히 뿜어내는 오로지 생명의 곡선이 눈부실 뿐.

질긴 세상을 투정하고 때때로 세상을 밀어냈던 내가 너보다 오 래 산다는 것은 미안한 일이다.

작은 신발을 신고 생의 호흡을 고르는 네가 눈물겹다.
— 김명원 「제비꽃」 전문

시인은 제비꽃을 말하고 있으나 실은 제비꽃으로 은유한 화자 자신을 말하고 있다. 시인의 포에지는 생명력으로 가득 찬 에로티시즘이다. 제비꽃은 초봄에 피는 작은 꽃으로 외형상으로는 "가느다란 목"과 "견디지 못한 부끄럼"으로 섬약한 여성성이 부각되고 있으나 "오롯이 제 힘의 결로만 견고히 섰는 가벼운 날갯짓"과 "연한 살 속에 얕게 숨겨진 단호한 열정"으로서 내면적 강인한 주체성을 표출하고 있다. 세계는 주체가 욕망의 형식 안에 가둔 꿈이며 상상이다. 그러기에 이상을 어렵게 실현시키기 위해 시인은 제비꽃에게 약한 여성적 육신을 부여하고, 그와 상응하는 욕망의 큰 무게를 전가하여 대립하게 하고 있다. 이 때 제비꽃은 여성 시인이 추구하는 시적 열망을 대변하기 위한 의인화된 매개체로 활용되고 있는 것이다.

바. 성유

성유onomatopoeia는 사물의 소리·동작·상태·의미 등을 음성으로 모사(模寫)하는 비유법을 말한다.

음성으로 대상의 모든 것을 드러내주기 때문에 음성상징이다. 일반적으로 성유는 의성법과 함께 의태mimesis까지 포함하고 있으나 이 둘은 약간의 차이가 있다. 의태법은 사물의 소리를 제외한 동작·상태·모양을 본떠서 음성으로 비유하는 것을 말한다.

먼저 의성법을 보자.

'꼬기요'라고 표현했을 때 이 의성어는 닭이라는 대상과 새벽이라는 시간의 의미까지 모두 나타내고 있는 것이다. 이처럼 소리의 흉내로써 그것이 무엇이며 어떤 의미를 나타내는가를 깨닫게 해준다.

1) 아침부터 저녁까지

개가 짖는다.
　　개야, 개야, 이 개야.

　　신라의 달밤에
　　내가 짖는다
　　아야, 아야, 아야야.

— 신진, 「짖기」 전문

2) 칼날 같은 벼잎들이
　　팔을 찌르고 얼굴을 찌르고 눈을 찌른다
　　찌르면서 허허 웃는다, 빌어먹을 놈의 벼잎들
　　눈알을 찌르면서 낄낄 웃는다

— 박운식, 「피사리 2」에서

　1)은 계속해서 경계하거나 꾸짖어야 하는 심리적 상태를 개가 짖는 소리의 변형으로 볼 수 있는 "개야 개야…"로 표현하여 개가 짖는 소리를 흉내내고 있다. 2)에서는 벼잎들이 '허허'나 '낄낄' 웃는다고 표현하여 적자농업의 허탈감이나 비웃음의 의미를 나타내고 있다. "기다리다 기다리다 고개 저으며/나도 네 발로 멍,멍…머엉…"(이태수, 「멍,멍…머엉…」에서), "척왜척화 척왜척화 물결소리에/귀를 기울이랴"(안도현, 「서울로 가는 全琫準」에서) 등도 성공한 의성의 시구절들이다. 의인법은 주로 청각에 의존하며 사물이나 세계에 대한 풍자가 많은 것이 특징이다.
　다음은 의태법을 보자.
　사물의 동작이나 상태 등을 본따서 흉내내는 것을 말한다. "터벅거리며 걸어갔다"고 표현했을 때 '터벅'은 걸음걸이의 시늉인데 힘없이 모래 위를 걷는 걸음걸이를 나타내 주게 된다. "아기자기하게 모여 이야기 꽃을 피웠다"고 했을 때 '아기자기'는 4음절로 된 모양의 시늉인데 여러 가지가 어울려 예쁘거나 재미있는 생태라는 의미를 나타내 준다.

> 바다는 뿔뿔이
> 달아날라고 했다.
>
> 푸른 도마뱀떼 같이
> 재재 발렀다.
>
> 꼬리가 이루
> 잡히지 않았다.
>
> 흰발톱에 찢긴
> 珊瑚보다 붉은 슬픈 생채기!
>
> 가까스로 몰아다 부치고
> 변죽을 들러 손질하여 물기를 씻었다.
>
> 이 앨쓴 海圖에서
> 손을 씻고 떼었다.
>
> 찰찰 넘치도록
> 돌돌 굴르도록
>
> 회동그라니 받쳐들었다!

地球는 蓮잎인양 오무라들고… 펴고…

　　　　　　　　　　— 정지용, 「바다・2」 전문

　이 시를 보면 '뿔뿔이', '재재', '찰찰' 등 의태어를 구사하여 시가
살아 움직이는 듯한 모습을 보여주고 있다. 더구나 '돌돌'이라는 의
성어와 조화를 이루어 더 한층 생생함을 나타내어 성유를 성공시킨
본보기가 되고 있다.

VIII. 상징의 방법

1. 상징의 개념

상징symbol이란 그리스어로 '표시'를 뜻하는 명사symbolon에서 온 말로 징표token, 기호sign, 부호mark라는 뜻이고 동사symballein는 '조립한다', '짜맞추다'를 의미한다.

여기에서 상징은 징표나 기호, 부호로서 이를 하나로 결합시킴으로써 그 의미가 획득되어 진다는 것을 알 수 있다. 이를테면 두 사람이 이별을 할 때 후일의 만남을 전제로 하나의 거울을 두 부분으로 나누어 각자가 간직하고 있다가 후일 서로가 알아보기 어려울 때 이를 맞추어 봄으로써 서로를 증명할 수 있게 되는 것이다. 중국 육조 때 후주가 정사를 소홀히 하자 딸 낙창공주의 남편인 서덕원은 국운이 다 된 것을 알고 부인을 불러 오랑캐에게 팔려가 서로 헤어지더라도 다음 날을 기약하기 위해 징표를 지니자며 거울을 깨뜨려 한 쪽은 자신이 소지하고 다른 한 쪽은 아내에게 주었다. 그 후 나라가 망하고 두 사람은 약속대로 거울이 매체가 되어 만나게 되었는데 여기에서 깨뜨린 거울 조각은 징표, 기호, 부호에 불과하나 이 거울 두 조각을 서로 짜맞추게 됨으로써 '재회'가 이루어졌음을 의미하게 된다.

즉 원관념은 재회인데 이 재회를 징표나 부호인 거울조각이 대신했음을 알 수 있다.

상징은 이처럼 불가시적인 것을 암시하는 가시적인 것을 말하는데 불가시적인 것이 원관념이고 가시적인 것이 보조관념이다. 다시 말해 원관념은 은폐되고 이를 암시하기 위해 겉으로 드러내는 '그 무엇'something이 보조관념이다. 이를 보면 상징도 비유의 구조와 같지만, 어떤 경우에도 상징은 보조관념만이 표면에 드러나는 비유이다.

    1) 그 여인은 장미꽃이다.
    2) 장미꽃이 활짝 불탄다.

이 경우, 1)은 은유다. 원관념은 '여인'이고 보조관념은 '장미꽃'으로 모두가 드러나 1:1의 형식을 취하고 있다. 반면 2)는 상징이다. 원관념은 생략되고 보조관념만이 드러나 있다. 장미꽃이 활짝 불탄다는 진술은 단순히 장미꽃이 탄다는 의미가 아니라 다른 의미를 나타낸다. 즉 장미꽃이 불탄다는 것은 여인의 마음이 불탄다거나 여인이 정열적임을 암시하게 되는 것이다.

    1) 그의 머리는 최상의 순금이며
       그의 머리는 덥수룩하고 까마귀처럼 검구나

    2) 그들이 나를 포도원지기로 삼았으나
       나는 내 포도원을 지키지 못하였구나

1)은 밀턴의 「실락원」 중 「雅歌」로서 비유와 상징을 비교하기 위해 즐겨 동원되는 구절인데 '머리는 순금'은 은유, '머리는 까마귀처럼'

와 같이 직유를 각각 성립시키고 있다. 1행에서는 왕관을 쓴 머리이고, 2행은 왕관을 쓰지 않은 덥수룩한 머리의 형상을 진술하고 있다. 이를 보면 왕관과 본질적으로 관련이 있는 유사물의 하나인 순금으로 원관념과 보조관념을 결합시키고 있을 뿐 그 이상의 감춰진 다른 뜻이나 암시되고 있는 것이 없다.

그러나 2)의 「아가」를 보면 '포도원'과 포도원지기가 '지키지 못한 포도원'이란 보조관념만 제시되어 있을 뿐 포도원에 대한 진술은 생략되고 있어 본래의 뜻은 나타나지 않고 있다. 이 시에서 포도원은 처녀성을 뜻하는데 원관념인 처녀성을 드러내기 위해 보조관념만을 드러내고 있다. 즉 포도원을 지키지 못했다는 것은 지켜야 할 처녀성을 지키지 못하고 상실했다는 것을 상징한 것이다. 이처럼 상징은 원관념이 드러나지 않고 보조관념만이 드러난다.

> 지금 눈 내리고
> 매화향기 홀로 가득하니
> 내 여기 가난한 노래의 씨를 뿌려라.
>
> 다시 천고의 뒤에
> 백마타고 오는 초인이 있어
> 이 광야에서 목놓아 부르게 하리라.
>
> — 이육사, 「광야」에서

위 시의 상징어는 '가난한 노래의 씨'와 '백마타고 오는 초인'이다. 원관념은 숨고 보조관념만이 드러난 것인데 이 상징어는 불가시적이므로 여러 가지로 해석이 가능하다. 이육사와 시대적 상황을 관련시켜 보면 '노래의 씨'는 '시(詩)'일 것이고 원관념은 '민족정기'나 '독립

정신' 등이라고 할 수 있다. 또 '백마타고 오는 초인'도 백마 그 자체가 상징이다. 백마는 건국 신화에서 고귀한 존재의 탄생을 암시했다. 여기에서도 원관념은 '해방'을 암시한다. 이와 같이 상징은 보조관념만으로 불가시적인 원관념의 의미를 여러 가지로 해석할 수 있는 것이다. 따라서 상징은 비유처럼 1:1의 형식이 아니라 1:다(多)의 형식으로 성립되어 다의적이고 이질관계인 것이다.

은유와 상징의 차이점을 보자.

2. 상징의 특성

상징의 특성은 여러 가지의 견해가 있다. 어반 W. M. urban은 상징의 특성을 (1) 무엇인가를 표시한다 (2) 이중의 지시를 갖는다 (3) 허구와 진실을 포함한다 (4) 이중의 적절성을 지닌다 등 네 가지를 들고 있는데 이와 같은 지적은 암시성, 양면성, 다의성 등을 말한 것이다. 여기에서는 동일성, 암시성, 다의성, 입체성, 문맥성 등으로 나누어 살펴본다.

은　　유	상　　징
원관념 · 보조관념이 문면에 드러나 1:1의 형식	보조관념만 드러남
사물(관념)을 다른 사물로 표현	관념만을 사물로 표현
비교 · 유추	암시
원관념과 보조관념은 유사관계	이질
용어에 있어 주로 명사형 사용	주로 동사 · 형용사 사용
축소된 은유	확장된 은유

가. 동일성

'조립한다', '짜맞춘다'라는 어원적 의미가 시사하는 바와 같이 상징은 본질상 원관념과 보조관념이 하나의 완전한 결합체가 된 것이다. 이러한 결합의 원리는 상징이 동일성을 성립의 원리로 하고 있다는 뜻이다. 틴덜 W. Y. Tindall은 문학에 있어서 상징은, 그것이 작품 전체이든, 그 구성 부분의 하나이든, 분명히 하나의 구체(具體)다. 마치 영혼이, 혹은 생명의 근원이 우리들의 육체에 깃들어 빛나는 것처럼 사상이나 감정도 우리가 상징이라고 부르는 형식, 즉 육체에 깃드는 것이다라고 말하고 있는데 이는 육체와 정신이 하나이듯이 각기 다른 요소의 결합체라는 의미에서 동일성인 것이다. 여기에서 상징은 원관념(개념)과 보조관념(이미지)이 동시적이고 공존적이어서 분리될 수 없는 일체임을 알 수 있다.

> 안개들이 道路 위로 기어 올라와서는 눕는다.
> 안개들이 개천 바닥에서 엎치락뒤치락 논다.
> 안개들이 工場 굴뚝을 안고 오른다.
> 안개들이 車를 계속 몰고 온다.
> 안개들이 아침햇빛을 온통 먹어 버린다.
> 안개들이 산 위에서부터 서서히 내려온다.
> 사람이나 꽃이나 짐승이나 실은 모두 안개다.
>
> ― 문덕수, 「안개」 전문

여기에서 '안개'는 원관념을 암시하기 위한 보조관념인데 이는 시인의 관념을 대신하는 이미지이다. 여기에서 '안개'는 자연이 아니라, 미래에 대하여 예측할 수 없는 불안한 삶이나, 위기의 현대사회를 상징함으로써 미래에 대한 불안과 동일성을 내포한 '안개'인 것이다.

더 구체적으로 살펴보면 '안개'는 시야를 막아 예측이 불가능한 상태를 만드는데 이러한 '안개'가 일정한 시간이나 공간에 존재하는 것이 아니라 '도로', '개천', '공장 굴뚝', '차', '산' 등 어느 곳에나 상존하고, 나아가 '사람', '꽃', '짐승'도 '안개'라고 진술하고 있다. 여기에서 겉으로 드러난 '안개'라는 보조관념은 시인의 원관념, 즉 겉으로 드러나지 않은 '불안' 또는 '위기'와 일체를 이루어 동일성을 구축하고 있다. 결국 상징은 동일성의 원리에 의하여 두 요소가 일체됨으로써 성립된다고 할 수 있다.

나. 암시성

상징은 원관념을 드러내는 것이 아니라 보조관념만을 제시함으로써 그 무엇을 암시하는 것이다. 암시는 의미를 우화적으로 드러낸다는 점에서 은폐를 전제로 하고 있어 모호성과 신비성을 지니고 있다. 암시성은 상징의 본질적 요소로 보조관념만을 제시하여 원관념이 되는 의미를 암시적으로 표현하게 되는데 이는 이미지, 의식, 가시, 무의식, 불가시, 무한의 세계를 암시[1]하는 것이다. 이와 같이 상징은 '감춤'에 의한 암시성을 지니고 있어 '감춤'과 '드러냄'의 양면성을 필연적으로 가지게 된다.

> 풀이 눕는다
> 비를 몰아오는 동풍에 나부껴
> 풀은 눕고
> 드디어 울었다
> 날이 흐려져 울다가
> 다시 누웠다

풀이 눕는다
바람보다는 더 빨리 눕는다
바람보다는 더 빨리 울고
바람보다 먼저 일어난다

날이 흐리고 풀이 눕는다
발목까지
발밑까지 눕는다
바람보다 늦게 누워도
바람보다 먼저 일어나고
바람보다 늦게 울어도
바람보다 먼저 웃는다
날이 흐리고 풀뿌리가 눕는다

— 김수영, 「풀」 전문

　이 시에서 보면 보조관념인 '풀'과 '바람'이 그 무엇을 암시하고 있
다. 다시 말해 '감춤'과 암시가 내포되어 있는 것이다. 풀은 동풍에
나부껴 눕고, 울고 그리고 바람보다 빨리 눕고, 빨리 울고, 먼저 일어
나는 행위를 반복하는 어떤 존재이다. 여기에서 풀은 바람과의 대비
를 통해 감추어진 민중을 암시하게 되는데 특히 풀의 동작을 통해
바람이 현실적 상황임을 암시하기에 이른다. 이와 같이 원관념을 감
추고 보조관념만으로 사물의 속성이나 동작 등을 제시하여 암시함으
로써 신비감을 자아내게 된다.
　그러나 이 시에서 우리가 생각해야 할 것은 '풀'과 '바람'이 '끈질
긴 민중의 힘'만을 암시하는가 하는 점이다. 왜냐하면 인간의 속성이
나 감정도 암시할 수 있는 것이고 단순한 그 어떤 의지를 표현할 때
도 암시할 수 있는 '드러냄'이기 때문이다. 다만, '풀'과 '바람'의 속

성·움직임 등을 대비한 연상작용 속에서 상징의 의미를 그렇게 유추할 수도 있다는 것뿐이다. '감춤'과 '드러냄'의 연상작용이 상징효과를 더욱 극대화시키게 된다는 점에서 더욱 그러하다.

다. 다의성

상징은 암시성 때문에 그 의미가 다양하게 해석된다. '감춤'을 상징적 이미지로 대체함으로써 독자반응 역시 다양할 수밖에 없는데 이 다양성은 시의 연상적 유추에 의한 해석과 독자의 정신적 태도 또는 현실 상황의 개별성에 의하여 발생한다. 따라서 상징은 원관념이 다양할 수밖에 없어 원관념과 보조관념의 관계가 앞에서 설명한 것처럼 1:多의 속성을 지니고 있다.

> 그 강은 다른 사람들 눈에는
> 뜨이지 않고
> 오직 나의 눈에만 보입니다.
>
> 허지만 나에게도 그 강은
> 흐르다가는 스러지고
> 스러졌다가는 다시 흐르곤 합니다.
>
> 말하자면 그 강은 내 뜻대로
> 등장하는 것이 아니요
> 퇴장도 제멋대로 입니다.
>
> 그러면서도 그 강은 나에게
> 많은 이야기를 합니다.

주로 보이지 않는 세계를,
그리고 보이는 세계의 숨은 신비를
말해줍니다.

— 구상, 「그리스도 폴의 江 33」에서

　이 시는 강을 상징으로 한 연작시인데 시인의 설명대로라면 '강'은
기독교적 상징이다. 시인은 시집 서문에서, 그리스도 폴은 힘 겨루기
를 하면서 떠돌아다니는 장사였는데 그의 소원은 힘센 장사를 만나
는 일이었다. 마귀 장사를 만나 강변 어느 隱修者의 움막에서 묵다가
십자가상을 보더니, 그 마귀 장사는 "나는 저자한테만은 당할 수 없
다"고 하면서 뺑소니를 쳤다. 그리스도 폴은 그 다음부터 예수를 만
나는 것이 소원이었다. 은수자에게 소원을 말하고서는, 세상 일을 다
끊고 강을 왕래하는 사람을 업어 건네주는 소임을 맡았다. 밤에 남루
한 차림의 한 소년이 강을 건네 달라고 청했다. 물살이 센 강 복판에
이르렀을 때, 어떻게도 무겁든지 그냥 고꾸라질 지경에 이르렀지만
간신히 참고 건너편 모래톱에 떨치고 돌아섰는데, 그때 그렇게 그리
든 예수가 후광에 싸여 미소하고 서 있지 않는가. 작자는 '강'을 回
心의 일터로 삼고 이 시를 썼다고 했기 때문이다. 그러나 원관념을
'감춤'으로써 독자에 따라 그 반응은 얼마든지 다양해 질 수밖에 없
다. 이를테면 한국의 현실이나 인간의 깨달음 등도 상징할 수 있을
것이다. 더구나 '강'의 상징적 의미는 자연을 창조하고 시간의 경과,
즉 상실과 망각을 상징하기도 하고 현재, 미래까지도 포함하며 강의
넓이와 길이에 따라 상징은 다양하게 암시된다. 결국 상징은 한 두
가지를 암시하는 것이 아니라 여러 가지를 암시하며 시의 기능을 다
양화하는 것이다.

라. 입체성

상징은 무엇인가 형상을 만들어 내세운다는 뜻이다. 원관념인 '다른 무엇'을 보조관념인 '그 무엇'으로 형상화하는 것을 말한다. 여기에서 입체성이 배태되고 상·하, 내·외 등 수직조응과 수평조응이 입체성을 성립시켜 일체화로 초월화, 신비감을 체험하게 한다.

바람도 없는 공중에 수직의 파문을 내며, 고요히 떨어지는 오동 잎은 누구의 발자취입니까.
지리한 장마 끝에 서풍에 몰려가는 무서운 검은 구름의 터진 틈으로, 언뜻언뜻 보이는 푸른 하늘은 누구의 얼굴입니까.
꽃도 없는 깊은 나무에 푸른 이끼를 거쳐서, 옛 탑위의 고요한 하늘을 스치는 알 수 없는 향기는 누구의 입김입니까.
근원을 알지도 못할 곳에서 나서, 돌부리를 울리고 가늘게 흐르는 작은 시내는 굽이굽이 누구의 노래입니까.
연꽃 같은 발꿈치로 갓이 없는 바다를 밟고, 옥같은 손으로 끝 없는 하늘을 만지면서, 떨어지는 날을 곱게 단장하는 저녁놀은 누구의 시입니까.

— 한용운, 「알 수 없어요」 전문

상하조응이란 인간의 영혼과 물질의 결합이다.[3] 이 시를 보면 '발자취', '얼굴', '입김', '노래', '시' 등은 알 수 없는 '누구'의 것인 것이다. 여기에서 '누구'는 실제가 아닌 초월적 존재로 영적인 존재인 것이다. 이렇게 보았을 때 조응은 인적(人的)인 것과 영혼의 결합인 것이다. 이 시에서 입체성은 '공중', '하늘', '탑'에 의해 수직화되고, '시내', '바다'를 통해 수평으로 펼쳐지면서 조응하여 '발자취', '얼굴' 등이 영혼의 상징으로 제시된다. 이와 같이 추상적인 관념이나 정서

를 구체적인 감각적 이미지와 일체화할 때 그 어떤 초월적 세계가
제시되어 황홀한 신비감을 느끼게 된다.

마. 문맥성

상징은 단 하나의 사물이나 말로써 상징이 될 수도 있으나 시의
전체 문맥에 따라 그 내용이 달라진다. 고립적이거나 자율적이라면
비유처럼 한정된 기능을 수행하지만, 상징은 작품 전체를 환기시키는
기능을 수행하는 것이다. 그래서 상징은 이미지가 환기하는 의미가
부분적이냐 또는 작품 전체에 작용하느냐에 따라 구별된다. 다시 말
해 작품 전체에 여러 이미지가 적절히 배열되고 상호 조응됨으로써
상징의 기능을 가지게 된다.

> 무엇을 반항하듯
> 불끈 쥔 주먹들이 무섭다
> 그녀의 젖무덤처럼 익어
> 색만 쓰는 그 음탕함도 무섭다
> 꺾어버릴 수가 없다
> 모르는 척 팽개칠 수도 없다
> 아프다 너무 아프다
> 맞붙어 속삭이는
> 저 노오란 비밀의 이야기가 아프다
> 타오르는 불길 속에
> 마구 벗어던진
> 그녀의 속옷같은 잎들의 눈짓
> 오—눈짓이 무섭다
> 저들은 무언가 외칠 것만 같다

불끈 쥔 주먹을 휘두르며
일어설 것만 같다
무섭다 세상 모든 것이 무섭다
익들대로 익은 내 생각의
빛깔도 무섭다

　　　　　　　　　— 정의홍, 「참외」 전문

이 시에는 세계에 대한 시인의 위기감이 상징되어 있다. 여기에서
'불끈 쥔 주먹', '젖무덤', '그녀의 속옷' 등 비유적 이미지들이 단독
으로가 아니라, 작품 전체의 문맥 속에 적절히 배열됨으로써 급박한
상황의 위기감 또는 불안감을 심화시켜 주고 있다. 만일 '불끈 쥔 주
먹' 하나만이 제시되었다면 위기감은 단순화되어 상징성이 크게 약화
되었을 것이다. 이처럼 상징은 앞뒤의 문맥, 전체의 문맥 속에서 이
루어지게 되고 단독 이미지는 작품 한 부분에 작용하는 기능을 하게
된다.

3. 상징의 유형과 방법

가. 개인적 상징

개인적 상징personal symbol[4]은 하나의 작품 속에만 있는 단일한
독창적 상징이나 한 시인이 자기의 여러 작품에서 특수한 의미로 즐
겨 사용하는 상징을 말한다. 다시 말해 어떤 상징이 특정의 어떤 작
품에서 주도적으로 작용하는 이미지이거나, 시인 개인의 여러 작품에
서 두루 쓰이는 이미지이건 간에 그 시인이 많이 사용하는 상징이다.

지금 어드메 쯤
아침을 몰고 오는 분이 계시옵니다.
그분을 위하여
묵은 의자를 비워 드리지요.

지금 어드메 쯤
아침을 몰고 오는 어린 분이 계시옵니다.
그분을 위하여
묵은 의자를 비워 드리겠어요.

먼 옛날 어느 분이
내게 물려 주듯이

지금 어드메 쯤
아침을 몰고 오는 분이 계시옵니다.
그 분을 위해서
묵은 의자를 비워 드리겠습니다.

— 조병화, 「의자 · 7」 전문

이 시에서 주도적 이미지presiding image로 나타나고 있는 '의자'는 개인적 상징이다. '의자'를 '아침을 몰고 오는 분', '어린 분'에게 물려주겠다는 것인데 이는 '먼 옛날 어느 분'으로부터 물려받은 것을 새로운 '분'에게 다시 물려주겠다는 것이다. 이것은 구세대가 신세대에게 모든 것을 물려주겠다는 순응의 정신을 암시한 것인데 여기에서 '의자'를 통한 순응은 시인이 독창적으로 만든 것이기 때문에 누구나 공유할 수 없는 특수한 개인적 상징물인 것이다.

巨石像
이 난감함.
누군가 분명 거기 있었다
누군가 힘이 센 사람이 거기 있었다
그는 돌고래와 푸른 바다를 바라보며
눈부신 햇살을 쬐며
골똘히 무엇을 생각하다
외마디로 울부짖다가
그저 맨손으로 훌쩍 사라졌다
절벽보다 더 깊은 그의 그림자
바다보다 거 거친 그의 숨소리
더 이상 풀 수 없는
그의 견고한 암호
어쩌다 암호의 틈새로 비어져 나온
이 낯선 시간의 한 가닥

─ 양채영, 「巨石像」 전문

이 시에서도 주도적 이미지는 '石像'인데 이것은 누구도 공유할 수
없는 시인 자신의 개인적 상징물이다. 여기에서 '石像'은 보편적으로
나타나는 이미지는 찾아볼 수 없고 낯선 이미지로 이질감을 준다.
'힘이 센 사람', '외마디로 울부짖다가', '맨손으로 훌쩍 사라졌다',
'숨소리', '견고한 암호' 등 비정상적인 상황은 이질감을 심화시키고
있는데 여기에서 '石像'은 시 전체를 지배하는 상징물이나 누구도 공
유할 수 없다. 그래서 이 시는 시인이 보편적 의미를 배제하고 독창
적으로 만든 '石像'이기 때문에 개인적 상징물이 되고 있는 것이다.
개인적 상징은 이질감이 심화될수록 난해하기 마련인데 여기에 현대
시의 난해성이 있다.

1) 내가 그의 이름을 불러 주었을 때
　　그는 내게로 와서
　　꽃이 되었다.

　　　　　　　　　　　— 김춘수, 「꽃」 2연에서

2) 내 손이 닿으면
　　너는 미지의 까마득한
　　어둠이 된다.

　　　　　　　　　　　— 김춘수, 「꽃을 위한 序詩」 1연에서

3) 그는 웃고 있다. 개인 하늘에 그의 미소는 잔잔한 물살을 이
　　룬다. 그 물살의 무늬 위에 나를 가만히 띄워 본다. 그러나 나
　　는 이미 한 마리의 황나비는 아니다. 물살을 흔들며 바닥으로
　　바닥으로 나는 가라앉는다. 한나절, 나는 나의 언덕에서 울고
　　있는데, 돌연히 눈을 감고 그는 다만 웃고 있다.

　　　　　　　　　　　— 김춘수, 「꽃」 전문

　'꽃'은 '바다'와 함께 김춘수 시인이 즐겨 사용하는 이미지들 중 하나인데 위 시에서는 '꽃'이 주도적 이미지로서 시인 자신만의 특유한 의미를 상징하고 있다. 1)에서는 존재에 의미를 부여하여 즉자존재(卽自存在)를, 2)에서는 존재 이유를, 3)에서는 '꽃'과 '나'의 대립적 모순 관계에서 일어난 단절성을 극명하게 보여주고 있는데 이 작품 모두가 다 같이 꽃의 이미지로 존재성을 상징하고 있다. 이처럼 한 시인이 누구나 공유할 수 없는 상징이거나, 여러 작품에서 즐겨 사용하는 상징은 결국 시인 자신의 독특한 해석에 따름으로 개인적 상징이라고 할 수 있다.

나. 대중적 상징

대중적 상징public symbol은 공중적 상징, 제도적 상징, 인습적 상징 등 다양한 명칭으로 불려지기도 하는데 이는 오랜 기간 동안 특수한 문화적 배경 아래에서 습관화되어 형성된 상징을 말한다. 인간은 정신적, 물리적 배경은 물론 자연적 배경 속에서 타인과 삶을 공유한다.

그래서 시인도 개인적 상징뿐만 아니라 타인과 공유할 수 있는 보편적 상징universal symbol을 사용하기 마련이다. 대중적 상징은 시인이 독창적으로 사용하는 상징이 아니라, 여러 배경 속에서 형성되어 여러 사람에게 공통적으로 통용되는 보편성을 띤 상징이다.

> 사향(麝香) 박하(薄荷)의 뒤안길이다.
> 아름다운 배암……
> 얼마나 커다란 슬픔으로 태어났기에, 저리도 징그러운 몸뚱아리냐
>
> 꽃대님 같다.
>
> 너의 할아버지가 이브를 꼬여내던 달변의 혓바닥이
> 소리잃은 채 낼룽거리는 붉은 아가리로
> 푸른 하늘이다.……물어 뜯어라, 원통히 물어 뜯어,
>
> 달아나거라, 저놈의 대가리!
>
> 돌 팔매를 쏘면서, 쏘면서, 사향 방초(芳草)ㅅ길
> 저놈의 뒤를 따르는 것은

우리 할아버지의 아내가 이브라서 그러는 게 아니라
석유 먹은 듯……석유 먹은 듯……가쁜 숨결이야

바늘에 꼬여 두를까부다. 꽃대님보단도 아름다운 빛……
클레오파트라의 피 먹은 양 붉게 타오르는
고운 잎술이다……스며라! 배암.

　　　　　　　　　　 ― 서정주, 「花蛇」에서

　이 시에서 '뱀'은 이브를 유혹하고 금단의 열매를 따먹게 하여 원
죄를 범하게 한 기독교적 신화와 관련된 상징이다. 그러나 불교에서
는 '뱀'을 욕정의 상징물로 보고 있어 전자가 악마적인 데 반해 후자
는 '잉태'라는 묵시적 이미지로서의 상징성을 띠고 있다. 또 뱀은 남
근을 상징하는가 하면 악, 탄생, 매혹 등을 상징하는 등 복합적 상징
을 띠고 있는데 이 시에서의 뱀은 유혹의 악과 매혹적 아름다움을
상징한 것이다.

　　　香丹아 그넷줄을 밀어라
　　　머언 바다로
　　　배를 내어 밀 듯이,
　　　향단아

　　　이 다수굿이 흔들리는 수양버들 나무와
　　　벼갯모에 뇌이듯한 풀꽃뎀이로부터,
　　　자잘한 나비새끼 꾀꼬리들로부터
　　　이조 내어 밀 듯이, 향단아

　　　　　　　　　　 ― 서정주, 「鞦韆詞, 香丹의 말 1」에서

이 시는 고전 『춘향전』에서 가져온 문화권 상징이다. 춘향은 일반적으로 사랑을 상징하는 의미로 사용되고 있는데 이 시에서 주도적 이미지인 '그네'는 모든 현세의 인연을 끊고자 열망하는 것의 상징인 것이다. 이를 문덕수는 휠라이트의 말을 빌어 전래의 활력 상징이라고 말한다.

쫓아오던 햇빛인데
지금 교회당 꼭대기
십자가에 걸리었읍니다.

尖塔이 저렇게도 높은데
어떻게 올라갈 수 있을까요.

종소리도 들려오지 않는데
휘파람이나 불며 서성거리다가,

괴로웠던 사나이,
幸福한 예수 그리스도에게
처럼
십자가가 허락된다면

모가지를 드리우고
꽃처럼 피어나는 피를
어두워가는 하늘 밑에
조용히 흐리겠읍니다.

— 윤동주, 「십자가」 전문

이 시에서 '십자가'는 인습적·종교적 상징과 관련된다. 주도적 이미지인 '십자가'를 통해 시인은 암울한 현실에서 자기희생의 속죄양 의식을 가지고 삶의 의미를 구현하기 위해 대중적 상징을 쓰고 있다.

　1) 밤이면 뒷골목엔 不法私娼이 아니라
　　公娼으로 美人들의 장이 서는데,
　　<짐승 같은 짓거린 줄 알긴 알라>고
　　牛馬市場 그대로의 말뚝들을 박아놓고
　　女子들을 그 말뚝마다 기대 서있게 했더군.

　　　　　　　　　　　— 서정주, 「도이체 이데올로기」에서

　2) 버스가 막
　　건널목에 왔을 때
　　차단기는 앞을 막았다
　　길은 막히고
　　그새 이쪽 저쪽으로
　　쭉 몰리는 車輛들
　　그때 내가 버스 앞유리로 내다본 것은
　　맞은편에 줄선 버스만은 아니다

　　　　　　　　　　　— 한성기, 「차단」에서

　1) 2)는 일종의 제도적 상징이다. 1)은 '공창'이라는 제도를 끌어들여 여인들의 비극적 삶을 상징하고 있으며, 2)는 차단기가 내려진 건널목에서는 자동차뿐만이 아니라 사람도 서 있어야 된다는 것, 즉 물질문명으로 인한 인간적 폐해를 암시하기 위해 '차단기'라는 제도적 상징물을 채용하고 있다.

다. 원형적 상징

원형적 상징archetypal symbol은 프레이저 J. G. Frazer의 저서 『황금의 가지』The Golden Bough와 융 C. G. Jung의 정신분석학이 연구됨에 따라 중요한 개념으로 사용하게 된 것인데 역사, 문학, 종교, 풍습, 신화, 전설 등에서 지역적·문화적·시공적 제약을 초월하여 수없이 반복적으로 나타나며 공통적이거나 유사성을 갖는 상징을 의미한다. 그러면 모든 인간에 보편적·공통적으로 나타나는 몇 가지의 원형을 살펴보자.

1) 원형적 이미지

원형 또는 원형 이미지란 원형 상징인데 인류 전체나 대부분에게 보편적인 의미를 가진 이미지를 의미한다. 따라서 이것은 한 시인이나 한 작품의 의미 또는 정서를 초월하게 된다.

> 나는 아직도 잊을 수가 없다
> 그날 강물은 숲에서 나와 흐르리.
>
> 비로소 채색되는 유유한 침묵
> 꽃으로 水葬하는 내일에의 날갯짓,
>
> 아, 홍건하게 강물은 꽃에 젖어 흐르리
> 무지개 피에 젖은 아침 숲 짐승 울음.
>
> 일체의 죽은 것은 떠내려가리
> 얼룽대는 배암 비늘 피발톱 독수리의,

이리떼 비둘기떼 깃쭉지와 울대뼈의
피로 물든 일체는 바다로 가리.

　　　　　　　　　── 박두진, 「江·2」에서

원형적 이미지로서의 '물', '강', '바다' 등은 생명이 태어나는 '중요한' 요소로서의 탄생을 비롯하여 재생, 소생, 죽음, 정화, 풍요 등을 상징하며, 바다는 휴식, 영원, 두려움, 여성, 불, 피 등을 상징한다. 이밖에도 상하, 피, 빛, 원, 바람, 정원, 사막 등 여러 가지가 있는데 이러한 것들은 보편적인 의미의 이미지들이다.

2) 원형적 모티프

모티프motif는 원형비평에서 일반적으로 화소(話素)라고 번역되는데 이것은 '잊혀지지 않는 이야기의 알맹이'를 의미한다. 알맹이는 이미지, 사건, 행위일 수도 있는데 이를테면 진달래, 두견, 태양, 호랑이, 황소 등은 우리 시에 자주 쓰이는 모티프인 것이다. 따라서 어떤 행위를 일으키게 하는 데 요인이 되고 있는 동기 motives나 동기부여 motivation와는 구별된다.

　　나는 왕이로소이다. 나는 왕이로소이다. 어머님의 가장 어여쁜 아들
　　나는 왕이로소이다. 가장 가난한 농군의 아들로서……
　　그러나 시왕전(十王殿)에서도 쫓기어 난 눈물의 왕이로소이다.
　　"맨 처음으로 내가 너에게 준 것이 무엇이냐" 이렇게 어머니께서 물으시며는
　　"맨 처음으로 어머니께서 받은 것은 사랑이었지요마는 그것은 눈물이다"하겠나이다. 다른 것도 많지요마는……

할머니 산소 앞에 꽃 심으로 가던 한식(寒食)날 아침에
어머니께서는 왕에게 하얀 옷을 입히시더이다.
그리고 귀밑머리를 단단히 땋아 주시며
"오늘부터 아무쪼록 울지 말아라"
아아, 그 때부터 눈물의 왕은 ― 어머니 몰래 남 모르게 속 깊
이 소리없이 혼자 우는 그것이 버릇이 되었소이다.
　　　　　　　　　　　　　― 홍사용, 「나는 王이로소이다」에서

　이 시는 한 인간의 성장과정을 보여주고 있다. 이 시인에게 있어
'눈물'은 타인과의 끊임없는 만남 속에서 형성된 고통, 시련, 괴로움
의 상징인데 이 과정 속에서 자아의 변화를 인식, 성숙한 인격체로서
의 자아를 형성해 가는, 이른바 통과제의 rites of passage의 모티프인
것이다.
　휠라이트, 궤린, 프로이드, 융, 프라이의 원형 상징을 홍문표의 요
약에서 보면 다음과 같다.

　① 휠라이트와 궤린의 원형상징
上 : 성취, 상승, 탁월함, 왕권, 지배, 소망, 선, 하늘, 아버지
下 : 하강, 심연, 지옥, 무질서, 공허, 대지, 어머니
피 : 선과 악, 긍정, 불길, 힘, 금기, 죽음, 처녀성, 탄생, 형벌, 맹세,
　　전쟁, 재생
빛 : 정신, 영혼, 지적 공간, 불, 공포, 상승, 원, 하늘
물 : 정화, 생명, 순수, 속죄, 창조, 신비, 탄생, 죽음, 부활
말 : 충동, 이성, 윤리, 정상성
원 : 태양, 완전, 진리, 운명의 장난, 윤회, 남녀 결합
바다 : 생의 어머니, 죽음과 재생, 영원성, 무의식
강물 : 죽음과 재생, 세례, 시간의 영원, 생의 순환, 신의 화신

태양 : 힘, 자연의 이치, 의식, 부성의 원리, 시간과 생의 추이

아침해 : 탄생, 창조, 각성

저녁해 : 죽음

검정 : 혼돈, 신비, 미지, 죽음, 무의식, 사악, 우울

빨간 : 피, 희생, 격렬, 무질서

초록 : 성장, 감동, 희망

훌륭한 어머니 : 인자함

땅의 어머니 : 탄생, 포근함, 보호, 비옥함, 성장, 풍요

공포의 어머니 : 무녀, 여자 마법사, 마녀, 두려움, 죽음

공주, 숙녀 : 영혼의 동반자, 정신적인 완성의 화신

바람 : 호흡, 영감, 창안, 영혼, 성령

배 : 소우주, 항해

정원 : 낙원, 천진무구, 순결미, 풍요

사막 : 황폐, 죽음, 니힐리즘, 절망

② 프로이드의 성적 상징

남성 : 지팡이, 양산, 막대기, 나무, 모자, 칼, 창, 총, 수도꼭지, 연필,
     넥타이, 뱀, 열쇠, 산, 하늘 등

여성 : 구멍, 웅덩이, 동굴, 항아리, 병, 트렁크, 상자, 방, 호주머니,
     배, 종이, 책, 테이블, 달팽이, 조개, 교회, 사원, 꼴, 숲, 사과,
     복숭아, 구두, 마당, 셔츠, 물, 바다 등

③ 융의 집단적 원형 상징

그림자(shadow) : 검은 형제, 자아의 어두운 측면, 악마, 부정, 갈등,
     이중성

아니마(anima) : 남성의 여성적 측면, 영원한 여성상, 처녀, 여신, 천
     사, 악마, 거지, 청부, 친구, 악녀, 베아트리체, 헬렌, 이브, 춘
     향, 심청, 소, 고양이, 호랑이, 뱀, 동굴, 몽상, 꿈, 언어, 이상

적 자아, 밤, 휴식, 평화, 부드러움, 선

아니무스(animus) : 명배우, 권투선수, 정치가, 지도자, 이상적 남성,
독수리, 황소, 사자, 창, 탑, 현실, 역동성, 낮, 염려, 야심, 동
물, 능동, 분열, 합리적 추상적 사고, 국가, 사회

④ 프라이의 원형적 이미저리

프라이의 세계 구분 : 신계(divine), 인간계, 동물계, 식물계, 물질계

이미저리 : 신화와 종교적 세계인 천상적 이미저리와 악마적 이미저
리, 시적이고 인간적인 세계인 유추적 이미저리로 3분함.

㉮ 천상적 이미저리 : 성서의 묵시록이 예시한 은유적 세계, 인간이
이상하는 욕망의 세계, 천국, 극락.
신계 : 하나님
인간계 : 기독교인, 성도, 정의와 양심
동물계 : 양
식물계 : 나무, 장미, 연꽃, 포도주, 빵
물질계 : 사원, 건물, 돌, 길, 불

㉯ 악마적 이미저리 : 천상적 이미지의 대칭, 현실 세계, 악령과 희
생의 세계, 지옥, 아수라.
신계 : 악령의 세계, 악마
인간계 : 복종, 지배, 매음, 요부, 동성애, 지배자, 피
지배자
동물계 : 괴물, 맹수, 이리, 독수리, 뱀
식물계 : 불길한 숲, 황무지, 금단의 나무, 열매 못맺는
무화과
물질계 : 파괴된 도시, 바위, 무기

㉰ 유추적 이미저리 : 신화나 종교의 초월적인 세계, 즉 천국이나
　　　　　　　　　 지옥의 극단을 인간적인 이성으로 대치하여
　　　　　　　　　 천상적인 것은 로망스로, 악마적인 것은 리얼
　　　　　　　　　 리즘으로 모방하고 성품과 이성에 의한 직접
　　　　　　　　　 적인 모방으로 다시 순수유추, 경험유추, 성품
　　　　　　　　　 과 이성유추 등으로 3분한다.

㉠ 순수유추 : 부조리한 인간 세계를 벗어나 순수를 갈망, 천상
　　　　　　　 모방, 낭만주의 세계, 상승적 이미지
　　　　　　 신계 : 노인, 천사, 도사
　　　　　　 인간계 : 순수한 처녀, 아이들
　　　　　　 동물계 : 충성스런 개, 말
　　　　　　 식물계 : 요술 지팡이, 천국의 나무
　　　　　　 광물계 : 정원, 탑, 오막살이

㉡ 경험유추 : 악마적 세계의 모방, 불행한 현실 인식, 리얼리
　　　　　　　 즘 세계, 하향적 이미지
　　　　　　 인간계 : 보편적 인간
　　　　　　 동물계 : 원숭이
　　　　　　 식물계 : 땀흘리는 농장, 전원
　　　　　　 물질계 : 현대도시 골목길, 고독과 벽

㉢ 성품과 이성 유추 : 순수와 경험의 중간, 인간적이고 이성적
　　　　　　　　　　 인 관념의 세계, 수평적 이미지
　　　　　　 인간계 : 왕
　　　　　　 동물계 : 독수리, 사자, 매
　　　　　　 식물계 : 깃발, 홀
　　　　　　 물질계 : 법정

라. 알레고리

알레고리allegory는 풍유(諷諭) 또는 우유(寓喩)라고 말하는 비유법을 말하고 있으나 보조관념만 드러낸다는 점에서 상징과 밀접한 관련이 있다. 알레고리는 직유, 은유, 상징과 같이 원래 나타내고자 한 뜻과 그것을 나타내기 위해 끌어들인 것, 즉 원관념과 보조관념의 구조를 갖추고 있으나 상징처럼 원관념은 드러내지 않고 보조관념만 겉으로 드러내어 본래의 의미를 암시하는 수법이다.

상징은 보조관념이 하나이지만 보조관념이 상징하는 원관념은 많아 1：多의 관계를 이루고 있는 반면 알레고리는 원관념과 보조관념이 1：1의 관계로 형성되어 지시적이다. 특히 알레고리는 보조관념이 주로 동물과 식물 또는 어떤 관념이 이야기로 구성되고, 그 이야기는 현실의 인간사를 풍자하거나 비판하는 기능을 가지고 있다. 알레고리의 특성은 도덕적, 교훈적인데 오늘날 현실적 상황 아래에서는 이 보다는 온갖 부조리에 대한 비판의식과 풍자하는 방법으로 쓰이고 있다.

> 껍데기는 가라.
> 사월도 알맹이만 남고
> 껍데기는 가라.
>
> 껍데기는 가라.
> 동학년 곰나루의, 그 아우성만 살고
> 껍데기는 가라.
>
> 그리하여, 다시
> 껍데기는 가라.

이곳에선, 두 가슴과 그곳까지 내논
아사달 아사녀가
中立의 초례청 앞에 서서
부끄럼 빛내며
맞절할지니

껍데기는 가라.
한라에서 백두까지
향기로운 흙가슴만 남고
그, 모오든 쇠붙이는 가라.

— 신동엽, 「껍데기는 가라」 전문

이 시에서 '껍데기'는 역사의 부조리와 허구성의 알레고리다. 알맹이는 인간이나 사물에 있어 가치가 있는 것이며, '껍데기'는 헛된 것이기 때문에 알레고리가 된다. 위 시에서의 알맹이는 4·19 민주 혁명정신과 동학혁명인데 이는 민족정신으로 삶의 본질적 가치인 것이다. 이 정신에 반하는 온갖 부조리가 '껍데기'인데 이 '껍데기'가 바로 민족, 민주, 구국의 정신을 암시하기 위해 내세운 알레고리인 것이다.

마음속에 기르고 있는 거북이 한 마리가 잠시 소홀한 틈을 타 바깥으로 기어나왔습니다. 거북아 거북아 아무리 불러들여도 뒤도 돌아보지 않고 앞으로 기어만 갑니다. 이놈은 내가 저를 키워 바다로 나가리라 생각한 듯 미리미리 바다를 둘러볼 요량인가 봅니다. 거북아 거북아 제놈의 생각이 그런 것이라고 알아들을 만큼 이야기해 줘도 막무가내로 성깔을 부리는 저놈을 어쩔까요 심사가 틀린 저놈을 다시 불러들이기란 어렵지 않을까요 그러하다면

멋대로 보내줄 수밖에 없겠지요 거북아 거북아 아직 하늘로 올라
가 별이 되기엔 너무 어린 거북아 만사는 제운수 탓이지요.
　　　　　　　　　　　　　　— 박제천, 「세번째 女」에서

　여기에서 '거북이'는 사람들이 허황된 꿈만을 꾸고 있다는 비판정
신을 암시하기 위하여 드러낸 알레고리이다. 시인의 말을 빌리면 마
음을 여자로, 여자를 별로, 별을 거북이로 다양하게 변화시키면서 거
북이가 제 분수도 모르고 하늘의 별이 되겠다는, 여자가 가정을 제치
고 밖으로 나가고 있다는 것을 암시한 것이라고 밝히고 있듯 이 시
에서도 '거북이'라는 보조관념만 드러나 있다.

　　　　이쯤이면
　　　　累代까지 이 碑가 남아 있어
　　　　훌륭한 家門 소릴 들을 수 있겠다고
　　　　헛기침을 연발하며
　　　　아무래도 대견스러운 듯
　　　　몇 번이나 뒤를 힐끔힐끔 돌아보며
　　　　비탈길을 내려오자
　　　　삽살강아지 복술강아지 개 개 개
　　　　그 중에 똥개 한 마리
　　　　한 쪽 다리를 치켜들고 碑面에
　　　　오줌을 잘금잘금 깔기고 있었다

　　　　　　　　　　　　　　— 박명용, 「碑」에서

　여기에서 필자는 허구의 인간상을 비판하고자 했다. 공적비를 세
울만한 인물이 아닌데도 불구하고 자기를 내세우기 위해 몇몇 추종
자를 앞세워 공적비를 세운다는 것은 허황된 자의 행태일 수밖에 없

다. 이러한 오늘의 세태에서 우리는 삶의 의미를 다시 한 번 되돌아보게 된다. 이처럼 진실 추구라는 원관념은 숨기고 보조관념인 '개'를 드러내어 감추어진 원관념을 암시함으로써 '개'는 허구성의 알레고리인 것이다. 이처럼 알레고리는 대부분 비판정신을 수반한다.

Ⅸ. 아이러니와 역설의 방법

1. 아이러니의 개념

아이러니irony는 반어(反語)로 번역된다. 이는 대립되는 두 요소가 표면적 진술과는 반대라는 뜻이다. 즉, 잘못한 사람에게 '잘했다', '잘했군'하고 말한다. 이 말 속에는 옳지 못한 행동에 대한 야유의 뜻이 담겨 있다. 아이러니는 그리스어 에이로네이아 eironeia에서 온 말로 18세기 초엽부터 일반적으로 사용되기 시작하였는데[1] 이 말은 자기를 낮추거나 시치미를 떼는, 변장 또는 은폐라는 뜻을 지니고 있다. 이와 반대되는 말로 알라조네이아 alazoneia가 있다. 이 말은 자만심이 강한, 위장의 뜻이 있다.

고대 희극에서는 이와 같이 상반되는 타입의 인물을 주인공으로 내세우고 있다. 에이론 Eiron은 약하고 겸손하고 못난 체하지만 영리하고, 알라존 Alazon은 강하고 오만하고 잘난 체하지만 우둔하다. 극에서 에이론은 힘이 없는 척 변장하고 영리하게 알라존을 속이고 골탕을 먹여 결국 굴복시킨다. 아이러니는 에이론의 태도나 행동을 가리킨다. 에이론의 언동처럼 표면의 뜻과 속의 뜻이 상반되는 사물의

인식이나 표현 방법으로, 시에 있어서도 '변장' 또는 '위장'으로 시적
효과를 나타내려는 수사법이다.

아이러니는 일반적으로 언어적 아이러니verbal irony와 구조적 아이
러니structural irony로 나눈다. 언어적 아이러니는 일반적 의미의 아이
러니인데 이면에 숨겨진 참뜻과 반대되어 나타나는 발언을 의미한다.

2. 아이러니의 유형과 방법

가. 언어적 아이러니

> 한 줄의 시는커녕
> 단 한 권의 소설도 읽은 바 없이
> 그는 한평생을 행복하게 살며
> 많은 돈을 벌었고
> 높은 자리에 올라
> 이처럼 훌륭한 비석을 남겼다.
> 그리고 어느 유명한 문인이
> 그를 기리는 묘비명을 여기에 썼다.
> 비록 이 세상이 잿더미가 된다해도
> 불의 뜨거움 굳굳이 견디며
> 이 묘비는 살아남아
> 귀중한 사료(史料)가 될 것이니
> 역사는 도대체 무엇을 기록하며
> 시인은 어디에 무덤을 남길 것이냐
>
> — 김광규, 「묘비명」 전문

이 시를 보면 '그'는 세속적인 의미에서 성공한 사람이다. "많은

돈을 벌었고/높은 자리에 올라" 비석까지 남겼다. 그러나 '그'는 살아 생전에 "한 줄의 시는커녕/단 한 권의 소설도 읽은 바 없이" 살아온 인물로, 소양을 갖추지 못하여 '그'의 성공과 행복은 진정한 것이 되지 못한다. 이 시에서는 이러한 세태 또는 경멸의식을 은폐시키고 표면적으로 행복한 생애를 살았다고 아이러니를 성립시키고 있다.

> 겨자씨같이 조그맣게 살면 돼
> 복숭아 가지나 아가위가지에 앉은
> 배부른 흰 새 모양으로
> 잠깐 앉았다가 떨어지면 돼
> 연기 나는 속으로 떨어지면 돼
> 구겨진 휴지처럼 노래하면 돼
>
> ― 김수영, 「長詩 1」에서

이 시에서도 '겨자씨같이 조그맣게 살면', "배부른 흰 새 모양으로/ 잠깐 앉았다가 떨어지면", '구겨진 휴지처럼 노래'하는 것 등은 작고 순간적인 삶이다. 그러나 인간이 가치있는 삶을 순간적이기 보다는 오래 지속되기를 희구한다고 생각한다면 이 시는 아이러니인 것이다.

나. 구조적 아이러니

구조적 아이러니는 작품의 전체 구조를 통해 나타난다. 이 아이러니는 상황적 아이러니와 극적 아이러니로 하위 구분되는데 전자는 어떤 사건, 사실, 상황 등이 아이러니를 만드는 경우이고 후자는 희곡에서처럼 주인공은 알지 못하는 것을 작자와 독자는 알고 있는 사건 구조를 통해 생기는 아이러니이다. 예를 들면 소포클레스

sophocles의 「오디푸스 왕」Oidipous Tyrannos에서 주인공 오디푸스 왕은 선왕의 살해자를 추적한 결과 바로 자기 자신이 선왕의 살해자이며 왕비 또한 자기의 생모임을 알게 된다. 그래서 오디푸스는 스스로 자기의 눈을 뽑고 장님이 되어 방랑의 길을 떠난다. 이 때 작자와 독자는 그가 얼마나 비극적인 사람인가를 잘 알고 있다. 그래서 오디푸스 왕은 비극적 알라존이고 작자와 독자는 에이론이 되고 있는 것이다. 이와 같이 오디푸스 왕의 선의가 결과적으로 그와 정반대로 나타난다는 데 이 비극의 극적 아이러니가 있다.

먼저 상황적 아이러니를 보자.

6백만 불의 남자와 6백만 불의 여자
그 두 연인은
아다시피 우리 시대의 조립인간이다
눈도 귀도 고성능 전자제품
어둠을 투시하고 십리밖 속삭임을 듣는다
그리고 그 모든 정보를 종합처리하는
고성능 전자두뇌
뚜뚜뚜……하고 자동으로 작동한다
우울증이나 심술이나
욱하고 치미는 파괴적 충동 같은 것은
어딘가 장기가 고장난 증거
병원이 아니라 조립공장으로 달려가서
문제의 장기를 갈아끼우면 된다
그리하여 미움도 싸움도 모르는 두 연인
전기의 볼테이지만 높이면
사랑의 농도가 얼마든지 진해지는 두 연인의
합이 1천 2백만 불짜리 행복

그러나 그것은 너무 쉽게 얻어서
귀한 맛이 전혀 없는 행복
하루만 지나면 단물이 모두 빠져
쓰레기가 되는 행복
짜증을 내고 싶지만 아뿔싸
짜증 내는 장기는 아무데도 팔지 않는다

— 이형기, 「6백만 불의 인간」 전문

이 시는 현대 산업 사회가 물질만능과 기능주의화로 도덕적 가치를 상실했다는 상황적 모순을 나타내고 있다. '6백만 불의 남자와 6백만 불의 여자'는 정신적, 도덕적 인간과 대치되어 기존의 인간상이 아니다. 즉, 인간은 물질에 의하여 움직이는 기계 인간이기 때문에 고장이 나면 '문제의 장기를 갈아 끼우면 된다'는 것이다. 이 얼마나 편리한 삶인가. 그러나 장기는 아무데도 팔지 않아 실현 불가능을 암시함으로써 시의 구조는 상황적 아이러니를 발생시키고 있는 것이다.

나 대낮에 꿈길인 듯 따라갔네
점심시간이 벌써 끝난 것도
사무실로 돌아갈 일도 모두 잊은 채
희고 아름다운 그녀 다리만 쫓아갔네
도시의 생지옥 같은 번화가를 헤치고
붉고 푸른 불이 날름거리는 횡단보도와
하늘을 오를 듯한 육교를 건너
나 대낮에 여우에 홀린 듯이 따라갔네
어느덧 그녀의 흰 다리는 버스를 타고 강을 건너
공동묘지 같은 변두리 아파트 단지로 들어섰네
나 대낮에 꼬리 감춘 여우가 사는 듯한

그녀의 어둑한 아파트 구멍으로 따라 들어갔네
그 동네는 바로 내가 사는 동네
바로 내가 사는 아파트!
그녀는 나의 호실 맞은 편에 살고 있었고
문을 열고 들어서며 경계하듯 나를 쳐다봤다.
나 대낮에 꿈길인 듯 따라갔네

— 장정일, 「아파트 묘지」에서

　도시인의 일상적 삶에 신선한 정서를 창출하고 있는 이 시는 점심 시간에 나왔다가 '희고 아름다운 그녀'를 보고 뒤쫓아간다. '그녀'가 '번화가', '횡단보도', '육교'를 지나 변두리 '어둑한 아파트'로 들어간 곳은 뜻밖에도 '바로 내가 사는 아파트'였다. 도시인의 단절된 삶과 그 의미를 보다 심화시킨 것은 바로 이 극적 아이러니가 작용했기 때문이다. 이렇듯 아이러니는 변장 또는 위장의 표현법으로 상대에 대한 의미를 풍부하게 해준다는 데 목적이 있는데 아이러니의 일반 적 특징은 다음과 같다.

1) 아이러니는 체함(simulation)과 아닌 체함(dissimulation)이 있다. 아 는 체, 잘난 체가 있는가 하면 모르는 체, 못난 체가 있다.
2) 현실과 외관 사이의 대조가 있다. 아이러니스트는 한 가지를 말 하는 듯하지만 사실은 여러 가지를 말하는 것이다.
3) 고통스러움과 희극적 요소가 있다. 피해를 당하는 에이론을 보면 몹시 고통스럽지만 마침내 알라존을 이기는 것을 보면 웃음이 나 온다.
4) 아이러니는 거리감, 자유로움, 재미가 있다. 아이러니는 언제나 관찰자와 거리가 있다. 풍자극에서의 재미는 관객이 인물들을 거 리를 두고 관찰하는 데 있는 것이다.

5) 미적 요소가 있다. 아이러니도 극적 효과를 위한 기술이 요구되는 세계다.
6) 비꼼(sarcasm)의 성격을 지닌다.
7) 비개성적이다. 이이러니의 어조는 언제나 냉정하고 객관적이고 논리성을 지닌다.
8) 자기 비하의 양식이다. 비개성적 아이러니는 언제나 자신의 참모습을 숨기고 겉으로만 부족한 것으로 행동한다.
9) 아이러니는 순진하게 자기를 폭로하는 방식이다. 아이러니는 스스로가 희생적 존재라든지, 실패하는 존재라는 사실을 모르고 행동하는 순진성과 자기 폭로가 있다.[2]

아이러니는 복잡한 사회 속에서 필연적으로 나타나는 갈등과 고뇌에서 발생되는데 그 기능은, 첫째 효과적인 설득을 위해 반대 주장을 펴는 단순한 수사법이고, 둘째는 자신을 비하하거나 낮추어 설득하는 방법, 마지막으로는 풍자 또는 야유로써 비판을 가하는 데 있다.

3. 역설

역설(逆說)paradox은 일반적인 상식이나 옳은 이론을 뒤집어 표현하는 것으로써 언뜻 보기에는 진리와 모순된 것 같으나 깊이 생각해 보면 그 속에는 진실이 있어 이를 깨닫게 해 주는 수사기법을 말한다. 우리가 흔히 쓰는 말로 "좋아서 죽겠다", "즐겁게 비명을 지른다" 등이 역설인데 '사랑의 매', '아름다운 악마', '상처뿐인 영광', '사랑하는 증오' 등도 모순 어법으로써의 역설이다.

  1) 삶이 넝마인지
     넝마가 삶인지

옷이 나 때문에 있는지
내가 옷 때문에 있는지

　　　　　　— 강남주, 「어느 날의 초상화」에서

2) 인간이 곰을 구경하는지
　안간이 곰의 구경꺼리인지
　하느님
　이 세상 울은 어딥니까

　　　　　　— 박명용, 「구경꺼리」에서

　위의 시 1) 2)를 보면 주어로서의 위치가 역설적으로 나타나고 있
는데 이는 진실의 모습을 추구하고자 하는 데에서 드러나는 역리현
상인 것이다. 역설은 아이러니와 혼동되고 있는데 이는 진술이 지시
하는 대상과의 관계에서 서로 상반되는 의미를 내포한다는 점 때문
이다. 그러나 이 두 가지가 구분되는 것은 전자의 경우, 표현되는 진
술 자체에 모순이 있고, 후자는 진술 자체에는 모순이 없으나 진술된
언어와 이것이 지시하는 대상 사이에 모순이 생긴다는 데 있다.
　브룩스 C. Brooks는 "역설은 시에 있어서 피할 수 없는 타당성을
지니고 있는 것이다. 역설적 흔적을 추방해 버린 언어를 요구하는
사람은 과학자인데 시인이 말하는 진리는 확실히 역설을 통해서만
가능하다"고 말한 것은 시에 있어 역설의 중요성을 피력한 것이라
고 할 수 있다. 프리밍거는 역설을, 시의 한 부분에 표현된 모순 어
법oxymoron과 한 편의 시 전체 구조에 나타내는 구조적 역설structural
paradox로, 또 휠라이트는 표층적 역설, 심층적 역설, 시적 역설 등
으로 나누고 있다. 그러나 표층적 역설은 모순 어법을 말하고 있기
때문에 여기에서는 모순 어법과 구조적 역설로 나누어 살펴보기로

한다.

첫째, 모순 어법은 시 속에 간결하고 쾌감의 효과를 위하여 하나의 어구, 즉 부분적 역설인데 가령, '어둠 속의 빛', '불행의 행복', '소리 없는 아우성' 등이 그 예이다.

> 두 볼에 흐르는 빛이
> 정작으로 고아서 서러워라
>
>   — 조지훈, 「僧舞」에서

이 시는 모두가 모순 어법으로서의 역설이다. 이러한 역설은 한 편의 시 전체에 자리잡고 있는 것이 아니라, 부분적으로 표현되어 진실을 보다 효과적으로 드러내는 데 쓰여지고 있다. 이 경우는 김소월의 「진달래 꽃」에서도 볼 수 있다.

둘째로 구조적 역설은 한 편의 시 전체에서 구조를 이루는데 진술과 그 진술이 가리키는 내적 의미가 서로 모순되어 나타나는 것을 말한다.

> 창을 던진다.
> 머리칼이 흔들린다.
> 불타는 말들이 재가 되어 무너진다.
> 암흑의 술이 고인다.
> 켄터키産의 위스키가 놓인 베드 위로
> 등기 이전 서류가 든 봉투를 들고 간다.
>
> 목조의 문
> 계단을 내리면

석탄을 태우며 달리는 차량을 본다.
흔들리는 숲,
人間의 마을에 가방을 든 사람이 내린다.
캄캄한 예언이 잠기는
저녁의 제철공장에 夢遊의 기계들이 돌고 있다.

— 이건청, 「舊約」에서

이 시는 『구약성서』의 예언적 복음보다 '암흑의 술', '위스키가 놓인 베드', '등기 이전 서류가 든 봉투' 등 타락적 현실이 우세한 모순적 구조로 되어 있다. 또한 '캄캄한 예언'과 '제철장에 夢遊의 기계들이 돌고'와의 모순적 결합에서 볼 수 있는 것처럼 시 전체가 구조적 역설을 보이고 있다.

믿을 수가 없구나
허리는 지근지근 아파오는데
의사는 컴퓨터 촬영 후
아무 이상 없다니
믿을 수밖에 없지만
왠지 사름으로 오는 아픔
컴퓨터가 고장인가
허리가 고장인가
오늘도 침을 꽂고
내가 나를 진단해 보지만
가늠할 수 없는 상황
무슨 음모를 꾸미고 있는지
알 수 없구나

— 박명용, 「二律背反」에서

필자는 이 시에서 화자와 의사의 진술을 상반시켰다. 즉 의사의 과학적 진단과 화자의 인생론적 또는 존재론적 진단을 상치시켜 시 전체를 구조적 역설로 구성했다. 의사의 진단이 '아무 이상 없다'는 것은 과학적 진실이나, 화자의 입장에서 보면 병이 신체적이건 현실에서 볼 수 있는 아픔과 고통이건 간에 아프기 때문에 진실일 수밖에 없다. 따라서 아픔을 진단하지 못한 의사의 진단은 허위가 되고, 반대로 의사의 입장에서는 아프다는 것이 허위가 되고 있다. 이처럼 겉으로는 모순된 것 같으나 역설을 통하여 진실을 표현하고자 했는데 이 역설은 부분적 역설인 모순 어법과는 달리 시 전체가 구조적 역설이다.

X. 패러디와 편의 방법

1. 패러디

패러디parody는 우리말로 골계(滑稽)라고도 하는데 익살을 의미한다. 익살은 우스꽝스러운 짓이나 말로써 남을 조롱하거나 웃기기 위한 의도성이 있다. 옥스퍼드 사전에 의하면 "남의 작품을 우스꽝스럽게 보이도록, 특히 골계적으로 부적당한 주제에 적용함으로써 우스꽝스럽게 보이도록 모방하는 한 작가의 어귀 표현과 사고의 특성적 경향의 작법"이라고 풀이하고 있는데 이것은 남의 시귀나 문체를 따와 작품에 표현, 조롱하거나 웃기는 것을 의미한다. 이런 점에서 패러디는 풍자적 모방시 또는 의시(擬詩), 풍자적 개작시라고도 한다.

그러나 빅토르 어얼리치 Victor Erlich는 오늘날 포스트 모더니즘이라는 사조를 기반으로 하는 현대적 의미의 패러디는 이중의 목소리 double voice를 지닌다고 말한다. 그리고 경멸이나 조롱뿐만이 아니라 존경에 찬 경의적 의도도 포함하며 이러한 패러디는 낡은 형식으로부터 새로운 형식을 만들어 내고, 이 새로운 형식은 낡은 형식을 파괴하지 않으면서 그 기능만을 변형시켜 낡은 요소들을 재분류, 재조직하는 것[1]이라고 말하고 있다. 이것은 남의 말을 본딴다는 점 외에

도 어떤 대상을 미묘하게 변형하여 익살스런 풍자로 남을 조롱하거
나 웃기고 경의스러움까지 드러내는 언술유형이다. 바흐친 M.
Bakhtin은 형식과 역할에 대하여 모든 장르, 언어, 스타일, 목소리에
웃음이라는 일종의 교정방법과 비판을 부여하며 사람들로 하여금 이
런 범주 밑에 숨어 있는, 다른 방법으로는 도저히 포착될 수 없는 모
순적인 다른 실재를 경험하게 한다는 것[2]이라고 말하고 있어, 다양한
형식과 변형의 희화임을 알 수 있다.

> 박 속에는 또 박씨가 들었옹께, 우선 전세 아파트나 여남은 평
> 집어 넣어서, 뽕뽕 원피스라도 몇벌 더 집어 넣어서, 정부미라도
> 두어말 더 집어넣어서, 수입 쇠고기라도 몇 근 더 집어 넣어서,
> 만원짜리 5만원짜리 지폐나 듬뿍 집어 넣어서, 시원찮은 우리 꿈
> 이나 하나씩 집어 넣어서 시르릉 시르릉 박을 타네. 시르릉 박을
> 타네. 시르릉 실―쿵 박을 타네
>
> — 하일, 「박타령」에서

이 시는 허구적인 '박타령'을 빌어 빈민층의 불가능한 꿈을 반어적
으로 드러내어 패러디를 성립시키고 있다. '집', '원피스', '정부미',
'쇠고기', '만원짜리' 등을 넣어서 박을 타면 그것들이 많거나 커지지
않는다는 사실을 알면서도 박을 타고 있다는 환상은 풍자성과 해학
성을 띠고 있다.

> 또 옛날 조선조 철종 땐가 정수동이란 풍자시인이 있어 하루는
> 재상 조두순집에 들렀는데 마침 한 부자가 찾아와 금화 1천냥을
> 놓고 갔다.
> 조정승은 여느 때와는 달리 에헴 큰기침으로 이 돈을 꿀꺽 삼
> 켜버렸다.

얼마 후 다시 들를 기회가 있어 조정승 집을 찾아갔더니 마침 행랑어멈이 대감 문전에 대고 하소연을 하고 있었다.

대감, 저의 자식놈이 엽전 한닢을 삼켜버렸는데 괜찮을지요?

이를 본 정수동 왈, 그래 그 돈이 남의 돈인가 자네 돈인가고 물었다.

물론 제돈입죠.

에끼 이 사람아, 아 어떤 사람은 천냥황금도 에헴으로 삼키고 뒤탈이 없는데 제 돈 한닢 삼켰는데 탈은 무슨 탈이 있겠느냐고 조정승을 비아냥했다는 이야기다.

따은 그렇다. 제돈 제가 삼켰다는데 무슨 탈이 있겠는가. 요즘 세상엔 이런 일도 있었다.

어느날 시바이쩌란 분이 미국 석유왕 록펠러에게서 사례비조로 일금 1천 5백불짜리 수표 한 장을 받았다. 그는 이 수표를 책상 위에 던져 놓고는 거들떠 보지 않았다. 하루는 우연히 책을 읽다가 이를 발견하고 책갈필에 수표를 끼어넣어 두었는데 어느날 책이 없어진 것을 알았다.

시바이쩌의 말이 걸작이었다. "허허 참 돈이 좋긴 좋은 모양이군, 책도 돈따라 가버렸네 그려"라고 혼자 지껄였다는 이야기다.

허긴 의리도 양심도 도덕도 돈을 따라 돈에 팔려가는 세상인데 책이 무슨 대수라고 버티었겠는가.

— 박진환, 「돈 이야기」에서

위 시에서도 남의 말을 인용하여 풍자를 이루고 있음을 볼 수 있다. 조선조 때의 풍류시인 정수동의 일화와 서양의 현대적 인물인 시바이쩌의 이야기를 빌어 풍자, 해학, 아이러니와 같은 패러디를 만들어 내고 있다.

2. 펀

펀pun은 말재롱인데 시에서는 언어 유희로 반어적 수법이다. 에이브럼즈 M. H. Abrams는 펀을 다른 의미로 암시하기 위한 말이나 다른 소리를 가진 동음이의어를 사용하는 말장난[3] 이라고 말한다. 문학 용어 사전에 의하면 펀은 두 개의 뜻을 가진 단어의 유사성, 달리 표기되지만 같은 발음을 가진 두 단어의 뜻, 똑같이 발음되고 표기되지만 다른 뜻을 가진 두 개의 단어 등으로 풀이하고 있다.

　　　　북천이 맑다거늘 우장없이 길을 가니
　　　　산에는 눈이오고 들에는 찬비로다
　　　　오늘은 찬비맞았으니 얼어잘까 하노라

이 시조는 임제의 「북천이 맑다거늘」이다. 이 시조의 중장에서 '찬비'는 초겨울의 차가운 비라고 할 수 있는데 '찬비'가 아닌 기생 '寒雨'를 한글로 풀이했을 때는 의미가 달라지게 된다. 그것은 '찬비'와 '寒雨'라는 이음동의어가 펀을 성립시켜 주었기 때문인데 여기에서 '찬비맞았으니'는 '기생 寒雨를 맞았으니'로 그 의미가 이동되고 있음을 알 수 있다.

　　　　우연히도 지금 大田 어느 다방에서 차를 마신다. 대전의 머릿
　　　　글자를 알파벳으로 옮기면 DJ다.

　　　　대전은 한밭이고 한밭은 큼을 의미하니 DJ는 크고 넓고 광활함

을 뜻한다. DJ가 野大로 통했던 所以 또한 이러하다.

　허나 세태는 野大가 野小로 둔갑을 했으니 水難은 受難일 수밖
에.

　　　　　　　　　　　　　— 박진환, 「DJ 풀이」에서

　이 시에서는 이음동의어뿐만이 아니라 동음이의어의 펀을 볼 수
있다. 그 어떤 상황에서 '野大'가 '野小'로 바뀌었으니 '水難'일 수밖
에 없다. 그러나 '水難'이 동음이의어인 '受難'으로 이동함으로써 펀
이 성립되어 그 의미는 완전히 달라졌으며 '大', '한밭', 'DJ' 등은 이
음동의어로 그 의미를 해학적으로 풀이하고 있다.

　　1) 고독이 梅毒처럼
　　　　조여 박힌 8字라면
　　　　청계천변 酌婦를
　　　　한아름 안아보듯
　　　　痴情같은 정치가
　　　　상식이 병인양 하여
　　　　抱主나 아내가
　　　　벗과 살붙이요
　　　　현금이 실현하는 현실 앞에서 다달은 낭떨어지.

　　　　　　　　　　　　— 송욱, 「何如之鄕」에서

　　2) 漢江은 肛江
　　　　洛東江은 낙똥강
　　　　한탄강은 肛蕩江
　　　　영산강은 염산강

다른 이름 하나는
임진강
국제밀월로 매독에 걸린
임질강

이 강물 먹고자란
東夷는 똥이
한국은 肛國

                   — 박진환, 「이름 바꾸기」 전문

    1)은 '고독이 매독처럼', '치정같은 정치', '실현하는 현실'처럼 말의 어순을 도착시키고 유사음을 사용하여 펀을 만들고 있으며 2)에서도 '漢江'을 '肛江', '洛東江'을 '낙똥강', '한탄강'을 '肛蕩江' 등으로 유사음을 사용, 펀을 성립시켜 환경오염으로 인한 국토의 폐해를 꼬집고 있다. 시란 설명을 생략하고 이와 같은 방법을 통해 낯설음과 긴장을 주어야 한다는 의미에서 그 기법의 유용성이 있는 것이다.

XI. 기법의 몇 가지

1. 메타 언어

메타meta 언어란 밖으로 드러난 언어가 아니라 안에 감추어진 뜻의 언어를 가리킨다. 다시 말해 축어적 의미를 넘어서 초월적 의미를 말한다. 그래서 메타 언어는 암시성이나 상징성을 띤다. 가령, '붉다'라고 표현했을 때 사전적 의미로는 색깔을 나타낸다. 그리고 붉은 빛깔을 나타내는 사물로는 태양·불·피·꽃 등을 제시할 수 있는데 이 때의 태양이나 불은 연소성을 띠기 때문에 그 속은 빛과 함께 뜨거움을 나타낸다. 그 때문에 '붉다'는 의미는 빛깔이 아니라 뜨거움을 나타내는 의미로 전이, 변용된다.

따라서 메타 언어는 암시적이고 상징적인 것을 특성으로 하며 암시적·상징적 의미와 함께 비의(秘義)·초월적 의미를 동시에 지니게 된다.

시는 축어적 의미의 사실적 진술이 아니라, 본래의 뜻을 은폐·왜곡·날조·위장함으로써 기존의 의미를 해체하고 사실로써는 도저히 드러낼 수 없는 새로움을 드러내게 된다. 이는 바로 메타 언어에서 비롯된다. 여기에서 시가 사실의 기록이 아닌 것에서 끝나지 않고 새로운 사실의 창조를 위해 축어적 의미를 넘어서거나 배후에 가려진 암시역 또는 상징역을 동원할 수밖에 없게 됨을 알 수 있다.

메타 언어는 단순히 언어에서만 성립되는 의미론적인 것은 아니다. 사물에서도 마찬가지다. 돌의 경우, 돌 속에는 철분도, 금분도, 염분도 함께 들어 있을 수가 있다. 그러나 그것들이 돌에 의해 가려져 있기 때문에 돌을 금이나 철, 소금 등으로도 해석할 수 있는 것이다. 이때 숨겨진 성질들은 언어의 비의에 해당되고 돌에서 다른 광물로 이동되었을 때는 본질을 초월한 것이 된다. 한 그루 나무를 의인화했을 때는 나무가 나무를 초월하여 인간이 된다. 그것은 나무 뒤에 비의적 존재가 있음을 의미하고 다만 나무에 가려 드러나지 않았음을 의미한다. 나무를 사람으로 인격화할 수 있다는 것은 나무를 초월해 얼마든지 다른 존재로도 현현해 낼 수 있기 때문이다.

이와 같이 메타 언어는 창조의 원리가 되고 또 창조의 수단 및 매개체가 될 수 있는 것이다.

> 비가 갠 날
> 맑은 하늘이 못 속에 내려와서
> 여름 아침을 이루었으니
> 녹음이 종이가 되어
> 금붕어가 시를 쓴다.

> — 김광섭, 「비 갠 여름 아침」 전문

이 시는 축어적 어법에서 벗어나 있다. 특히 4행과 끝행에서는 논리를 초월함으로써 고정 관념을 일탈하고 있다. 즉 '녹음이 종이가 되어'에서는 녹음이 종이로 초월된 것이고 '금붕어가 시를 쓴다'도

금붕어가 시로 초월된 메타 언어화라고 할 수 있다. 결국 메타 언어는 축어적 의미를 초월함으로써 고정 관념에서 일탈하여 사물을 재해석하거나 재구성할 수 있게 되고 사물을 새롭게 변용·확대해 낼 수 있는 언어기능을 담당하게 된다.

2. 객관적 상관물

엘리어트가 말한 객관적 상관물은 현대시 창작의 한 방법으로서 표현하고자 하는 어떤 정서나 사상, 관념 등을 그대로 나타낼 수 없으므로 그것에 상응하는 사물의 이미지나 장면 등을 찾아내어 표현하는 것이다. 정서의 처방이 되는 대상, 상황, 일련의 사건 등 드러내고자 하는 것이 주어지면 거기에 대응되는 정서를 환기시켜야 하기 때문이다.

시인은 자기가 의도한 정서, 관념 등을 표현하기 위해서는 그것을 직접 표현할 수 없다. 의도한 사상, 감정 또는 표현하고자 하는 것을 그대로 드러낸다면 시가 될 수 없기 때문이다. 그래서 객관적 상관물은 존재의 변용이나 치환을 통해 새로운 존재를 창출하는 것인데 이것은 인간 내면세계인 관념이나 감정 또는 의식까지도 그 의미를 사물로 구체화함으로써 시적 정서를 구체적으로 드러나도록 하는 것이다.

말라르메는 정조를 드러내기 위해서는 서서히 대상을 환기해야 한다고 말했는데 대상을 직접 드러내지 않고 다른 사물을 동원하여 서서히 환기한다는 것은 곧 상징주의의 방법인 것이다. 이 점에서 보면 엘리어트의 객관적 상관물은 상징주의 시의 방법에 맥락이 닿아 있음을 알 수 있다.

결국 객관적 상관물은 시인이 표현하고자 하는 바를 직접 드러내지 않고 객관적 상관물을 제시하여 드러내고자 하는 것을 암시하고 이것을 독자가 서서히 해독해감으로써 독자적 공감대가 형성되어 정서적 희열을 느끼게 되는 것이다.

> 나는 내 생애를
> 커피 숟갈로 되질해 버렸다
>
> — 엘리어트, 「J. A. 프루프록 연가」에서

객관적 상관물의 보기로 흔히 제시되고 있는 위 시에서 객관적 상관물을 금방 알 수 있다. 이 시는 별로 하는 일도 없이 매일 다방에 앉아 숟갈로 커피나 저어대면서 권태로운 인생을 보냈다는, 즉 의미없는 생활 상태를 암시한 것이다. 여기에서 '지겹고 의미없는 인생'을 암시하기 위해 동원된 객관적 상관물이 바로 '커피 숟갈'인 것이다. 이와 같이 '커피 숟갈'이라는 구체적 객관적 상관물이 '의미없는 인생'이라는 관념을 정서적으로 체험하게 만든 것이다.

> 1) 헝크러진 거리를 이 구석 저 구석
>   혓바닥으로 뒤지며 다니는 밤바람
>   어둠에 벌거벗은 등을 씻기우면서
>   말없이 우두커니 서 있는 電線柱
>   엎드린 모래벌의 허리에는
>   물결이 가끔 흰 머리채를 추어든다.
>
> — 김기림, 「기상도」에서

> 2) 잠들지 못하는 건

파도다. 부서지며 한가지로
키워내는 외로움
잠들지 못하는 건
바람이다. 꺼지면서 한가지로
타오르는 빛
잠들지 못하는 건
별이다. 빛나면서 한가지로
지켜가는 어두움,
잠들지 못하는 건
사랑이다. 끝끝내 목숨을
拒否하는 칼.

       — 오세영, 「사랑」에서

 1)에서는 '밤바람', '電線柱', '물결' 등이 객관적 상관물인데 이 이미지들이 현대 문명에 대한 저주를 암시하고 있다. 2)에서는 주제가 '사랑'이나 '사랑'에 대한 진술은 "잠들지 못하는 건/사랑이다"에 그친다. 그러나 사랑 때문에 잠들지 못하는 것은 '사랑'이 아니라 '파도', '바람', '별' 등 사람의 감정과는 직접 관계가 없는 여러 가지 사물들로 제시되고 있다. 파도는 외로움을 계속해서 일구어 내는 역할을 하고 있으며 바람은 타오르는 빛, 다시 말해 빛을 꺼지게 했다가 다시 연소시켜 빛으로 타오르게 하는 구실을 담당하고 있다. 별 역시 사랑의 표상으로 제시되는 등 사물의 이미지를 통해 사랑의 갈등을 내보이고 있다. 문덕수의 「손수건」 역시 객관적 상관물인 '손수건'을 '한 마리 새', '한 마리 벌레'로 전이시켜 새 생명으로의 존재론적 정서를 환기시키고 있다. 길 바닥에 떨어져 밟히고 찢겨진 손수건의 이미지에서 생명과 존재의 진리를 현시케 하고 있는데 객관적 상관

물의 사물성은 존재까지 해명한다. 이처럼 객관적 상관물은 사물의 이미지를 통해 사상, 관념까지 정서적으로 해명함으로써 현대시 창작에 매우 중요한 방법이 되고 있는 것이다.

3. 중층 묘사

중층 묘사(重層描寫)multiple description는 한 가지 대상이나 사상에 대하여 구체적이고도 감각적인 표현과 추상적 표현, 즉 사상적 표현을 교차시켜 서술하는 방법이다. 다시 말하면 감각적 이미지와 추상적 이미지를 교차시켜 서술하는 것이다. 이렇게 표현할 때 한 가지 대상이나 사상이 이미지와 관념이 입체적으로 드러나게 된다.

지금까지 대부분의 시가 관념시와 사상시, 즉물시나 사물시로 이루어져 왔으나 중층 묘사는 사물과 사상을 통합시켜 보다 이상적인 시적 표현을 시도하려는 방법이다. 감각과 사상을 통합시킨다는 것은 기존의 방법에서 벗어난 새로운 기법이라는 점에서 크게 발전시켜야 할 기법이다.

> 있었을 법한 것은 한 抽象이다.
> 다만 思索의 세계에서
> 영구한 可能으로 남는.
> 있었을 법한 것과 있은 것은
> 한 끝을 指向한다. 그런데 그 끝은 언제나 現在한다.
> 발자취들이 記憶 안에 反響한다―
> 우리가 통하지 않는 복도를 내려가
> 우리가 통 열지 않은 문을 향하여

장미園 속으로.

― 엘리어트, 「네 四重奏」에서

위 시에서 "있었을 법한 것은 抽象이다"는 추상적이다. 그러나 다음에 "발자취들이 記憶 안에 反響한다—"라는 구체적 이미지가 표현됨으로써 추상과 구체가 교차, 중층 묘사를 이루고 있다.

1) 만일 이 강물과 저 平野와 산들이
   모두 金銀寶石으로 만들어졌다면,
   그 때는 한 줌의 흙을 얻기 위하여
   사람들은 오늘과 같이 싸웠을 것이다.

   만일 이 거리와 저 마을들이
   모두 화려한 柱廊으로 두른 宮殿이었다면,
   그제는 한 작은 오막살이를 위하여
   저녁 노을은 더욱 아름답게 저 언덕에서 빛났을 것이다.

   그리고 우리가 모두
   저 별 위에 깃드는 사람들이라면,
   이처럼 散漫한 우리들의 地球도
   거기서는 眞珠보다고 더 堅固하게 빛났을 것이다.

   價値란 무엇인가,
   缺乏에서 오는 것들인가?

   純粹란
   자기의 處地와 同胞의 問題를

한 줌의 흙을 사랑하듯,

씨를 뿌리며
꽃나무를 가꾸는 마음.
　　　　　── 김현승, 「純粹」 전문

2) 길가 풀잎 사이에 몸을 틀다.
　냄새를 날리다.

　풀잎 마중하며 얼굴 내밀다.
　새초롬해지다.

　나뭇가지 그늘에 안주하듯 숨다.

　햇빛 등지듯
　보실한 피부 손길 닿고
　　　　　── 조병무, 「쑥을 보며」에서

　1)을 보면 1연부터 3연까지 '금은보석', '궁전', '오막살이', '지구', '진주' 등 많은 구체적 이미지, 즉 감각적 이미지가 있고 4연에서는 '가치', '결핍' 등 추상적 이미지가, 또한 5연에서는 "순수란/자기의 처지와 동포의 문제를"(추상적 이미지)과 "한 줌의 흙을 사랑하듯"(구체적 이미지)이 중층 묘사를 이루어 입체적인 효과를 내고 있다. 2)에서는 첫 연의 '냄새를 날리다'(감각적 이미지), 둘째 연의 '새초롬해지다'(추상적 이미지) 등이 중층 묘사라 할 수 있는데 '새초롬'이라는 마음의 근원이 '쑥'이라는 사물 이미지로 감각화 된 것이다.
　중층 묘사에 대하여 문덕수는 우리 현대시에 있어서 가장 결여되

어 있는 방법중의 하나라는 점에서, 그리고 앞으로 우리 현대시의 중
요한 방향이 될 수 있다는 점에서 중요시되어야 한다고 지적하고 있
다. 이 말은 우리 시가 '감각과 사상이 통합된 시' 곧 '형이상시'의
발전을 강조한 것이다. 그래서 중층 묘사는 객관적 상관물과 함께 현
대시 창작에서 중요한 방법이 되고 있는 것이다.

XII. 화자

1. 화자의 개념

  화자는 시 속에서 말하는 사람 또는 퍼소나persona라고 말한다. 시를 하나의 담화 양식으로 볼 때 시 속에 화자가 있고 이를 듣는 청자가 있기 마련인데 화자는 청자와의 관계를 진술하여 시를 구성하는 중요한 요소이다.

  우리는 한 편의 시를 이해하는 데 있어 작품 속에 들어 있는 화자가 표현한 내용에 따라 주제를 파악할 수 있으므로 시인이 화자를 어떻게 설정하느냐 하는 문제는 매우 중요하다.

  별은 다정해
  그리고 그녀는 만화영화만 보며 살지
  콧노래를 부르며 연탄을 갈고
  설거지 냄새 나는 손을 비누로 깨끗이 닦고
  방에 들어와 자기 자리에 앉지
  별은 다정해
  그리고 그녀는 다른 친구가 없지

그녀에겐 아이도 없지
하지만 세상엔 수많은 아이들이 있어
스티븐 스필버그의 영화를 보는 남자아이들과
깡충깡충 뛰는 여자아이들
만화 뒤에 숨어 있는 아이들
아카시아 꽃송이에 발돋움하는 아이들
울며 잠드는 아이들과
그 아이들 잠 속의 행복한 꿈
코미디언 흉내를 내는 아이들과
사랑 노래를 그럴 듯하게 부르는 아이들이 없는
작은 동네 키작은 지붕
곁으로 기차가 지나가는 길 옆에 그녀는 살아서
꿈속에서 그녀는 중얼거리지
참 별들은 다정해.

— 양애경, 「별은 다정해」 전문

  이 시에서 우리는 시 속의 화자가 누구이며 무엇을 표현하고 있는
지를 선택된 언어와 표현된 어조에서 쉽게 알 수가 있다. 화자는 연
탄을 갈고 설거지 냄새를 깨끗이 닦고 방에 들어와 조용히 앉아 창
틈으로 비치는 별빛을 보며 아이도 없는 다정한 친구를 생각하는 초
저녁의 사념을 구체적으로 보여주고 있다. 여기에서 화자의 위치, 목
소리, 태도 등은 이 시의 주제는 물론 화자의 내면 세계까지 알 수
있도록 해주고 있다.

棺이 내렸다.
깊은 가슴안에 밧줄로 달아내리듯.
주여.

容納하소서.
머리맡에 聖經을 얹어주고
나는 옷자락에 흙을 받아
좌르르 下直했다.

그후로
그를 꿈에서 만났다.
턱이 긴 얼굴이 나를 돌아보고
먼님!
불렀다.
오오냐. 나는 全身으로 대답했다.
그래도 그는 못들었으리라.
이제
네 音樂을
나만 듣는 여기는 눈과 비가 오는 세상.

너는
어디로 갔느냐.
그 어질고 안스럽고 다정한 눈짓을 하고.
형님!
부르는 목소리는 들리는데
내 목소리는 미치지 못하는.
다만 여기는
열매가 떨어지면
툭하는 소리가 들리는 세상.

　　　　　　　　　— 박목월, 「下棺」 전문

시는 주관성이 매우 강한 1인칭 독백의 경향을 띠고 있기 때문에 화자와 시인을 동일시하는 경향이 많다. 이 경우, 시인의 개성은 직·간접으로 시의 바탕이 되는데 이는 시가 시인의 감정, 사상 등을 표현하는 매체라는 점에서 타당성을 갖게 된다. 위 시에서 화자는 시인 자신이다. 1인칭 화자는 소중했던 동생을 땅에 묻고 그 슬픔을 독자에게 고백하고 있다. '관'을 내리고 그 '머리맡에 성경을 얹어주고' 하직한 후 계속 '형님'을 부르는 소리에 '전신으로 대답'해도 듣지 못하는 동생에 대한 그리움을 육성으로 들려주고 있다. 여기에서 화자와 청자가 필연적으로 관계를 맺고 있음을 알 수 있다.

2. 화자의 기능

화자는 작품 속에서 가장 적절한 역할로 그 기능을 수행한다. 화자는 숨겨진 상태에서건 드러난 상태에서건 말하는 목적과 기능이 있기 마련인데 이것은 화자가 시 속에서의 기능을 말한다. 문덕수는 채트먼Seymour Chatman이 제시한 기능을 들어 이를 설명[1]하고 있는데 여기에서는 중요한 5가지 기능에 대하여 알아보기로 한다.

첫째, 화자는 시 속에서 자아와 세계를 확대할 수 있도록 하는 장치이다. 시인의 의도를 곧바로 전달하는 대상이 화자인데 이 경우, 시인은 자신의 인생관이나 세계관을 화자를 통해 표현한다.

> 하나의 접시가 되리라,
> 깨어져서 완성되는
> 저 絶對의 破滅이 있다면

흙이 되기 위하여
흙으로 빚어진
矛盾의 그릇.

— 오세영, 「矛盾의 흙」에서

화자는 자신을 숨기고 '접시'의 생성을 통하여 존재의 파멸과 완성
이라는 진리를 진술하고 있는데 '그릇'은 시인의 인생관을 확대시켜
주고 있는 기능을 담당하고 있다.
둘째, 화자는 작품 속에서 구체적인 실체를 드러내어 일관된 목소
리로 시의 통일성을 이루는 기능을 하고 있다. 시의 통일성이란 하나
의 주제를 온전히 표현하기 위해 그 주제를 뒷받침하는 대상들을 유
기적으로 결합하는 시적 방법이다.

때죽나무 열매가 주루룩
수직으로 매달려
어린 목숨들이 매달려
산책길은 언제나 간절하다
연등나무도 그 옆에 서서
가는 길을 비추고 있다

바람이 불 때마다 뎅뎅뎅
경보음 소리를 내는
때죽나무도 어쩔 수 없나 보다
한 여름의 매미가
째지는 울음 소리를
보따리로 풀어놓을 때는

잠옷바람으로 꿈꾸는 행렬들
꿈깰 듯이
그의 감옥으로 되돌아간다

                 — 김규화, 「병실부근·2」 전문

  이 시는 병실부근의 두 사물을 통해 삶과 죽음에 대한 인식을 본질로 하고 있는 작품이다. 이 시에서는 1연의 '때죽나무'와 '연등나무' 그리고 2연에서는 '바람'과 '매미소리'로 각각 다르게 나타나고 있는데 이 구체적 사물들이 인간의 생명과 결합됨으로써 삶과 죽음이라는 인간의 본질적 문제와 통일성을 이루어내고 있다. 여기에는 화자의 생사관(生死觀) 내지는 생명관이 함축되어 있는데 이와 같이 화자는 작품 속에서 사물들로 하여금 주제를 일관되게 만들도록 한다. 이것이 곧 작품의 통일성을 이루게 하는 화자의 기능인 것이다.

  셋째, 화자는 작품 안에서 배경을 묘사한다. 배경은 화자가 존재하는 시간적·공간적 의미를 포함하는데 이를 통해서 시는 더욱 생생하게 표현된다.

교외선에서 내려
한참동안 발소리를 죽이며 가야
보이는 마을,
푹 꺼진 산 아래
올빼미 눈알로 매달려
비가 오는 밤에라야
빗줄기 사이로 보이는
안개꽃 같은 마을

그 마을에 오늘밤 나는
꿈을 타고 가서
빗줄기를 열고 들어섰다

　　　　　　― 김지향, 「이상한 마을」에서

　이 시에서도 화자는 교외선 밖에 있는 '마을'의 배경을 통해 소외
의식을 선명하게 표현해 내고 있다. 이 공간이 실제이건 상징공간이
건 간에 "교외선에서 내려/한참동안 발소리를 죽이며 가야"하는 '마
을', '푹 꺼진 산 아래' 등은 지리적으로 소외지역임을 보다 철저하게
나타내도록 하고 있다. 이 시는 시간적·공간적 의미를 다 함께 수용
하여 시를 생생하게 보이도록 하고 있다. 여기에서 우리는 시의 배경
이 주제와 얼마나 긴밀한가를 확인할 수 있다.
　넷째, 화자는 작품 속에서 청자나 작중 인물, 대상에 대한 정보를
제공한다. 정보는 주관적 관점이나 객관적 관점에서 나타난다.

한 숟갈이면
식구대로 죽는다.

복어국을 먹으면
싸아한 독내가 뱃속에서 우러나고
남몰래 맞는 매맛같이
알싸한 알내가 이뿌리까지 배었다.

고등어국을 먹어도 복어알 맛이 나고
멸치를 씹을 때도 내장째 씹힌다.

복어알도 못잡아간

수십 년 목숨
아침 늦잠 숨기척에도 복어알이 묻는다.
겨드랑 땀내, 옥녀봉 구름도 맵다.

                 — 신진, 「복어알」에서

   이 시는 복어알을 먹으면 죽는다라는 사실을 객관적으로 알려주고 있다. 이것은 보편적인 정보이지만, 복어알은 독성이 강해 한 숟갈에 한 사람만이 해를 입는 것이 아니라, 한 숟갈이면 전 식구가 생명을 잃는다는 것을 객관적 관점에서 구체적으로 제공한 정보이다.

   마지막으로 화자는 시간을 요약하기도 한다. 과거에서 현재로, 현재에서 과거로, 현재에서 미래로 시간을 두루 왕래하면서 시간의 개념을 시 속에서 만든다.

나무에 돋아나는 새 잎을 보면
작은 새와 같다는 생각이 든다
회중시계의 문자판인양
나무의 가지들이 서로 얽혀 보여주는
초침의 숫자를 지켜보며
언제라도 나무를 떠나 하늘로 날아오를 자세이다
나 역시 그 나무의 문자판을 지켜본다
아마도 그 숫자들은 나무가 커갈수록 결 속으로 숨어 들어가
마침내는 잘린 널의 무늬로 남아
그때도 누군가 새처럼 날아갈 시간을 알려줄 것이다
흙의 뿌리에서
눈처럼
잎처럼 돋아나는 것들은

언제나 처음부터
저와 같은 비행을 꿈꾸고 있다는 생각을 한다

        ─ 박제천, 「새와 함께」 전문

이 시를 보면 1~7행까지는 현재이고 8~10행까지는 미래, 11~15행까지는 다시 현재이다. 화자는 이렇게 시 속에서 시간을 요약하여 시의 긴축미에 기여하고 있는 것이다.

3. 화자와 청자의 위치

시 속에서 말하는 사람, 즉 화자가 있으면 이를 듣는 청자도 있기 마련이다. 시 속의 화자는 실제의 시인이 아니라 변형된 시인이고 시 속의 청자 역시 그 어떤 독자일 뿐이다. 그러나 시의 행위가 작품 밖의 독자에게 말하는 문학의 한 장르라는 점에서 화자와 청자는 실제의 시인과 실제의 독자가 된다. 전자는 시 속의 화자가 1인칭의 경우에도 실제의 시인이 아니고 청자 역시 허구인데 이는 별개의 인물로 보고 있는 몰개성론에 의한 것이고 후자는 시의 개성론을 수용한 것이다.

그러면 작품 밖의 실제 화자인 시인과 청자인 독자를 떠나서 작품만을 대상으로 화자와 청자의 관계를 보자.

첫째, 화자와 청자가 작품의 표면에 나타나는 경우이다.

두 손 꼬옥 잡으시고
가난보다 가녀린 힘줄 떠시며
맛있게 해먹어라 손수 기른거다

시금치 한 다발
늘 깡마른 아들 근심으로
뽀빠이처럼 불끈불끈 힘좀 쓰라고
시금치 한 다발
비닐봉지 가득 눌러 담으시고
이리 주세요 제가 들지요
아니다 저까지만 갈란다
날도 쌀쌀한 데 이제 들어가세요
아니다 버스 타는 거 볼란다
한 손엔 손 잡고
또 한 손엔 시금치 한 다발
달빛보다 차가운 밤길을
육순의 어머니
바람으로 흐르신다
강물로 흐르신다

— 허형만, 「어머니」 전문

이 시를 보면 화자와 청자가 뒤바뀌기도 한다. 그러나 가만히 들여
다보면 화자는 '아들'이고 청자는 '어머니'이다. 시의 화자는 '어머니'
의 애틋한 사랑을 말하고 있는데 이 경우에는 화자와 청자가 분명히
구분된다. 여기에서 청자는 시인이 만든 허구적 존재인 것이다.

둘째, 청자는 숨고 화자만 나타난다.

그리움이
야심의 소리로 울어버리고
하늘빛, 풀빛 그 사이에
무섭게 번져가는 원시의 빛깔이

붉게붉게 불타는 해와 달

내 그리움은 바람에 날려가고
나는 한 마리 짐승으로 언덕 위에 선다

고향
소나무밭 그늘에 누워
생각한다
낯설기만 한 이 마을에서
나는 누구인가
누구를 찾아왔는가

　　　　　　　　　　— 박이도, 「고향」에서

　이 시에서 화자는 '나'이다. 청자는 숨고 화자의 독백적 표현만이
드러나 있다. 서정시는 주관성이 강하기 때문에 정서를 표현하기에
알맞다. 이 시에서 화자는 오랜만에 고향을 찾아왔으나 아는 사람들
이 없어 낯설기만 한 고향에서의 서글픔을 독백적으로 표현하고 있
는데 시 속에서의 독백도 시가 누군가가 듣는다는 것을 전제로 한다
는 점에서 청자가 없는 것은 아니다.
　셋째, 화자는 숨고 청자만 표면에 나타나는 경우이다.

티끌이요 부스러기요 벌레요
만물의 찌꺼기입니다
벌거벗은 수치밖에 없고
행위대로라면
벌써 지옥밑바닥에 떨어졌겠지만
나는 나는 나는

밤하늘의 별을 보며 꿈꾸고
또 꿈꿉니다

나—는—
얼마나 소심하고 믿음조차 나약한지
도마는 한번 의심했지만
하루에도 몇번
두려워하면서 못자국을 만져봅니다

— 이상옥, 「내가 나 될 것은」에서

이 시에서는 화자가 드러나 있지 않다. 화자는 알 수 없지만 시 속
에서는 분명히 그 어떤 사람이 말을 하고 있다. 그러나 여기에서 청
자는 '티끌이요 부스러기요, 벌레' 또는 '별을 보며 꿈꾸고' 있는 '나'
인 것이다. 이 경우, 화자의 어조는 명령, 권고, 요청, 애원 등의 강렬
한 목소리를 나타내어 청자 지향적이다.[2)
  넷째, 화자와 청자가 모두 작품의 표면에 드러나지 않는 경우이다.

비가 억수로 쏟아지는 초저녁
여인숙 입구에 새빨간 새알 전등
급행열차가 쉴새없이 간다
완행도 간간이 덜컹대며 지나다가
생각난 듯 기적을 울리지만
복덕방에 앉아 졸고 있는
귀먹은 퇴직 역장은 듣지 못한다
멀리서 화통방아 돌아가는 소리
장이 서던 때도 있었나 보다
거멓게 썩은 덧문이 닫힌 송방 앞

빗물 먹은 불빛에 맨드라미가 빨갛다

늙은 개가 비실대며 빗속을 간다
가는 사람도 오는 사람도 없다

— 신경림, 「廢驛」 전문

이 시에서는 화자도 청자도 드러나 있지 않다. 인구의 도시 집중으로 승객이 없어 '폐역'이 된 상황을 객관적으로 묘사하고 있다. 이 경우, 전달에 치중한 보고 형식의 서술로 화제 지향적이다. 다시 말해 함축적 화자가 함축적 화자에게 그 어떤 화제에 대하여 자기의 태도를 표현한 것이다.

XⅢ. 행과 연 만들기

시의 첫 행은 그 무엇보다도 중요하다. 그것은 시 전체의 흐름을 좌우하기 때문이고 독자들의 관심을 유도하는 역할을 하고 있기 때문이다. 따라서 여기에서는 몇 가지로 나누어 시의 첫 행을 알아보기로 한다.

역시 자유시의 행line이나 연stanza도 시의 구조에서 중요하며 이를 제대로 익히지 않으면 시가 될 수 없다. 행과 연을 만드는 방법은 크게 1) 전통적 율격의 변용 방법 2) 이미지 단위의 배열 방법 3) 의미 단위의 배열 방법 등으로 나눌 수 있다.

1. 첫 행 쓰기

모든 일에 시작이 있듯 시창작에서도 첫 행이 있다. 시작이 좋아야 결과도 좋다는 말이 있는데 이 말은 무엇보다도 '시작'의 중요성을 일컫는 말이다. 많은 시인들이 시를 쓰고자 할 때 가장 고민되는 부분이 첫 행이다. 그것은 시의 첫 행이 그 시 전체의 흐름을 짐작하게 하고, 독자들에게 관심 유무를 제공해 주기 때문이다. 그래서 시인들은 첫 행을 쓰기 위해 상당한 시간과 정성을 들이게 된다.

그러면 시의 첫 행을 어떻게 쓰는가? 여기에는 모범답안이 있을 수 없다. 그래서 여기에서는 여러 형의 작품들을 보기로 들고 어떻게 시의 첫 행을 시작해야 좋을 것인가를 독창적으로 생각해 보도록 했다.

가. 시의 중심 이미지

시의 첫 행이 처음 착상된 이미지이거나 중심 이미지로 시작되는 경우이다.

> 이것은 소리없는 아우성
> 저 푸른 해원을 향하여 흔드는
> 영원한 노스탤지어의 손수건
> 순정은 물결같이 바람에 나부끼고
> 오로지 맑고 곧은 이념의 푯대 끝에
> 애수는 백로처럼 날개를 펴다.
> 아아 누구인가,
> 이렇게 슬프고도 애달픈 마음을
> 맨 처음 공중에 탈 줄을 안 그는.
> — 유치환, 「깃발」 전문

이 시는 사실적인 진술의 방법이 아니라 중심 이미지를 첫 행으로 삼았다. 위 시에서 중심 이미지는 "이것은 소리 없는 아우성"이다. 바다를 향하여 펄럭이는 깃발은 보는 순간, 누군가 그 무엇을 외치다가 결국 소리마저 잠긴 것이 "소리 없는 아우성"이라는 이미지에까지 이르러 중심 이미지가 된 것이다. 이렇게 중심 이미지가 첫 행이 됨으로써 '손수건'이라는 시상이 자연스럽게 전개되어 또 다른 이미지를 생산하였음을 우리는 확인할 수 있다.

이 경우, 긴장력을 자극하여 충격을 주는 데 효과적이고 상상력을 증대시키기에 알맞다. 따라서 그만큼 독자들의 시선을 집중시킬 수 있는 장점을 지니고 있다.

> 흠집이 많은 과일이 좋았다.
> 열망할 적마다 찌무러진 그 자리가
> 흥할수록 좋았다.
> 한사코, 불구의 반점으로 남고 싶은
> 위험한 사상은
> 가을을 기다려 오히려 흉터가 되었다.
> 흠집이 많은 과일일수록 좋았다.
> 용서할 수 없어
> 한없이 헛구역질하던
> 그 자리가 좋았다.
> 아플 것 다 아파본 것들
> 실상은 눈이었다.
> 밖으로 흥하게 자란 눈이었다.
> 꿈꾸고 있다가 실명된 눈이었다.
> 감긴 눈이 많은 과일이
> 나는 좋았다.
> 꼭 감고 흘린
> 그 어두운 눈물 자국이
> 더 없이 좋았다.
>
>   — 최문자, 「실명」 전문

위 시도 처음 착상된 이미지로 첫 행을 시작하고 있다. "흠집이 많은 과일이 좋았다."라는 이미지로 출발함으로서 '위험한 사상 → 용서할 수 없어 → 실명된 눈 → 눈물 자국' 등으로 순조롭게 시상을 전개할 수 있었으리라 생각된다.

이처럼 맨 처음 착상된 이미지를 첫 행으로 하면 새로움으로 인하여 긴장감을 주고 신선한 느낌을 주게 된다.

나. 시간과 공간

구체성을 확보하는 방안으로 흔히 첫 행에 시간이나 공간 또는 시간과 공간을 함께 쓰기도 한다.

> 갑자기 어두워지는 세상
> 산을 오르는데 비가
> 참담하게 퍼붓는다
> 피할 곳이 없다
> 나는 오랫동안 서서
> 매 맞듯이 비 맞는다
> 나무에 떨어졌다가 곧바로
> 내 몸에 떨어져 내리는
> 빗방울들의 연속 안타!
> — 이승하, 「숲에서 폭우 만나다」에서

위 시의 첫 행은 '갑자기'라는 시간과 '어두워지는 세상'이라는 공간이 어울려 그 어떤 상황을 구체화한다. 어두움은 시간적으로 서서히 진행되는 것인 데도 불구하고 '갑자기'라는 시간이 구체적으로 제시됨으로써 독자에게 새로운 느낌을 주게 된다.

> 성산포 산마루 아침 햇살 퍼지면
> 갯바람 엷은 미소

붉은 실타래 풀고
물굽이 휘몰아가는
제주 먼 바다
때로는 땅 끝
메의 뿌리도 감싸고
한라의 둥근 능선 위로
기어오르다가
문득 오던 길 뒤돌아보면,
옛 사람
그윽한 눈매
하늘 끝에 짓는 웃음
제주 먼 바다가 된다
— 양문규, 「갯메꽃」 전문

'성산포 산마루'라는 공간과 '아침'이라는 시간이 어울려 있다. '산마루'와 '햇살'로 시작했을 경우, 구체성이 없기 때문도 그 감도는 떨어진다. 그러나 위시처럼 '성산포' '아침'이 구체화 됨으로써 '성산포'의 '갯바람'은 차거나 쓸쓸함이 아니라 '엷은 미소'로 새롭게 태어나는 것이다.

다. 시간과 계절

시간과 계절이 첫 행에 오는 경우는 시의 상황 전개에 크게 이바지 하게 된다.

늦겨울 눈 오는 날
날은 푸근하고 눈은 부드러워
새살인 듯 눈 덮인 숲속으로
남녀 발자국 한 쌍이 올라가더니

골짜기에 온통 입김을 풀어놓으며
밤나무에 기대서 그 짓을 하는 바람에
예년보다 빨리 온 올 봄 그 밤나무는
여러 날 피울 꽃을 얼떨결에
한나절에 다 피워놓고 서 있었습니다.
— 정현종, 「좋은 풍경」 전문

　'늦겨울'이라는 계절과 '오는 날'이라는 시간이 어울린 작품이다. 보통 늦겨울 눈 오는 날은 대부분이 '춥다'는 느낌을 가지고 있으나 2행의 "날은 푸근하고 눈은 부드러워"라는 상반된 진술을 강화하기 위해 첫 행을 구체화하고 있다.

봄이 오면 제일 먼저
매화꽃 피고 그 다음엔
산수유꽃 노오랗게 핀다.
어떻게 저리 노란 꽃에서
그렇게도 붉은 열매를 맺을까.
진달래 필 때 쯤이면
벚꽃, 개나리, 목련도 다투어 핀다.
숨 죽인 영혼을 위해
폭죽처럼 꽃망울은 터진다.
삶은 축복이라고
우리의 삶도 한때는 그리 될 거라고.
— 박혜숙, 「봄꽃이 꿈처럼 휘날린다」에서

　위 시도 '봄'이라는 계절과 '제일 먼저'라는 시간이 첫 행으로 쓰였다. 이 역시 매화꽃, 산수유꽃이 피는 계절과 피는 순서를 살려 봄날의 그 어떤 상황을 전개시키고 있다. 이렇게 첫 행이 구체화 됨으로써 진달래, 벚꽃, 개나리, 목련 등도 자연스럽게 시간적 순서에 따라 배치되어 그 이미지를 새롭게 해주고 있다.

라. 계절과 공간

계절과 공간이 첫 행에 오는 경우도 역시 구체성이 확보되어 새로운 느낌을 준다.

가을걷이 끝난 텅 빈 들판에
이따금 지푸라기가 바람에 날리고
지금은 아무도 살지 않는
외딴 빈 집
이따금 낡은 문이 바람에 덜컹거린다

바람에 날리는 지푸라기와
바람에 낡은 문이 덜컹거리는 소리는
누가 보고 들었는가?
시를 쓰는 내가?

나는 거기에 없었다.
— 김영석, 「나는 거기에 없었다」 전문

이 시에서는 '가을'이라는 계절과 '텅 빈 들판'이이라는 공간이 어울려 첫 행을 이루고 있다. 이 경우, 너무 낯익어 신선한 감이 떨어질 수도 있으나 독자들에게 시의 느낌을 강화시켜 주기 위해서는 이 방법이 무난하다. 그것은 '외딴 빈 집', '문이 바람에 덜컹거린다', '나는 거기에 없었다'는 구체적 의미가 투명하게 나타나 있기 때문이다.

봄이면 바다에도 꽃이 핀다.
색색의 꽃들이 만개한다.

차가움 풀리어 눈물 글썽이는
해빙의 바다가 내미는 따스한 꽃들.

무뚝뚝한 산도 어쩔 수 없이
진달래 꽃마음 지천으로 내보이듯
봄햇살에 부푼 바다
마음껏 꽃망울 터뜨리고 있다.

겨울날 처절하게 울부짖던 바다에도
저리 많은 꽃나무들 있었던가?

바다 속의 고기들 꿈꾸며 알을 품고
우리는 모래밭을 게처럼 기어다니며
바다가 꽃피는 소리를 듣는다.
바다가 활짝 피어서 웃는
청명한 웃음소리를 듣는다.
　　　　　　　　― 조인자,「봄이 오는 바다」전문

　위 시에서도 '봄'이라는 계절과 '바다'라는 공간이 함께 어울려 첫
행을 이루고 있다. 특히 여기에서는 "봄이면 바다"라는 공간에도 "꽃
이 핀다"고 말함으로써 계절과 공간은 단순한 의미를 떠나 새로운
의미를 창출시켜 주고 있다. 시의 의미를 충분히 반영한 첫 행이다.

마. 비유

　비유로 첫 행을 시작하는 예도 있다. 이 경우, 보편적인 관념을 깨

뜨려 보편 이상의 느낌을 주게 된다.

> 엄지손가락만한 꽃망울 하나
> 며칠을 두고 조금씩 조금씩 부풀어올라
> 마침내 녹색 피부를 찢으며
> 빠끔히 붉은 속살을 드러낸다
> 그러고나서 또 며칠이 지났을까
> 햇살 유난히 반짝이는 아침
> 문득 풍겨오는 향기에 돌아보니
> 아이 깜짝야!
> 활짝 핀 큼직한 꽃 한 송이
> 붉은 화판 한가운데
> 황금꽃술 눈부신 알몸으로
> 수줍음 없이 웃고 있다
>
> — 김윤성, 「낮잠에서 깨어나보니 · 5」 전문

'꽃망울'을 '엄지손가락'에 비유하여 그 크기를 첫 행으로 쓰고 있다. 꽃망울은 대부분 작지마는 여기에서는 터질 듯이 단단하고 크다는 것에 비유하여 그 의미를 보통 이상으로 제시해 주고 있다.

> 깨진 그릇은
> 칼날이 된다.
>
> 절제와 균형의 중심에서
> 빛나간 힘,
> 부서진 원은 모를 세우고
> 이성은 차가운
> 눈을 뜨게 한다.

명목의 사랑을 노리는
사금파리여,
지금 나는 맨발이다.
베어지기를 기다리는
살이다.
상처 깊숙히서 성숙하는 혼

깨진 그릇은
칼날이 된다.
무엇이나 깨진 것은
칼이 된다.

        — 오세영, 「그릇·1」 전문

위 시에서는 '깨진 그릇'이 '칼날'이 된다고 당돌한 은유법으로 첫
행을 시작하고 있다. 이런 충격은 독자들을 끌어들기에 알맞고 그 의
미도 배가시켜 준다.

바. 행위와 모습

어떤 행위나 모습이 첫 행에 오는 경우는 보편적으로 흔하다. 이
경우 구체적 행위나 장면으로 그 어떤 의미를 나타내주고자 하는 데
효과적이다. 따라서 시의 내용을 호기심이 들도록 해야 한다.

눈물을 통해서 세상을 본다.
눈물 안에 여러 빛이 어려온다.
무지게 사리알 구슬 따위가 뿜는 그런 빛이다.

어쩌다가 고인 눈물이다.
그러나 이 눈물 밑엔

무거운 삶의 짐이 산으로 솟아 있다.

잠시 고인 눈물에서 깊은 평화를 얻는다.
눈물에 비치는 세상은 역시 아름답기 때문이다.
눈물이 마음 안에 고운 노을로 퍼진다.
　　　　　　　　　　　　　— 성찬경, 「눈물」 전문

　위와 같은 첫 행은 대뜸 "그런 세상은 어떤 세상일까" 하는 궁금
증이나 호기심을 갖게 한다. 이 시에서 눈물을 통해 본 세상이 일상
적이 아님을 알 수 있다. 그래서 이 경우, 독자들이 그 무엇인가를
기대할 수 있도록 그 다음 시상을 전개해야 한다.

등나무가 온몸을 비비 꼬며 벽을 타고 올라가고 있다.
나는, 그를 볼 때마다
밧줄이 있는 그의 행동이 맘에 든다.
모험에 가득 찬 그의 사고가 부럽다.

오른손, 왼손을 자유롭게 구사하며 난관을 극복할 줄 아는 사
고, 손, 발, 머리 가슴을 분간할 수 없는 사고. 여체(女體)를 탐험
할 때 쓰는 사고……

야, 오늘은 내게 없는 능력이 내 목을 비틀면서 올라가고 있구
나!
내 목을 비틀어주니까
세상이 조금 보이기 시작한다.
학문이 보이고, 시(詩)가 보이고, 마누라가 조금 보이기 시작한다.
내 목을 비틀어주니깐.

그러나 나는 너무 많이 비틀어지면 이상한 사람이 될까봐

비틀어진 목을 반대로 비틀면서
나는 생각하고 또 생각한다.
　　　　— 김영남, 「등나무가 내 목을 비튼다」에서

이 시에서도 등나무가 벽을 타고 올라가고 있다는 것이 첫 행에
오기 때문에 그 다음 시상은 예시에서 볼 수 있는 것처럼 흥미롭게
전개된다.

사. 기타

시의 제목을 첫 행으로 시작하는 경우도 있다. 시의 제목은 시의
얼굴이라는 점에서 매우 중요하다. 그러나 제목이 중요하다고 해서
꼭 첫 행으로 쓸 필요는 없다. 그것은 어디까지나 시를 쓰는 사람의
취향에 달려있기 때문이다.

한밤중
깨어 있는 자를 보리라

구름 새새로 길어내려
맑게 닦아둔 창유리에
이슬로 서려오는
별빛의 암호문

고갯마루 넘어
어둔 하교길을 마중오시던
어머니 잔기침 소리 묻어 있는
흔들리는 초롱불
　　　　— 김석환, 「한밤중」에서

이 시에서처럼 「한밤중」이라는 제목이 시의 첫 행으로 쓰였다. 이 것은 다음 시상을 전개하기 위한 특별한 장치로 볼 수 있다.

다음은 호격어로 첫 행을 시작하여 주제를 절실하게 하는 경우도 있다.

아가야
네 손이 아빠를 닮아
다섯 개로 갈라져
작년에는 1센티쯤 자랐지
네 발가락도 그렇게 갈라져
그 하나하나가 하나의 세계로

퇴근 길에 사온 사과보다는
그 사과를 살 때의 아빠의 꿈과
우리 집 창문 앞 뜰에
저 대추나무가 쑥쑥 자라는 속도 속에서
아빠 눈에는 신통한 자(尺)가 생겼지

　　　　　　　　　 ― 문덕수, 「측량사」에서

호격형인 '아가야'로 시작되는 경우는 호소나 바램을 효과적으로 나타내는 데 효과가 있다. "돌이여" 시작되는 「돌」(김춘수)과 "순이야, 영이야. 또 돌아간 남아"로 시작되는 「밀어」(서정주)도 같은 호격형으로 첫 행을 시작하고 있다.

죽음은 갈 것이다.
어딘가 거기
초록의 샘터에

빛 뿌리며 섰는 황금의 나무……

죽음은 갈 것이다.
바람도 나무도 잠든
고요한 한밤에
죽음이 가고 있는 경건한 발소리를
너는 들을 것이다.
　　　　　　　　　— 김춘수, 「죽음」에서

위 시의 첫 행은 반복형으로 이루어져 있다. 이는 다음 대목에서
또다른 시상을 전개하도록 만들고, 그 의미를 강조하기 위한 것이다.
환기력을 자아내기에 적합하다. 그러나 반복이 지나치거나 다음 시상
이 앞의 것과 유사하면 도식적인 느낌을 주어 오히려 효과를 반감시
킬 수 있다.

2. 행 만들기

가. 전통적 율격의 변용 방법

앞 장에서 살펴본 바와 같이 행은 리듬을 만들고 리듬은 독자의
감정을 변화시킨다는 점에서 가장 중요하다. 현대시에서 전통적 율격
을 변용시켜 행을 만드는 경우도 많다.
김소월의 「가는 길」과 「산유화」를 보자.

　　1) 그립다 말을 할까 하니 그리워
　　　　그냥 갈까 그래도 다시 더 한 번

2) 그립다
　　말을 할까
　　하니 그리워

　　그냥 갈까
　　그래도
　　다시 더 한 번

3) 山에 山에 피는 꽃은
　　저만치 혼자서 피어 있네.

4) 山에
　　山에
　　피는 꽃은
　　저만치 혼자서 피어있네.

　1)은 7·5조, 3음보격을 1행으로 연속 배열한 것이며 2)는 7·5조이기는 하나 3음절을 3행으로 각각 배열한 것이다. 여기에서 우리는 행 구분이 리듬 단위로 배열된 것임을 알 수 있는데 1)과 2)는 큰 차이가 있다. 1)은 7·5조 3음보격의 도식적 처리이기 때문에 이별의 감정이 솟지 않는다. 그 이유는 리듬의 속도가 그만큼 연속되어 빨라짐으로써 이별하는 감정의 기복이 속도에 묻혀 현실적 감정이 떨어지기 때문이다. 그러나 2)처럼 배열할 경우 행마다 리듬이 끊어져 이별에 대한 아쉬운 감정이 더욱 고조된다. '그립다'에서는 애절한 그리움의 감정이 솟고, '말을 할까'에서는 의사 표현의 충동이 일고 있으나 차마 그런 말을 하지 못하는 심리적 갈등이, '하니 그리워'에서는 복바치는 그리움으로 목이 메어 말을 못하는 감정이 일어나게 되는 것이다. 이런 점에서 볼 때 이 시의 행가름은 리듬에 의한 것임을

알 수 있다. 3)과 4)도 같다. 3)의 경우에는 행마다 그 의미는 강조되었을지 몰라도 리듬이 연속되어 시적 효과는 감소된다.

흰달빛
紫霞門

달안개
물소리

大雄殿
큰보살

바람소리
솔소리

泛影樓
뜬그림자

흐는히
젖는데

흰달빛
紫霞門

바람소리
물소리.

— 박목월, 「佛國寺」 전문

이 시의 리듬은 1행 2음보를 기준으로 하고 있으나 1행 1음보로
변형시켰고 낱말의 동일형식, 곧 명사의 반복에 의해 창조되었다. 또
한 '바람소리', '솔소리' 등 합성어의 구조와 반복 역시 독특한 리듬
을 형성하고 있다. 이 밖에 비동일성의 의미구조를 지닌 행이나 연의
반복, 각기 다른 이질적 의미의 반복 등 리듬을 창조하여 리듬 단위
도 고려했음을 알 수 있다.

나. 이미지 단위의 배열 방법

이 방법은 대개 해석적, 관념적 의미를 강조하려는 의도에 따라 시
각적 이미지에 초점을 맞추는 것이 일반적이다.

> 나의 내부에도
> 몇 마리의 새가 논다
> 隱喩의 새가 아니라
> 기왓골을
> 쫑
> 쫑
> 쫑
> 옮아 앉는
> 實在의 새가 놀고 있다
>
> ― 박남수, 「새」에서

이 시를 보면 이미지로 행을 나누고 있다. 의미에 맞추었다면 '쫑
쫑쫑 옮아 앉는'이었겠으나 시각적 이미지에 초점을 맞추어 쫑, 쫑,
쫑을 1행씩 나누었다. 이렇게 함으로써 새가 밭이랑을 한 이랑씩 옮
겨 앉는 모습을 선명하게 보여주고 있다.

하늘의 병풍 뒤에
뻗은 가지, 가지 끝에서
　포릉
　포릉
포릉
튀는
천상(天上)의 악기들.

　　　　　　　　　　　— 박남수, 「종달새」에서

이 시에서 '포릉'은 새가 날아오르는 모양의 의태어인데 3,4행은
낮게, 5행의 '포릉'은 3,4행보다 한 칸 높은 자리에 배치하여 6행의
'튀는' 자리와 같게 함으로써 종달새가 날아오르는 모습으로 배열하
여 시각적 효과를 나타내고 있다.

처……ㄹ썩, 처……ㄹ썩, 척, 쏴……아.
따린다, 부순다, 무너 바린다.
태산 같은 높은 뫼, 집채 같은 바윗돌이나.
요것이 뭐야, 요게 무어야.
나의 큰 힘 아나냐, 모르나냐, 호통까지 하면서
따린다, 부순다, 무너 바린다.
처……ㄹ썩, 처……ㄹ썩, 척, 튜르릉, 꽉.

　　　　　　　　　　　— 최남선, 「海에게서 少年에게」에서

이 시는 청각적 이미지에 의한 행 나누기의 본보기다. "철썩, 철썩,
철썩, 따린다, 부순다, 무너 바린다"라고 1행으로 배열할 경우, 의미
는 강조된다고 할 수 있으나 파도치는 현상은 효과가 떨어진다. 위에
서 볼 수 있는 것처럼 의성음을 1행으로 배열하여 보다 생생한 파도

와 그 소리의 영속성을 효과적으로 만들어 내고 있다. 이처럼 이미지에 의한 행 구분은 시를 살아 움직이게 하고 있는 것이다.

다. 의미 단위의 배열 방법

> 길잃은 노끈이
> 한밤의 창틈을 엿본다.
> 밀려왔다 밀려가는 어둠 속에서
> 돋아난 한 줄기 넝쿨이다.
> 이브를 꾀어 낸 사탄의 머리칼이다.
> 어머니의 목을 조른 치마끈이다.
> 버림받은 娼女의 陰毛다.
> ─家를 묶어 물에 던진 밧줄이다.
> 언젠가는 地球를 채어 갈 끈인지도 모른다.
> 빨간 뱀의 혓바닥처럼
> 한밤의 房 구석을 샅샅이 핥고 있다.

> ─ 문덕수, 「길 잃은 노끈」 전문

위 시는 대체적으로 행마다 의미가 배열되어 있다. 1~3행과 11,12행을 제외하고는 은유 형식을 취하면서 의미 단위에 의해 각 행이 나뉘어져 있다. 존재의식이 나타나 있는 이 시는 '노끈'의 의미가 '넝쿨', '머리칼', '치마끈', '陰毛', '밧줄' 등으로 치환 은유가 되고 있는데 여기에는 각 행마다 각기 다른 의미가 있음은 물론이다. 이러한 의미 단위의 행 배열은 박용래의 「저녁눈」 4행에서도 극명하게 나타나고 있음을 볼 수 있다.

> 하릴없이 저무는 세밑

징글벨 징글벨 눈이 내린다
저마다 수족이 짧아
갈 길이 바쁘고 먼 이 겨울
떠나는 자 더욱 쓸쓸하라고
하얀 코러스로 눈이 내린다
꾸불꾸불 지나온 길은 이미
낡은 은박지로 구겨져 있고
아직도 휴거를 기다리듯
하늘을 향해 서서 자는 나무들
추억의 창 밖엔 지금
종말처럼 뉘엿뉘엿 날이 저문다
우리 예서 그만 헤어지자
눈이 와서 눈이 부신 날
무엇을 더 사랑하고
무엇을 더 미워할 수 있으랴

— 임영조, 「세모에」에서

　이 시는 '눈'이 그 어떤 의미의 당위성과 또는 강조를 위하여 1행으로 배열할 수 있는 것을 2행 이상으로 배열하고 있다. 세밑에 내리는 '눈'의 의미를 보다 선명하게 드러내 주기 위해 '하릴없이 저무는 세밑', '떠나는 자 더욱 쓸쓸하라고'라는 행을 따로 배열하고 있다. 또한 '헤어지자'라는 청유형에 대한 당위성을 강조하기 위해서는 '무엇을 더 사랑하고', '무엇을 더 미워할 수 있으랴'라고 의미 단위의 행을 나누고 있다. 이와 같이 행을 의미 단위로 만들 경우에는 그 행은 바로 경이감, 충격, 환기력 등을 주게 되는 것이다.

3. 연 만들기

가. 전통적 율격의 변용 방법

이 방법은 리듬에 초점을 맞추어 연을 만드는 방법이기 때문에 운율 형식의 변형이 많다.

山에는 꽃피네
꽃이 피네
갈 봄 여름 없이
꽃이 피네.

山에
山에
피는 꽃은
저만치 혼자서 피어있네.

산에서 우는 작은새요
꽃이 좋아
산에서
사노라네.

산에는 꽃 지네
꽃이 지네
갈 봄 여름 없이
꽃이 지네.

— 김소월, 「산유화」 전문

이 시는 행 만들기에서 잠깐 설명했지만, 7·5조 3음보격의 1행을 3행으로 나누었는데 시를 보면 각 연이 7·5조의 변형이고 연에 따라 음보가 앞뒤로 배치되었다. 또한 끝 음절이 대부분 '네'로 각운을 이루고 있다. 1연에서는 2음보, 1음보, 2음보, 1음보이고 2연에서는 1음보, 1음보, 2음보, 3음보, 3연에서는 3음보, 1음보, 1음보, 1음보, 4연에서는 2음보, 1음보, 2음보, 1음보 등으로 나타나 리듬에 의하여 연을 나눈 것을 볼 수 있다. 이와 같은 연 구분에는 의미도 고려되었음은 물론이다.

   1) 누구의 것일까
     오늘은 보일 것 같다
     얼굴 가득한
     눈망울

     누구의 것일까
     오늘은 트일 것 같다
     가슴 넉넉한
     숨소리

                  — 김용재, 「몸살 이후」 전문

   2) 보고도 보지 않음과 같이 하고
     보지 않고도 봄과 같이 하는
     그런 눈이 되고 싶다.

     듣고도 듣지 않음과 같이 하고
     듣지 않고도 들음과 같이 하는
     그런 귀가 되고 싶다.

말하고도 말하지 않음과 같이 하고
말하지 않고도 말함과 같이 하는
그런 입이 되고 싶다.

                    — 박진환, 「다른 것이 되고 싶다」에서

　1)도 리듬에 의해 연이 형성되고 있는데 각 연이 1·2음보를 보이고 특히 음수율까지 만들어 내고 있으며 1연 4행의 '울'과 2연의 '리'를 제외하면 각운도 살리고 있음을 알 수 있다. 또한 2)에서도 이와 같이 전통적 율격의 변용으로 연이 짜여져 있다.

나. 이미지 단위의 배열 방법

　이미지 단위로 하나의 연을 형성할 경우, 사물의 감각적 성질을 제시함으로써 정서를 크게 환기시키게 된다.

여보, 쓰레기통이 막혔어
(아래? 위? 몇 층?)

답답한가 봐
힘 약한 냄새들이
안 보이는 입을 딱딱 벌리고 있어.

봐, 목젖 너머 꼭꼭 숨은
무슨 소리들의 정수리가 보여
게울 때 게워지지 않는
그놈이 보여

                    — 홍신선, 「여름 이사」에서

이 시를 보면 1연에서는 시각적 이미지, 2연에서는 후각적 이미지, 3연에서는 청각적 이미지로 각기 연을 이루어 한 편의 시를 만들어 내고 있다. 시가 설명하는 언어기능에 의존하기보다는 사물의 구체적 묘사, 즉 회화화에 의탁한다는 점에서 이미지에 의한 단락 구성과 유기적 결합은 정서를 환기시키는 데 중요하다.

한오라기 지풀일레

아이들이 놀다 간
모래城
무덤을
쓰을고 쓰는
江둑의 버들꽃
버들꽃 사이
누비는
햇제비
입에 문
한오라기 지풀일레

새알,
흙으로
빚은 경단에
묻은 지풀일레

窓을 내린
下行列車
곳간에 실린

한 마리 눈(雪)속 羊일레.

— 박용래, 「자화상 2」 전문

이 시를 보면 각 행이 이미지로 이루어져 있으며 각 연도 이미지에 의해 형성되어 있다. 첫 연은 '한오라기 지풀일레' 1행으로 한 연을 만들고 끝연에서도 '한마리 눈(雪)속 羊일레' 1행을 한 연으로 처리한 것은 이미지의 강조에 의한 것이라고 할 수 있다. 이러한 방법에는 이 밖에도 여러 가지가 있을 수 있다. 같은 이미지뿐만 아니라 연을 구성한 행도 시인의 의도에 따라 위에서처럼 1행도 가능하고 몇 행으로 하나의 연을 만들 수도 있는 것이다.

다. 의미 단위의 배열 방법

시의 의미는 곧 시의 내용을 말한다. 시에서 내용은 관념적 형태의 해석적 의미와 감각적 형태의 표상적 의미로 드러난다.

> 1) 얼굴은
>   잘못 빚은 메주덩이
>   굴뚝속을 오르내리는 청소부다.
>   그러나,
>
>   눈은
>   神이 은밀히 들여가 보거나
>   혹은 내다보는 창문.
>
>   코는
>   오똑한 신비의 동굴

영원의 숨길이 드나들고 있다.
입은

어느 악마가 입맞추었으랴
진실만이 열 수 있는
철문이다.
그러나,

　　　　　　　— 문덕수, 「이런 人間·2」에서

2) 처음 죄를 지은
　이브가 바라보던
　하늘이 저런 빛이었을까

　한 오리 티끌도
　그을음도 없이
　불타버린 잿더미

　그 허허로운 마음 가득
　울려오던 소리가
　바로 저런
　바람소리였을까

　　　　　　　— 허영자, 「가을(1)」에서

1)은 일종의 관념적 형태의 해석적 진술인데 1연에서는 '얼굴'을
'청소부'로, 2연은 '눈'을 '神'의 창문으로, 3연은 '코'를 '동굴'로, 4연
은 '입'을 '영원의 숨길'이나 '철문' 등으로 각각 의미를 나타내고 있
는데 각 연에서 낱말의 개념을 파악하면 그 의미가 다르다는 것을
알 수 있다. 또한 2)에서도 1연은 '하늘의 빛', 2연은 '불타버린 잿더
미', 3연은 '바람소리' 등으로 의미의 연을 이루고 있음을 볼 수 있는

데, 의미의 연은 감각적 이미지로 되어 있다. 따라서 의미와 이미지의 형태를 동시에 취하고 있음을 알 수 있다. 의미 단위로 연을 구성하는 방법에는 이 밖에도 행수에 상관없이 강조의 효과를 얻기 위해 연을 만드는 경우도 있고, 한 연을 짧게 또는 길게 만들 수도 있는 등 다양하다. 이와 같이 의미의 연이 여러 가지로 창조되는 것은 오늘날의 복잡한 과학 문명과도 밀접한 관련이 있는데 이것은 삶의 다양화에 따른 정서가 여러 가지 감각적 형태를 요구하고 있기 때문이라고 할 수 있다.

XIV. 제목 붙이기

세상에는 사람은 물론 풀과 나무, 새, 곤충 등 삼라만상의 사물들이 이름을 가지고 있다. 모든 사물들은 이 이름을 통하여 자신의 존재와 의미를 드러낸다. 이와 같은 이름은 시에도 그 나름의 개성적인 이름이 있는데 이것이 곧 시의 제목인 것이다.

우리는 흔히 시의 내용은 잘 모르거나 외울 수는 없지만 시의 제목은 알고 있는 경우가 많다. 가령, 「荒蕪地」라고 하면 그 내용은 대충 알고 있거나 잘 몰라도 엘리어트의 장시라는 것쯤을 알고 있고, 김소월의 「진달래꽃」, 서정주의 「국화 옆에서」, 박목월의 「나그네」, 조지훈의 「승무」 등도 쉽게 기억되는 제목임을 볼 때 그 중요성을 알 수 있다. 시를 볼 때 가장 먼저 보게 되는 제목은 곧 그 시의 얼굴인 것이다.

그러면 어떠한 제목이 좋은가. 그것은 몇 가지로 생각해 볼 수 있다. 첫째, 제목과 내용의 일치다. 시는 주제를 드러내기 위해 여러 부분들이 통합되어 하나의 전체를 이루기 때문에 제목은 시 전체가 갖추고 있는 의미, 정서, 분위기 등에 알맞아야 하고 암시적이어야 한다. 둘째, 참신하고 인상적인 것이다. 보편적이고 상투적인 것이 아니라 독자의 관심을 끌어 내용에 대하여 상상력이 자극되도록 참신하고 인상적인 제목을 붙여 그 시에 매혹을 느끼게 해야 된다. 셋째, 구체적인 것이어야 한다. 범위가 넓고 추상적인 것보다는 구체적인 제목이 독자의 감각을 쉽게 자극한다. 추상적인 제목은 독자의 의식을 흐리게 하기 때문에 좋은 제목이 될 수 없다.

다음은 제목을 붙이는 방법을 보자. 제목을 붙이는 데 있어서 일정한 기준은 없고 시의 내용이나 시인의 취향에 따라 다양한 방법이 있다. 따라서 여기에서는 몇 가지로 나누어 그 방법을 보기로 한다.

1. 주제의 제목화

시의 주제를 제목으로 삼는 경우가 일반적으로 가장 많다. 여기에는 구체어로 제목을 붙이는 경우와, 관념어를 붙이는 경우가 있다.

앞에서 언급한 엘리어트의 「荒蕪地」는 제 1차 세계 대전 이후 유럽문화의 몰락과 기존 가치의 황폐화를 지적하면서 인간정신의 죽음과 재생을 암시한 시이다. 여기에서 주제는 '황무지'인데 바로 이 주제를 제목으로 삼은 것이다.

太初의 아침

봄날 아침도 아니고
여름, 가을, 겨울,
그런 날 아침도 아닌 아침에

빨―간 꽃이 피어났네,

햇빛이 푸른데,

그 전날 밤에
그 전날 밤에
모든 것이 마련되었네,

사랑은 뱀과 함께
毒은 어린 꽃과 함께.
— 윤동주, 「太初의 아침」 전문

이 시는 신비스러운 '太初의 아침'을 주제로 한 윤동주의 「太初의 아침」이라는 제목의 작품이다. 이 시를 보면 어디에도 '太初의 아침'이라는 표현은 없고 전체적인 문맥에서 경이스러운 '太初의 아침'이 발견될 뿐이다.

다음은 정지용의 「鄕愁」 일부를 보자.

鄕 愁

넓은 벌 동쪽 끝으로
옛 이야기 지줄대는 실개천이 희돌아 나가고,
얼룩배기 황소가
해설피 금빛 게으른 울음을 우는 곳,

—그곳이 참하 꿈엔들 잊힐리야.

질화로에 재가 식어지면
비인 밭에 밤바람 소리 말을 달리고,

엷은 졸음에 겨운 늙으신 아버지가
짚벼개를 돋아 고이시는 곳,

―그곳이 참하 꿈엔들 잊힐리야.

흙에서 자란 내 마음
파아란 하늘빛이 그립어
함부로 쏜 활살을 찾으려
풀섶 이슬에 함추름 휘적시던 곳,

―그곳이 참하 꿈엔들 잊힐리야.
　　　　　　　― 정지용, 「鄕愁」에서

　이 시의 주제는 '고향에 대한 그리움'이다. 이 주제는 시 속에서 여러 가지 구체적 시어들의 결합에 의해 형상화 되어 있는데 제목에는 관념어인 「鄕愁」를 그대로 쓰고 있다. 이와 같이 주제를 제목으로 붙일 경우, 관념어가 많이 쓰이고 있다.

2. 제재의 제목화

　시에서 소재와 제재는 같은 의미로 사용하는 경우가 많다. 그러나 엄밀히 말해서 구분해야 한다. 소재는 '素'가 염색하지 않은 흰 비단을 의미하듯 '생긴 그대로의 사물'이다. 이는 작품을 구성하기 위한 모든 관념이나 사물을 말하는 것으로 포괄적이다.
　제재는 시의 중심이 되는 소재를 지칭하는 것으로 결국 소재는 제재를 뒷받침해 주는 모든 글감을 말한다. 김소월의 「금잔디」, 정지용의 「비」, 박목월의 「윤사월」, 박두진의 「해」 등이 그 예인데 제재를 제목으로 붙이는 경우도 많다. 김광섭의 「성북동 비둘기」 일부를 보기로 든다.

성북동 비둘기

성북동 메마른 골짜기에는
조용히 앉아 콩알 하나 찍어 먹을
널직한 마당은커녕 가는 데마다
채석장 포성이 메아리쳐서
피난하듯 지붕에 올라 앉아
아침 구공탄 굴뚝 연기에서 향수를 느끼다가
산 1번지 채석장에 도로 가서
금방 따낸 돌 온기에 입을 닦는다.

예전에는 사람을 성자처럼 보고
사람 가까이서
사람과 같이 사랑하고
사람과 같이 평화를 즐기던
사랑과 평화의 새 비둘기는
이제 산도 잃고 사람도 잃고
사랑과 평화의 사상까지
낳지 못하는 쫓기는 새가 되었다.
　　　　　　　― 김광섭, 「성북동 비둘기」 전문

이 시는 '비둘기'를 통해 물질문명이 발달해 감에 따라 점점 살벌

하고 속세화 되어 가는 현실에서 빚어지고 있는 소외된 현대인들의
자연에 대한 향수를 구체화시킨 것이다. 여기에서 제목을 '새'라고
했다면 크게 틀린 것은 아니지만 시 전체의 주제로 보아 '비둘기'만
큼 좋은 제목은 되지 않았을 것이다.

홍부夫婦像

흥부夫婦가 박덩이를 사이하고
가르기 前에 건넨 웃음살을 헤아려 보라.
金이 문제리,
黃金이 벼이삭이 문제리,
웃음의 물살이 반짝이며 정갈하던
그것이 확실히 문제다.

없는 떡방아소리도
있는 듯이 들어내고
손발 닳은 處地끼리
같이 웃어 비추던 거울面들아.

웃다가 서로 불쌍해
서로 구슬을 나누었으리.
그러다 금시
절로 面에 온 구슬까지를 서로 부끄리며
먼 물살이 가다가 소스라쳐 반짝이듯 서로 소스라쳐
本웃음 물살을 지었다고 헤아려 보라,
그것은 확실히 문제다.
       — 박재삼, 「홍부夫婦像」 전문

이 시는 고전소설 『흥부전』에서 제재를 가져왔다. 이기주의, 물신숭배의 인간상과 정신주의를 상징한 이 시 역시 제재를 제목화 한 것이다.

다음은 제재에 알맞은 김용재의 「용촌리 소식」 일부를 보자.

용촌리 소식

무구한 새는 날고, 용촌리는 본래
산 좋고 물 맑고
사람들 인심도 고왔다
직할시로 편입이 되면서
그런데, 땅꾼들이 자주 들락거리고
논다랑이 발뙈기
땅이라고 생긴 것은 모두
주전부리 튀밥 튀듯
왕창 값이 올랐다 한다
가난해도 싱싱하던
사람들의 마음만
그래서 배배 비틀어지고
시냇물 목소리는
아픈 놈의 신음으로 변했다 한다
논두렁의 망촛대나 쑥부쟁이
그놈들의 모가지마저
뻣뻣해졌다 한다

　　　　　　　— 김용재, 「용촌리 소식」 전문

이 시의 제재는 '용촌리 소식'인데 현대의 물신풍조가 '용촌리 소식'에 그대로 투시되어 있다. 시의 내용을 살리기 위한 제재에 어울리는 제목이다.

3. 단어 · 어구 · 문장의 제목화

우리 나라의 과거 시 제목을 보면 대체로 단순 명사, 명사형 단어 또는 단어가 결부된 체언구가 많았다. 「산」, 「강」, 「하늘」 등이 그 예이다. 그러나 최근에는 제목이 문장 형식의 서술형 또는 부사형 어구가 많다. 이런 경향은 단순성에서 벗어나 신선한 느낌을 주거나, 충격적으로 상상력을 자극하며 관심을 이끌어야 된다는 의도에서 비롯된 것이라 할 수 있다.

부사형 어구를 보면 「해마다 봄이 오면」(조병화), 「해마다 6월은 와서」(문덕수), 「찔레꽃 옆에서」(황금찬), 「등나무 아래에서」(임강빈), 「풀잎과 앉아」(이성선), 「잠자리에 들면서」(김용언), 「아침 숲에서」(김동수) 등이 그 예인데 이 경우에는 화자와 대상과의 거리, 즉 시적 위치를 나타내는 데 장점이 있다.

연꽃을 기다리며

누군가 가슴을 사알짝 펴려고 한다
펴려다가
잠시 움츠리려고 한다
움츠리던 가슴을 조그맣게
좀더 조그마하게 펴고 싶어한다
살며시 살며시 숨을 내어밀면서
좌악 펴 보인다
그 가슴 펴는 소리를

누가 들을 수 있을까

이 무서운 대낮에

가슴을 꼿꼿이 펴고

거친 들을 걸을 수가 있을까

얼만큼 죄그만 가슴을 조이면서

조용히 좀더 조용히 귀기울여야

그 펴는 소리를 들을 수 있을까

— 국효문, 「연꽃을 기다리며」 전문

이 시는 주제를 암시하는 부사구를 제목으로 붙였다. '연꽃을 기다리며'라는 부사구에서 우리는 시인이 암시하고자 하는 삶의 그리움을 알 수 있다.

다음은 서술형 제목을 보자. 「국군은 죽어서 말한다」(모윤숙), 「껍데기는 가라」(신동엽), 「이승과 저승이 따로 없을 것도 같았다」(강희안), 「안테나는 단풍들지 않는다」(강연호), 「부처는 반눈 뜨고 세상을 본다」(이운룡) 등을 예로 들 수 있는데 특히 「나는 왜 비속에 날뛰는 저 바다를 언제나 바다라고만 부르는 걸까」(윤석산)는 완벽한 하나의 문장 형식을 취하고 있다. 이 경우, 주제를 살리면서 정서를 잘 나타내는 데 효과가 있다. 황동규의 시 제목을 보기로 든다.

나는 바퀴를 보면 굴리고 싶어진다

나는 바퀴를 보면 굴리고 싶어진다

자전거 유모차 리어카의 바퀴

마차의 바퀴

굴러가는 바퀴도 굴리고 싶어진다

가쁜 언덕길을 오를 때
자동차 바퀴도 굴리고 싶어진다

길 속에 모든 것이 안 보이고
보인다, 망가뜨리고 싶은 어린날도 안 보이고
보이고, 서로 다른 새 떼 지저귀던 앞뒷숲이
보이고 안 보인다, 숨찬 공화국이 안 보이고
보인다, 굴리고 싶어진다, 노점에 쌓여 있는 귤,
옹기점에 엎어져 있는 항아리, 둥그렇게 누워 있는 사람들,
모든 것 떨어지기 전에 한 번 나는 길 위로.
　　　— 황동규, 「나는 바퀴를 보면 굴리고 싶어진다」 전문

　　또한 체언구의 명사형으로 된 제목도 흔히 볼 수 있는데 「밤에 핀 난초꽃」(서정주), 「길음동 산언덕의 별」(이은봉), 「포장마차 아저씨의 얼굴」(이상옥), 「닮은 꼴 찾기」(허형만) 등이 그것이다. 김윤성의 시 제목을 예로 든다.

어둠 속에 핀 꽃

1
말 없는 꽃이
어둠 속에서도 피어 있다는 것을 생각하며
나는 눈을 뜰 動機가 아직 없어서
눈을 감은 채 그대로 있었다.

(幻想과 現實을 同一線上에 놓고 보면 詩가 된다?
그러나 무엇이 幻想이고 무엇이 現實인가?)

그때가 언제였을까

타는 동안에만 보이는 불,

나는 그 불을 언제까지나 보고만 있고 싶었는데

무수한 잎이 바람 속에서 반짝일 때

나의 人生에 이러한 瞬間이 있었다는 것을

오래오래 記憶해 두고 싶었는데.

　　　　　― 김윤성, 「어둠속 안개」에서

　일반적으로 시의 제목은 주제, 의미, 분위기 등과 관계를 맺고 있다. 그러나 제목과 작품 사이에 아무런 관련이 없는 제목도 있다.

눈 물

남자와 여자의

아랫도리가 젖어 있다.

밤에 보는 오갈피나무,

오갈피나무의 아랫도리가 젖어 있다.

맨발로 바다를 밟고 간 사람은

새가 되었다고 한다.

발바닥만 젖어 있었다고 한다.

　　　　　― 김춘수, 「눈물」 전문

　시인 자신은 이 시의 제목에 대하여 주제와 소재에서 아주 먼 제목이라고 고백하고 있는데 이 경우, 내용을 뚜렷히 하여 독자가 제목에 상관없이 스스로 파악해 보도록 해야 한다.

　또한 시를 써 놓고 「無題」, 「失題」 또는 이상의 연작시 「烏瞰圖」에

서처럼 「詩第 1號」, 「詩第 2號」 등으로 번호를 붙인 경우도 있다. 「無
題」, 「失題」 등은 사실 마땅한 제목이 없을 때 흔히 붙이는 제목이고,
이상의 경우는 시인이 주제나 내용을 암시해야 할 제목의 필요성을 느
끼지 않아 작품 구별만을 위해 번호를 붙인 것이 아닌가 추측할 뿐
이다.

지금까지 살펴본 바와 같이 시의 제목을 붙이는 방법은 일정한 기
준이 없고 다양하다. 그러나 좋은 제목이 오래 기억되고 인상에 남는
다는 사실에서 시의 제목을 소홀히 할 수 없는 것이다. 그것은 곧 시
의 주제, 의미, 분위기 등을 종합적으로 암시하거나 표현해 주는 얼
굴이 되기 때문이다.

4. 첫 행과 마지막 행의 제목화

시의 첫 행이나 끝 행을 제목으로 하는 경우이다. 이때의 첫 행이
나 끝 행은 그 시의 주제와 밀접한 관련이 있을 뿐만이 아니라 주도
적 역할을 하고 있는 경우가 많다.

이 세상의 말씀 중에서

이 세상의 말씀 중에서
가장 가난한 말은
'도와 주십시오'입니다.

이 세상의 말씀 중에서
가장 슬픈 말은

'살려 주십시오'입니다.

이 세상의 말씀 중에서
가장 아픈 말은
'용서해 주십시오'입니다.

이 세상의 말씀 중에서
가장 아름다운 말은
'사랑합니다'입니다.

사람의 말씀 가운데서
가장 마지막 말은
'당신께 갑니다'입니다.
— 김대규, 「이 세상의 말씀 중에서」 전문

이 시의 제목은 첫 행의 "이 세상의 말씀 중에서"를 그대로 쓰고 있는데 이는 신앙에 대한 믿음과 사랑에 대한 정신을 일깨우는 '말씀'으로 이 시에서 주도적 역할을 하고 있는 행이다.

꽃이라면 좋겠다

꽃이라면 좋겠다.
꽃잎은 팔이 없는 여자.
팔로 안을 수 있는 사랑이 얼마 없어서
몸으로 허공을 파내는 여자.
엎지를까 말까.
엎지를까 말까.
붉게 망설이기만 해도
사내들은 꽃으로 본다.

흙 속에 아프게 박혀 있는 꽃잎의 주검까지
그냥 꽃으로 본다.
꽃이라면 좋겠다.
끓어오르는 것이 모두 꿈이 되는 꽃이라면 좋겠다.
주검도 꽃이 되는 그런 꽃이라면 좋겠다.
마음을 이길 수 있는 팔이 점점 자라나
헤프게 입을 벌리는 그리움을 양손으로 가릴 수 있는
꽃 같은 여자라면 좋겠다.
꽃잎은 아무것도 모르는 척
흐느끼듯 너무 떨리는
몸만 가진 여자.
가끔 거역하며
뿌리로 가라앉으려는 모든 팔을
몸으로 잡고 있다.
　　　　　　— 최문자, 「꽃이라면 좋겠다」 전문

　이 시에서도 "꽃이라면 좋겠다"는 첫 행을 제목으로 하고 있는데
이 역시 그 어떤 희구를 "꽃이라면 좋겠다"고 말하여 시의 주제와
밀접한 관련을 맺고 있다.

　　　저녁 한때

해 저물고
배 고프고
으슬으슬
날씨는 춥고
게다가 몸까지
아픈데
돌아가 쉴

집이 없고
기다려 줄
식구마저 없다면
하늘 나는 새들
제 둥지 찾고
발 밑 개미도
제굴 찾아
바삐바삐
기어가는
저녁 한때

　　　　　　　— 나태주, 「저녁 한때」 전문

위 시는 마지막 행 "저녁 한때"를 제목으로 했다. 이 경우도 시의
주제와 깊은 관련이 있으며 그 내용을 강조하는 효과가 있다.

찬란한 열반

비 갠 초여름
후박나무 청청
줄기 타고 발발 기어오르던
굼벵이가 허물을 벗지 못하고
땅에 떨어져
초라하게 죽어 있다
아뿔싸 십 년 공부 나무아비타불
은빛 날개도 펴보지 못하고
천 년을 꿈꿔 오던 비상을 접었다

개미들이 새카맣게 모여들어 있다
개미들의 장날

찬란한 열반.

— 조석구, 「찬란한 열반」 전문

위 시도 "찬란한 열반"이라는 마지막 행을 제목으로 했는데 이 역시 주제를 선명하게 떠받쳐 부각시켜 주고 있음을 볼 수 있다.

5. 제목 붙이기의 선 · 후 문제

시를 배우는 입장에서 보면 제목을 먼저 붙이고 시를 쓸 것인가, 시를 쓴 후에 붙일 것인가에 대하여 궁금하지 않은 사람이 없을 것이다. 이 문제는 결론적으로 말하여 그것이 중요한 것이 아니라 앞서 설명한 바와 같이 시의 주제나 내용에 얼마나 어울리게 붙이느냐가 중요한 것이다. 그러나 제목을 언제 붙일 것인가에 따라 창작 순서가 필수적이지는 않지만 1) 제목 붙이기→구상→본문 집필→ 퇴고 2) 구상→제목 붙이기→본문 집필→퇴고 3) 구상→본문 집필→제목 붙이기→퇴고 등으로 달라질 수 있다.

그래서 여기에서는 1) 제목을 미리 정해 놓고 시를 쓰는 경우 2) 시를 써 놓고 제목을 붙이는 경우로 나누어 살펴본다.

가. 제목을 미리 정해 놓고 시를 쓰는 경우

제목은 주제와 일치하거나 밀접한 관계에 있기 때문에 제목을 미리 정한다는 것은 주제를 먼저 정해 놓고 쓴다는 의미와 같다. 다시 말해 시를 쓰는 것은 내용과 주제가 있을 때 행해지기 때문에 결국 그 주제에 알맞는 제목을 정하고 써야 된다는 이치다. 김춘수는 『시론』(문화사, 1961)에서 다음과 같이 말하고 있다.

> 슬픈 체험을 하고, 기쁜 체험을 하고, 외로운 체험을 하고, 혹은
> 억울한 일을 당하고 하는 인생의 온갖 체험이 휴머니스트로 하여
> 금 시를 쓰게끔 재촉할 때에, 그가 철저하고 결백한 휴머니스트일
> 수록 그러한 인생의 온갖 체험을 체험 그대로 거짓 없이 표현하
> 여 전달코자 노력할 것이다. 이때 그 인생의 온갖 체험은 두말할
> 필요없이 시의 내용이 될 것인데, 시의 내용이 이미 정해져야 이
> 러한 휴머니스트들은 시를 쓸 수 있는 것과 같이, 내용을 상징하
> 여 한눈에 알게 하는 제목이 정해져야 붓을 댈 것이다.

이 말은 제목이 정해져야 시를 쓸 수 있다는 것인데 공사를 할 때
먼저 설계도가 있어야 된다는 논리다. 즉 시를 쓰는 요인이 있다면
그 내용을 암시하는 제목이 시를 쓰기 전에 설정되어져야 한다는 뜻
이다.
이 경우는 특정한 소재를 취하거나 주제를 강조하거나 의도적으로
그 어떤 사건의 분위기를 환기하려고 할 때 대체적으로 사용된다.

폐 광

그날 끌려간 삼촌은 돌아오지 않았다
소리개차가 감석을 날라 붓던 버력 더미 위에
민들레가 피어도 그냥 춥던 사월
지까다비를 신은 삼촌의 식구들은
우리 집 봉당에 모여 소주를 켰다.
나는 그들이 주먹을 떠는 까닭을 몰랐다.
밤이면 술한 빈 움막에서 도깨비가 나온대서
칸데라 불이 흐린 뒷방에 박혀

늙은 덕대가 접어 준 딱지를 세었다.
바람은 복대기를 몰아다가 문을 때리고
낙반으로 깔려 죽은 내 친구들의 아버지
그 목소리를 흉내내며 울었다.
전쟁이 끝났는데도 마을 젊은이들은
하나하나 사라져선 돌아오지 않았다.
빈 금구덩에서는 대낮에도 귀신이 울어
부엉이 울음이 삼촌의 술주정보다도 지겨웠다.
　　　　　　— 신경림, 「폐광」 전문

　이 시는 시인 스스로 밝혔듯이 제목을 「폐광」으로 정하고 쓴 작품이다. "꼭 하지 않으면 안될 것들을 메모해 보았다. 약 백여가지가되었다. 다음 닷새쯤은 여기서 하나하나 지워가는 방법을 택했다. 그래서 20여 가지가 남았을 때, 나는 시의 제목을 「폐광」으로 하기로정하고" 시를 썼다. 이 경우, 특정한 소재를 살리기 위해 제목을 미리 정한 것으로 볼 수 있다.

　　빗소리

　　　저 소멸의 끝에서
　　　얼굴을 가리고 우는 여인의
　　　죽은 사랑 같은 것.

　　　이승을 다 살지 못하고
　　　저승의 가파른 층계를 오르면서
　　　뒤를 돌아다 보는
　　　뒤를 돌아다 보는 눈물 같은 것.

　　　…………

....

— 이운룡, 「빗소리」에서

이 시도 제목을 정해 놓고 쓴 것으로 볼 수 있다. 비가 내리는 분위기 속에서 느끼는 인생의 뼈저린 체험이 시로 드러나 있다. 이 경우, 시인은 '빗소리'를 듣고, 이승을 떠난 사람에 대한 '그리움'이라는 주제가 떠올려졌기 때문으로 볼 수 있다.

그러나 이 방법에도 문제는 있다. 시인은 시창작 과정에서 자연스럽게 제목의 영향을 받게 되는데 이 때 제목에서 벗어나지 않으려는 의도가 불가피하게 생긴다. 이 경우, 자칫 내용을 전달하는 데만 치중하게 되어 시 자체가 흐트러지기 쉽기 때문에 주의를 기울여야 한다.

나. 시를 쓰고 제목을 붙이는 경우

제목이 주제, 소재와 밀접한 관련이 있다고 해서 그것을 꼭 제목으로 붙이라는 것은 아니다. 주제에 따라 재료를 배열한 후 얼마든지 알맞은 제목을 만들어 붙일 수도 있기 때문이다.

김용호의 주장을 보자.

시가 먼저 생기느냐, 제목이 먼저 생기느냐 하면, 물론 시가 창조된 이후에 제목이 있어야 할 것은 순서상 당연한 일일 것입니다. 그런데, 실제상에 있어서 어떤 분은, 예를 들면 <가을>이라는 제목부터 먼저 생각해 가지고 시작하는 분이 있습니다. 말하자면, 이것은 아이를 낳기 전에 이름을 짓는 것과 마찬가지로 본말 전도라고 할 것입니다. 그러므로, 이런 태도는 삼가야 할 것입니다.

이 말은 시를 완성시켜 놓고 제목을 붙이라는 뜻이다. 이는 시를 쓴 후 주제나 내용에 적합한 단어나 어구를 찾아서 붙이라는 것이다. 이 방법은 자유스럽게 시의 내용을 구성할 수가 있고 구성이 다소 막연하더라도 내용을 함축하는 제목을 찾아 붙일 수 있는 이점이 있다.

한약방

....
....

밀려둔 꿈을 쓰다듬던
적적한 한나절
대수풀 바람을 못견딘 하얀두루마기
마당가 둘러보는 저녁답.
약봉지 달아매듯
꿈의 주둥이를 묶은
할아버지의 조용한 매달림.

잡아맨 창호지 덮개를 들썩이는
숯불.

집안에 서서히 스며드는
꿈들의 신기한 냄새.
단지에서 꺼낸 듯
다시 넣어보는 눈부신
등불 밑.

— 구영주, 「한약방」에서

이 시는 유년시절 한약방을 경영하던 할아버지를 연상하며 쓴 작품이다. 할아버지의 살아온 날들과 시인과의 관계를 추억하고 있는 이 시는 아마 시를 쓴 후 제목을 '약봉지', '할아버지', '숯불', '냄새' 등 여러 가지를 생각하다가 이러한 것들을 하나의 이미지로 함축하여 내용을 암시하기 위한 의도에서 「한약방」이라는 가장 적절한 제목을 붙인 것으로 볼 수 있다. 물론 이 방법에도 문제는 있다. 제목을 정하지 않고 시를 먼저 쓸 때는 주제나 내용이 흐트러져 시 자체가 산만해 질 수 있기 때문이다.

어쨌든 제목 붙이기의 선·후 문제는 그 순서가 문제가 아니라 좋은 제목을 어떻게 만드느냐에 있다. 제목을 먼저 정하고 작품을 쓰는 과정에서도 시가 달라지기도 하고, 다 쓴 후에 제목이 바뀌는 경우도 있기 때문이다. 이런 것을 보면 제목을 먼저 정하느냐, 작품을 쓴 후에 붙이느냐 하는 것은 어디까지나 개인적인 습관일 뿐이다.

XV. 등단

　시를 배우는 사람이라면 어떻게 문단에 등단할 수 있으며 어떻게 하면 시인이 될 수 있을까 하는 생각을 가지게 마련이다.

　대개 문단 등단 과정은 오래 전부터 4가지 형태로 내려오고 있다. 1) 문예지 추천이나 신인상 2) 신춘문예 3) 동인활동 4) 시집 출간 등인데 이 중 문예지나 신춘문예를 통해 등단하는 것이 전통적 제도이다.

　먼저, 문예지의 추천이나 신인상 제도를 보자. 추천 제도는 80년대 초까지 시행되어 오던 것인데 방법은 투고자가 연중 어느 때이고 20~30편 정도의 시를 잡지사에 보내면 잡지사에서는 2, 3명의 심사위원을 구성, 심사케 하여 1회에 2, 3편을 추천했다. 추천 회수는 2, 3년 동안에 2회 내지 3회의 추천 과정을 밟았다. 그러나 80년대 중반 이후부터는 이 과정을 고수하는 일부 잡지사도 있으나 대부분 '신인상'으로 그 명칭을 바꾸어 1회 당선으로 등단을 인정하고 있다. 이 제도 역시 연중 어느 때이고 20~30편 정도의 시를 잡지사에 보내면 심사위원을 위촉, 당선자를 결정한다. 문학지의 추천제나 신인상 제도는 대부분 작품의 전반적인 성숙도, 가능성 등을 종합적으로 평가

한다. 따라서 연륜이 짧은 젊은 층보다는 삶의 연륜이 있는 층에서 당선자가 나오는 경향이 많다. 그러나 잡지사를 통한 등단은 투고자와 잡지사 및 심사위원 간에 인간 관계가 이루어질 수 있어 정실이 개입될 소지를 안고 있는데 이것은 이 제도의 약점인 동시에 장점이기도 하다.

둘째, 신문사의 신춘문예는 매년 연말에 1회씩 시행된다. 이 제도는 대충 5편 정도를 응모하는데 전체 작품 중에서 단 1편을 뽑는다. 장점은 응모자와 심사위원과의 관계가 배제되어 공정성이 보장된다. 그러나 최근 들어 문단에서는 신춘문예에 대하여 비판이 점차 높아가고 있음을 볼 수 있다. 그 이유는 해당 작품 외의 것, 즉 성숙도, 가능성 등도 가늠해 보지 않고 단 1편의 '좋은 시' 만으로 시인으로서의 능력을 인정 할 수 있는가라는 데에 있다. 신춘문예는 대부분 젊은 층이 응모하는 경향이 많다.

다음으로 동인 활동으로 문단에 데뷔하는 경우이다. 동인활동을 지속적으로 하여 문단에서 인정을 받는 것인데 이 방법은 드물고 정통이 아니라고 할 수 있다. 또한 시집을 출간하여 등단하는 경우인데 이 방법 역시 똑같다. 이와 같은 방법들은 시 창작에 대한 지도나 그 역량을 평가받을 기회가 없어 자기의 결함을 모른 채 자기 만족에 그치기 쉽다. 이런 때는 자기 시의 결점을 찾아 부단히 고치는 데 힘써야 한다.

어쨌든 등단은 그 방법이 문제가 아니라 작품으로 역량을 평가받아야 한다는 의미에서 누구나 인정할 수 있는 좋은 작품 쓰기에 노력을 기울여야 한다.

그러면 문학 잡지의 추천과 신춘문예 당선 작품 중에서 몇 작품을 본다. 여기에서는 편의상 70년대까지의 작품 중에서 임의로 뽑아 제시한다.

1. 문학지 추천 작품

1) 花蛇 / (≪시인부락≫, 1936. 12. 창간호) / 徐廷柱

麝香 薄荷의 뒤안길이다.
아름다운 배암……
얼마나 커다란 슬픔으로 태어났기에
저리도 징그러운 몸뚱어리냐.

꽃대님 같다.
너의 할아버지가 이브를 꼬여 내던 達辯의 혓바닥이
소리 잃은 채 날름거리는 붉은 아가리로
푸른 하늘이다. ……물어뜯어라, 원통히 물어뜯어,
달아나거라, 저놈의 대가리!
돌팔매를 쏘면서, 쏘면서, 麝香 芳草ㅅ길
저놈의 뒤를 따르는 것은
우리 할아버지의 아내가 이브라서 그러는 게 아니라
石油 먹은 듯……石油 먹은 듯……가쁜 숨결이야.

바늘에 꼬여 두를까 부다. 꽃대님보다도 아름다운 빛……
클레오파트라의 피 먹은 양 붉게 타오르는
고운 입술이다……스며라, 배암

우리 순네는 스믈난 색시, 고양이같이 고운
입술……스며라, 배암

시인 자신의 표현에 의하면 「화사」는 1936년 "내가 海印寺 願堂이
란 庵子에 있던 여름의 어떤 밤이었는데, 조그만 박쥐 새끼 한 마리

가 열어 놓은 창틈으로 날아 들어와 방안을 퍼덕거리며 수선을 떠는 것을 잡아서 내 양말 깁기用 큰 바늘로 벽에 꽂아놓고 나서" 쓴 것으로 "그해 11월 ≪시인부락≫이라는 잡지를 내가 편집 겸 발행인이 되어 발행하게 되었을 때 그 창간호에 실었던 것이다. 성적인 분망과 고민과 자학의 열띤 정열이랄까, 몸부림이랄까 그런 것을 담아보려고 했었다."라고 말하고 있다.

이 시는 생명의 역동적인 힘을 형식적인 측면과 내용적인 측면에서 두루 보여주고 있는 작품으로 미를 인식하는 태도가 관능적이다. 배암은 '얼마나 커다란 슬픔으로 태어났기에/ 저리도 징그러운 몸뚱어리냐.'에서 보듯 부정적인 악의 모습으로 저주의 대상이지만 '麝香薄荷의 뒤안길'에 나타난 '꽃대님' 같은 매혹의 대상이다. '화'와 '사'의 거리를 통합하는 '화사'는 생명의 양면성을 강렬하게 드러낸다. 상호모순적인 것의 통합은 '달아나거라' 하면서 '저놈의 뒤를 따르는' 것에서도 나타나지만 특히 '이브', '클레오파트라', '순네'에서 보듯 헬레니즘과 헤브라이즘, 토속성이 복합되어 나타나는 것을 보면 시적 상상력의 공간이 얼마나 큰지 짐작해 볼 수 있다.

징그러운 것과 아름다운 것, 고매한 것과 비속한 것, 서구적인 것과 토착적인 것을 복합적으로 표현하면서 생명에 대한 강렬한 의식을 드러내는 이 시는 그런 의식을 형식으로도 보여준다. 가쁜 숨결로 끊어지고 말없음표 속으로 잦아드는 정서를 환기시키는 '…', 감탄부호, 호격, 명령형 어미 등 형식 자체가 생명의 전율하는 힘을 표현하고 있다.

2) 비오는 날 / (≪문예≫, 1949. 12) / 李炳基

오늘

이 나라에 가을이 오나보다.

노을도 갈앉은
저녁 하늘에
눈먼 寓話는 끝났다더라.

한 色 보라로 칠을 하고
길 아닌 千里를
더듬어 가면……

푸른 꿈도 한나절 비를 맞으며
꽃잎 지거라.
꽃잎 지거라.

산 너머 산 너머서 네가 오듯
오늘
이 나라에 가을이 오나보다.

　서정주는 추천사에서 "이형기의 「비오는 날」은 작자의 감흥도 알
수 있고 반남아 그 감흥을 성공시키기도 하였다. 그러나 2, 3연에는
아직도 무엇인지 조금 덜 연소된 꺼림칙한 것이 무엇인지를 좀더 생
각해 보라. 당신만큼 절실하니 처음과 끝을 말할 줄도 아는 이가 중
간에 단 한 마디라도 미지근한 말을 해서는 안 된다."고 하였다.
　서정주의 말마따나 이 시는 첫 연과 마지막 연이 시 전체의 분위
기를 살려주고 있다. '오늘 /이 나라에 가을이 오나보다.'는 평범한
표현처럼 보이지만 객관적 상황까지도 주관적으로 포착함으로써 화
자의 직절한 정서를 절실하게 환기시키는 효과를 내고 있다.

당선소감에서 이형기는 "눈물 같은 시를 쓰고 싶다는 것입니다. 모든 것에 거짓이 섞여 있을지라도 눈물 그것만은 참다운 것으로 구슬 맺어진 것이라고 믿기 때문입니다."라고 말하고 있는데 '눈물'이 내포하고 있는 순연하고도 풍요로운 감성은 이 시뿐만 아니라 모든 서정시의 밑바탕을 이루는 것이다.

3) 願 / (≪문예≫, 1950. 1) / 全鳳健

－저는 꿈이라도 좋아요
알리엘 오드라

부드러움을 한없이 펴는 비들기같이
상냥한 손을 주십시요.

빛나는 바람 속에서 太陽을 바라
꽃 피고 익은 젖가슴을 주십시요.

샛맑안 들이랑 하늘이랑……바다랑
그런 냄새가 하는 입김을 주십시요.

불타는 사과인양
즐거운 말을 주십시요.

오! ……나에게 自身의 모습을 주십시요.

추천 첫 번째 작품인 이 시는 손에서 시작해 젖가슴, 입김, 말 등 자신의 모습을 감각적으로 부조해 나가는데 경어체가 주는 경건하고 부드러운 어감과 어울려 시에 첫발을 내딛는 시인 자신의 모습을 떠올리게 한다.

서정주는 추천사에서 "「원」은 이때가지 추천한 시작들 가운데서도 비교적 우수한 편에 속한다. 비록 이것이 몇 줄 안되는 것이긴 하지만 그 신선한 감응력이라든지 일부러 수식 조작하려는 일반적 구습을 떨어버린 점이라든지 그 독특한 진정언어의 스타일이라든지 이런 취향이 모두 그의 전도를 기대하게 하였다."라고 말하고 있다.

'불타는 사과인양/즐거운 말'이 시인 스스로 고백하듯 "꿈의 말, 아픔의 말을 시이게 하는 일"일 것임은 자명하다. 시인은 언어의 장인이라는 점을 철저하게 인식한 전봉건의 특성을 이 시에서 찾아볼 수 있다.

4) 薔薇 / (≪문예≫, 1950. 3) / 宋 稷

薔薇밭이다.
붉은 꽃잎 바로 옆에
푸른 잎이 우거져
가시도 햇살 받고
서슬이 푸르렀다.

벌거숭이 그대로
춤을 추리라.
눈물에 씻기운
발을 뻗고서
붉은 해가 지도록
춤을 추리라.

薔薇밭이다.
피방울 지면
꽃잎이 먹고
푸른 잎을 두르고
기진하며는
가시마다 살이 묻은
꽃이 피리라.

　"薔薇밭이다."라는 시적 배경을 1연에 설정하고 장미의 내포적 의미인 모순관념을 '붉은 꽃잎'과 '푸른 잎'으로 대비해 선명한 색채감각을 보여주는 이 시는 감각이 절제되어 있으면서 균형이 잡혀 있다. 2연에서는 장미를 '벌거숭이'로 의인화시키고는 '눈물에 씻기운/발을 뻗고서' '춤을 추리라'고 표현함으로써 강렬한 원색의 생명욕을 암시하고 있다.

　3연은 1, 2연을 보다 심화시켜 존재의 모순과 갈등의 처절함을 '피방울', '기진하며는', '가시마다 살이 묻은 꽃' 등으로 형상화한다. 흔히 보는 장미가 아니라 존재의 모순과 갈등이 작열하는 생명 자체가 원관념임을 알 수 있다. '가시마다 살이 묻은/꽃이 피리라.'는 표현은 낯설게 여겨질 만큼 새로운데 사물을 새로운 각도에서 바라보고, 그것을 언어로 형상화하는 것이 시임을 다시 한 번 느끼게 한다.

5) 驛 / (≪문예≫, 1952. 3. 5 · 6 합병호) / 韓性祺

푸른불 시그널이 꿈처럼 어리는
거기 조그마한 驛이 있다

빈 待合室에는

의지할 椅子하나 없고

이따끔 急行列車가
어지럽게 警笛을 울리며
지나간다

눈이 오고
비가 오고……

아득한 線路위에
없는 듯 있는 듯
거기 조그마한 驛처럼 내가 있다

한성기는 1955년 ≪현대문학≫에「꽃병」등이 박두진으로부터 추천 완료되어 ≪현대문학≫지 추천 제1호 시인이 되었다. 이 작품은 아내를 잃고 고독했던 시절에 쓴 ≪문예≫ 초회 추천작이다. 이 작품은 겉으로 역의 평범한 소묘처럼 보이지만 외로움이란 단어를 사용하지 않으면서 외로움으로 시의 공간을 탱탱히 지탱하고 있다. 자신에게 익숙한 정서를 표현하되 직접 표현하는 것이 아니라 그 세계를 환기시키는 외부세계를 그려내고 있는 것이다.

이 시골역에도 '눈이 오고/비가 오고……'처럼 시간은 흘러가고, 마치 인생처럼 아득한 선로에는 잊혀진 쓸쓸한 시골역 풍경처럼 시인이 있다. 떠나가고 돌아오는 것이 역의 의미인 것처럼 인생도 만나고 떠나며 흘러가는 것이다.

6) 沈默 / (≪현대문학≫, 1955. 10) / 文德守

저 소리 없는

青山이며 바위의 아우성은
네가 다 들어버렸기 때문이다.

겹겹 메아리로 울려 돌아가는 靜寂 속
어쩌면 제 안으로만 스며 흐르는
音響의 江물

千年 녹쓸은
鍾소리의 그 懇曲한 應答을 지니고,

恍惚한 啓示를 안은채
一切를 이미 秘密로 해버렸다.

　이 작품은 소리도 형체도 없는 침묵을 언어로 형상화한 것으로 1
연과 2연은 공간을, 3연은 시간을 통해 형상을 빚어냈다. 1, 2 3연은
독립되어 있으면서 서로를 보완하는데 4연이 1, 2, 3연을 각각 받으
면서 전체를 감싸 단단한 구조를 구축하고 있다. '청산'과 '강', '천
년'을 감싸는 「침묵」은 유치환이 추천사에서 "불과 10행에 담긴 거두
절미한 파라독스는 그대로 우주형성 이전의 혼돈 모호한 호흡으로서
우리를 휘감아가고 만다."라고 말하듯 우리를 웅혼한 세계로 초대한
다.

7) 푸리슴 / (≪문학예술≫, 1956. 8) / 成贊慶

음향과 빛갈과 아마 향기 마저도
實은 그들이 어데 있더냐 암흑 속엔
純粹한 파동 뿐이다.

인스피레이숀이라지만 그것도 정말은
순수한 파동. 그 파동의 溫床 위에
주렁 주렁 맛 있는 열매는
오히려 이마-아쥬. fancy. 그리고 환타지.
果汁엔 투명한 觀念이 스며
혀 끝에 끈끈한가 살펴 보라.
준엄한 탐험가. 태고의 무덤을 파헤치고
해골을 태양 아래 널어 말리는
메스. 千의 데스마스크를 찍어낸 손톱이어.
사로잡은 魅惑은 다이야몬드의 망치로
티끌이 뻐개져서 다시 티끌 되도록 바수어라.
그 바람에 튀는 별똥별을랑. 心臟의 기름 삼고
아직 화롱거리는 혼백엔 부채질 하라.
회색의 室內에서 무수한 톱니바퀴가
두르르 올바르게 번개처럼 회전하면
그 機關은 물고기와 蓮꽃과
연기와 피아노. 아르뻬지오와 에메랄드와
刹那와 낙타. 바늘 구멍과 永遠과를
서로 결혼 시키는 마술열매의 온상,
그럴 무렵엔 리자를 惱殺하는 미소를 띠우고
옆모습만 보이며 잡힐 듯이 다가서는
오, 뮤우즈.
자양 많은 乳液은
내 오로지 그대 위해 바치리라.
리라를 타며 스러질 듯 아리따운 그 모습을
넋놓고 바라보면 不可思議한 轉換이.
다섯 개의 나의 窓엔 색유리가 박히고
넘나드는 파동은 눈부시게 치장되어

꽃은 빛깔과 향기를 귀뚜라민 노래를

나빈 춤을 세계는 饗宴을 다시들 찾는다.

조지훈은 추천사에서 "「푸리슴」은 심리학 위에 기초를 둔 시상으로서 슈르레알리즘의 꿈을 주지적 의미의 상징주의의 방법으로서 엄밀하게 계량할 것임을 알 수 있다. 물리적으로 비유(非有)인 음향과 색채의 순수 파동을 질적으로 불가사의하게 전환시키는 정신의 작용을 황홀한 은유로 구성하고 분해하였다. 다섯 개의 창은 바로 오관! 그것이야말로 프리슴이 아니런가."라고 말하고 있다.

성찬경은 "나의 감성과 지성과 정열이, 다시 말해서 나의 온 영혼이, 사로잡을 수 있는 존재의 비밀을 되도록 당당하고 맑은 심상으로 결정시키려 했다. 그것은 나의 역량의 한계였다."라고 말하고 있는데 영국의 낭만주의 시인 D. M. 토마스의 영향을 크게 받아 언어의 비약적인 연결과 특이한 이미지를 그려내는 특징을 추천작부터 그대로 보여주고 있다 하겠다.

8) 풍경화 / (≪사상계≫, 1959) / 姜桂淳

햇살이 혈맥에 타서 번지고 어디 婚禮라도 있을 법한 화사한 하늘에 작은

조약돌을 던져 내 生命의 파문을 겨누어 보는 것은 어디선가 박수처럼 외로

운 음향이 설레어 오는 탓이다.

사랑한다는 것은 외롭다 못한 몸부림, 슬픈 사람아 서로의 체온을 더듬어

짐짓 웃음 같은 표정을 지어 보자.

한폭의 風景畵를 위하여 오늘 이렇게 울긋불긋 옷을 걸치고 피에로처럼
　서성이다 日沒을 맞으면, 피묻은 입설을 옷소매에 씻고 囚人의 울음을 터뜨
　려 지금 사방에서 또 壁은 박수보다 더 큰 웃음으로 무너지는데,

　무슨 손짓같은 것이 마구 날으는 광장에 서서 샤를르 보오들레에르처럼
　머언 항해를 생각해보는 나는 스스로 잉태한 地上의 풍경들은 무슨 색깔로
　채색할 것인가.

　막막한 죄절감 속에 맞은 일몰을 풍경화로 그려내고 있는 이 시는 산문시에서 비약과 압축성이 얼마나 중요한지 생각하게 한다. '외로운 음향', '외롭다 못한 몸부림' 같은 것이 다소 정서의 과잉을 드러내기도 하지만 노을을 '햇살이 혈맥에 타서 번지고 어디 婚禮라도 있을 법한 화사한 하늘'로 그려내는 솜씨라든가 절망감을 '壁은 박수보다 더 큰 웃음으로 무너지는데'에서처럼 선명한 공감각적 이미지로 보여주는 부분은 수준급이다.

　이 무렵 강계순은 시작노트에서 "그때 나는 무서웠다. 나의 문학에 대한 열병이 시인이라는 이름으로 이 세상에 던져졌을 때, 그 이름은 무거운 부채가 되어 나를 경직시켰다. 그 부채를 갚을 의무와 책임이 있었고, 그러기 위하여 나는 이전의 나의 생각 나의 시작법, 나의 질서를 부단히 깨뜨려야 한다고 생각했다."고 밝히고 있는데 끊임없이 새로워져야 하는 시인의 자세를 깨우쳐 준다.

9) 나를 떠나 보내는 江가엔 / (≪현대문학≫, 1960.1) / 成春福

나를 떠나 보내는 江가엔
흐트러진 강줄기를 따라 하늘이 지쳐간다.

어둠에 밀렸던 가슴도
바람에 휘몰리면
江을 따라 하늘로 잇대어
펄럭일 듯한 나래 같다지만

나를 떠나보내는 언덕엔
하늘과 강 사이를 거슬러
허우적이며 가슴을 딛고 일어서는,
내게만 들리는 저 소리는 무언가.

밤마다 찢겼던 苦惱의 옷깃들이
이제는 더 알 것도 없는 안옥한 기슭의
검소한 차림에 쏠리워
들뜸도 없는 걸음거리로
거슬러 오르는게 아니면,

강물에 흘렸던 마음에
모든 것을 침묵케하는 다른 마음의 喪興로
입김 가신 찬 스스로의 洞穴을 指向하고
아픔을 참고 피를 쏟으며
나를 떠나보내는 강으로
이끌리워
되살아 오르는게 아닌가.

강너머엔
강과 하늘로 어울린
또 하나의 내가 소리치며
짙은 어둠의 그림자로 비쳐간다.

신석초는 이 작품의 특성과 한계를 추천사에서 다음과 같이 지적하고 있다. "나는 한 사람의 「유니크」한 시인을 발견했다고 자부한다. 적어도 그러할 가능성을 성군의 작품은 내포하고 있는 것이다. 그 뿐 아니라, 성군을 추천하면서, 비로소 알게 되었지만 요 일년동안 내가 보아 온 그는 한결같이 건실한 성격의 소유자이다. 그의 시는 먼저 작품도 그러했지만 용이하게 읽여지는 것이 아니다. 범속하지가 않다. 모두 깊은 사고력이 감추어져 있다. 「나를 떠나보내는 江가엔」이라는 언뜻 보아서는 예사롭고 감상적인 듯한 제목에도 불구하고 내용에는 비범한 지혜의 빛깔이 나타나 보인다.

이 작품은 한 「아모르」의 경험의 상태를 그린 것이다. 그것은 그 안타까운 생활의 감각에서 도망하려는 자기자신이며 감성과 지성에서 동요하는 한 자세이다. 너무나 고잔(枯殘)한 그의 정서 때문에 그의 작품은 늘 한 꺼풀의 옷을 벗지 못한다. 좀 답답한 듯한 이 남루를 홀짝 벗을 때 완성한 「뮤즈」는 출현될 것이다. 이것은 그에게 주어진 긴 노력의 길인 것이다."

청춘이 감당할 수밖에 없는 존재론적 고뇌의 양상을 '내게만 들리는 저 소리'로 파악하는 이 시는 섬세한 서정의 가락을 사용하여 내면의 세계를 깊이 조망한 유미주의적 경향이 짙은 초기시의 특징을 그대로 보여주고 있다.

10) 사모곡 / (≪현대문학≫, 1962. 4) / 許英子

(1. 2는 생략)

3. 解氷期에

雨水節
南녘 바람에
江얼음 녹누마는

엄니 가슴恨은
언젯 바람에
풀리노

눈 감아
깊은 잠 드시고야

저승 따
다 적시는
궂은비로
풀리려나.

메아리만 空間에 부서지는
太虛의 距離,

거울은 지금
언제부털까? 나도 모를 동안
나의 아낙으로 씨앗겨

空白에 胚胎되어 자라온
내 禁錮당한 日程을 비쳐간
하늘과
그 아래의 언제부턴가 푸른 잎채로 얼어붙은 듯 作業마저 停止
된
廢園의
슬픈 忿怒,
뼈다귀처럼 남은
이것뿐의 나의 미이라를 碑文대신 담고
화안한 神秘의 深淵밑
一切가 遮斷된 墓地에서
피 엉긴 빈 손 들고 돌아간
나의 悲哀를
此岸에로 들춰내는 뼈아픈 墓碑.

이 시는 한국 여성의 질기고 아름다운 정서를 노래하고 있다. 간결
하면서도 뜨거운 정열적 이미지로 시를 구성하고 있는데 사랑의 대
상을 어머니로 삼아 우리들의 가슴을 적셔주고 있다. 박목월은 추천
사에서 "사랑의 문제를 그 根源으로 돌아가, 더듬어 보려는 삶에 대
한 진지한 태도라 할 수 있을 것이다. 한국적인 짙은 무늬로 아로사
겨짐은, 그가 작품에서 구현하려는 사랑의 세계가 우리들의 핏줄이나
생활 속에서 피어 올리려는 갸륵한 정성을 담고 있기 때문이다."라고
평하고 있다.

11) 比喩를 나무로 한 나의 노래는 / (≪시문학≫, 1965.9) / 洪申善

1

한 마리 거미를 根源으로 하여 窓유리에 하나의 痕跡으로
웅크렸던 꿈조각이 立體의 얼굴로 깨어나는 아침 나의 全身은
햇볕들이 세우는純金의 불길로 타오른다. 때로 그것이 이승에
듣(滴)는 내 목숨의 높이일 때 나를 묶는 가로 세로 交織마다에
낡은 風琴을 펴들어 내 자라온 뜻을 더듬어 노래하라.

2

窓유리를 닫으면 누런 벌레들로 굴러떨어지는 햇볕들, 寫眞
틀 속에끼워 꿈틀거리는 나를 비워내는데 더듬이로 나이를 헤
집어가며 野望의 江물바닥에 꽂힌 흔들리는 水草의 잎 끝에 氣
泡의 形態로 올라오는 많은 얼굴들 자꾸 자꾸 잃었던 얼굴들을
건져 올리는데, 아니 정수리에서 豫感의 그물을 풀어내리는 바
람들은 具殼의 螺旋形의 층계에 홈턱마다에 갇힌 바다를 일으
키는데 아하 나는 보겠다. 바다들이 색깔의 얼굴을 깨뜨릴 때
튀어오르는 물고기의 몸뚱이마다 선(立) 重量들을, 저것이었을
까 이승에 떨구는 발소리마다에 머무는 내 무거운 뜻이 내 무
거운 뜻이

3

鐵鋼같은 빗금의 가지들을 뻗으면 거기 바람을 낀 많은 해들
은 움칫 거리고, 그러나 이미 제몫의 조용한 몸짓으로 돌아가
知慧의 눈을 뜨는 내 언저리의 物象들, 나의 全身은 햇볕들이
세우는 黃金의 불꽃에 住所를 둔다.

시문학 첫 번째 추천작품인 이 시는 이미지들이 현란하다. 이 무렵
에 대해 시인은 시작노트를 통해 다음과 같이 말하고 있다. "그 무렵

은 한 미디로 초조와 불안으로 일관한 쫓기는 심정이었고 내가 무엇일까 어떤 의미로 자신을 증명하고 규정할 수 있는 것인가 하는 회의와 물음을 되풀이할 수밖에 없었다. 그 과정에서 유년시절 시골의 생활체험이 지우기 어려운 '순수함의 한 모형'으로 또한 생각을 키웠다."

「비유를 나무로 한 나의 노래는」은 이런 상황을 나름대로 간직한 작품이다. 시는 '내 자라온 뜻을 더듬어 노래'하는 것이라고 생각하지만 방법적으로 이 시는 이미지에 의한 사물들의 긴장관계를 부조하는 데 힘을 기울이고 있다. 다만 한 작품에 너무 많은 이미지들이 병치되어 있어 밀도는 떨어진다.

12) 잠깨는 抽象 / (≪현대문학≫, 1968. 1) / 吳世榮

   I 날개

   내가 쏘아올린 화살은 어느 때
   새를 맞춘다.

   타버린 意識體가 되어 언덕너머
   떨어지는 落果.
   번득이는 비늘로 휩싸이는 疑問들.

   문을 밀치면 거기 놓인 十字架에
   문득 와서 꽂히는 화살. 옴 밤을 피가 흐르고,
   經驗의 뜨락에 저버린 잎새들이
   앙상한 그림자로 창가를 드리울 때,
   한 마리 새가

文法의 가지를 차고 오른다.
난다. 破裂하는 꽃잎 속을, 時間의
暴動 속을.
아아 뜨거운 水素이온 그 浮力.

날카로운 바람을 몰고 한 小節의 아침을 건너
햇살이 파도치는 바다에서
引力을 끊고 솟아오른 한개의 램프

드디어 타버린 肉體의 아픔 위에
부리로 대낮을 깨면,
내가 쏘아올린 화살은 어느 때
내 가슴에 와 꽂힌다. 아아
빛을 털고 일어서는 한 마리의 새.
(II「바닷가에서」는 생략)

박목월은 추천사에서 "그의 의식 심부를 탐색하려는, 힘드는 내부
표출작업이 자기대로의 윤활성을 띠게 되었다."고 평하고 있는데 시
인의 초기 언어의식은 모더니즘과 맥이 닿아 있다.

존재에 대한 숱한 의문을 치열한 인식으로 포착하고 있는 '번득이
는 비늘로 휩싸이는 疑問들', 또 날아오르고자 하는 비상에 대한 존
재의 욕구를 "내가 쏘아올린 화살은 어느 때/내 가슴에 와 꽂힌다.
아아/빛을 털고 일어서는 한 마리의 새." 같은 부분은 사물의 인식을
통해 존재론적 의미를 파악하려는 노력을 구체적인 이미지로 보여주
고 있다.

13) 舊約 / (≪현대문학≫, 1970. 1) / 李健淸

창을 던진다.
머리칼이 흔들린다.
불타는 말들이 재가 되어 무너진다.
암흑의 술이 고인다.
켄터어키産의 위스키가 놓인 베드 위로
등기 이전서류가 든 봉투를 들고 간다.

목조의 문,
계단을 내리면
석탄을 태우며 달리는 차량들을 본다.
흔들리는 숲,
人間의 마을에 가방을 든 사람이 내린다.

캄캄한 예언이 잠기는
저녁의 제철공장엔 夢遊의 기계들이 돌고 있다.

이 술은 남자들의 몸을 덥게 하고
땅 때문에 싸움에 용감하게 한다.
켄터어키産의 이 洋酒는.
잠겨있는 禮拜堂, 열쇠가 못에 걸린 채 녹슬고 있다.
바퀴가 검은 軍用車輛에 실려서
떠난다.
(무수한 채찍이 내리는 60년대의 겨울을,
호호 불면서 울었어요.
붉은 손이 걸린 파괴된 예배당에
마을의 개들이 살고 있었어요.)

빈 깡통이 구르는 운동장, 어머니는
아기의 발이 놓인 도마를 내리쳤다.
말을 타고 달리는 칠억의 신앙,
뇌수의 어느 갈피에 깡통 구르는 소리.
毛細血管이 타들어온다.
연착된 차들이 질식돼 있다.
인간의 마을로 구부러진 태엽에
무수한 신발이 쌓여 있다.
내 어린 아내의 舊約에
被殺된 예수의 못이 남는다.

누가 또 죽고 있다.

신이 구세주를 보내겠다는 약속을 지켰음에도 구세주를 알아보지
못하고 예수를 죽인 사건의 기록이 구약의 세계라면 이 시는 60년대
의 불안과 방황, 좌절과 열등의식을 표상하고 있다. 내면에 깊이 침
잠해 있는 우울한 시선이 포착한 불안의 징표는 "인간의 무의식적
행위의 욕구를 동사와 결부하여 하나의 작품으로 통일시킨 것은 이
군의 새로운 시도로서 우리에게는 충분히 참신한 것일 수 있다."라는
박목월의 추천사처럼 동사로 모아진다. 1연만 보아도 '던진다', '흔들
린다', '무너진다', '고인다', '들고 간다'의 동사가 쓰인 이 시는 그렇
게 나열한 동사를 마지막 연 '죽고 있다'에 수렴시켜 불안한 시대,
좌절한 개인의 방황을 다양하게 보여준다.

14) 별의 눈을 가진 다섯개 손톱 / (≪현대시학≫, 1970) / 趙鼎權

푸른 꽃은 보이지 않고

그 자리에
푸른 횃불이 타고 있었다.
무늬 지은 수천의 불길이
칼자욱이 되어
바라보고 있었다.
푸른 빛으로 암흑이 살아나는 그 자리에,

암흑 속에서 나는 꽃을 푸른 이빨이라 부르고 있었다.
흙에 심장을 부딪혀 낼 수 있는 목소리로,
암흑이 암흑 위에서 눈을 뜨고
꽃을 푸른 이빨이라 부르는 소리,
그 소리는 분명히 보이고 있었는데,
나는 알고 있었다.
나를 껴안아줄 당신의
두 팔은 들판에 누워 있다고
소리가 말해주는 것을
암흑에 눌려 부드럽게 말라 가는
푸른 손바닥과 팔이 있는 것을
빛 속에서
휘파람 부는 별이 있다는 것을,

나는 사면 벽에 별의 눈을 가진 다섯 개 손톱으로
무늬 지은 푸른 불 속으로
스미는 암흑처럼
만져보고 있었다.
들판에서 흐느끼는 젖은 흙들이 있었던 푸른 손톱을
가시와 가시로 짜이는 암흑이 있었던 푸른 손톱을
꽃 속에서도 암흑을 보는 푸른 손톱과

흰 뼈만 남은 여자가 있었던 푸른 손톱을
그리고 부서진 심장을 흐르는
따스한 피들이 있었던 푸른 손톱을,
들리지 않게 말하는 소리들이여
푸른 별의 눈을 가진 다섯 개 손톱은
부패하지 않는 사면 벽에 문신을 새긴다.
사면 벽에서 잠드는 가시들을 만지면서
소리들은 날카롭게 만날 것이다.
푸른 이빨이 암흑을 물어뜯고
가시 속 찢어진 혈관을 흐르는
피들이 푸른 빛으로 식어가는 시간과
날카롭게 만날 것이다.
그리고 별빛의 껍질이 떨어지는 사면 벽에 불을 켜고
별의 눈을 가진 다섯 개 손톱들은
살이란 살은 다 찢어버린 肉身의
가시수풀을 짤 것이다.
푸름 위에 푸름을 눈 뜨는 그 자리에

1969년 4월에 창간된 ≪현대시학≫이 제 1회 추천자로 내보낸 조
정권의 이 작품은 색채어가 갖는 상상력의 증폭을 보여준다. '푸른
꽃', '푸른 횃불', '푸른 빛', '푸른 이빨', '푸른 손바닥', '푸른 불',
'푸른 손톱', '푸른 별', '푸름' 등 절망과 그것을 이겨내는 강인한 정
신력의 싸움을 모두 푸른색으로 보여주는데 싸움의 긴장만큼이나 색
채의 밀도도 팽팽하다.
　　개념의 논리로 바라보자면 '별의 눈을 가진 다섯 개의 손톱'의 형
상화가 미흡하게 여겨지지만 이미지의 논리로 보자면 절망의 푸른
색은 꽃→횃불→이빨→손톱으로 바뀌는 시행의 전개를 따라 자연스

러우면서도 결집력 있게 희망의 푸른색으로 전이되고 있음을 알 수 있다.

15) 거울 / (≪현대문학≫, 1972. 4) / 愼達子

거울 앞에 서면
한올의 얽힌 머리에
門이 열린다.

깊은 잠결에도
깨어있는 바람
황급히 나의 손목을 끌며
거울 속에서
한잔의 정갈한
藥水를 떠올린다.

한장의 봉지마다
하나의 소원을 불어넣던
어머님
팔다남은 빛바랜 봉지 속에서
눈물을 비우며 門을 닫는다.

지난날의 후회가
먼빛으로 보이는 거울 안
흰 양떼를 몰고
젊은날의 期待가 걸어나온다.

藥水잔에 흔들리는

그분의 生涯

아침마다 대하지만
늘 다른 모습으로 비치는
自敍傳的 아침 거울

生命線이 짧은
어머니의 손금 위에
붉게 타는
저녁놀

거울 속에
서서히 門이 닫히고 있다.

이 시는 거울을 소재로 어머니의 삶을 선명한 이미지로 부조해 놓
았다. 추천자였던 박목월·박남수·김상옥은 "그는 초기의 주관적 서
정세계에서 탈피하게 되고, 일상생활적인 소재를 다루는 안이성에서
벗어나 내면세계에 대한 깊이 있는 통찰과 침잠, 기법의 확실성을 체
득하게 되었다. 또한 그의 추구력의 심각성은 작자자신의 인간적인
성숙과 더불어 시의 저변을 심화·확대하여 시세계에 무게를 더해
갈 것이다."라고 기대하고 있는데 이 시에서도 거울의 문을 열고 그
속에 침잠함으로써 '한잔의 정갈한 藥水', '팔다 남은 빛 바랜 봉지',
'어머니의 손금 위에 붉게 타는 저녁놀'로 나타나는 어머니와 자신을
겹쳐서 볼 줄 아는 통찰력을 엿볼 수 있다.

16) 山門에 기대어 / (≪문학사상≫, 1975. 4) / 宋秀權

누이야
가을山 그리매에 빠진 눈썹 두어 낱을
지금도 살아서 보는가
淨淨한 눈물 돌로 눌러 죽이고
그 눈물 끝을 따라가면
즈믄밤의 江이 일어서던 것을
그 강물 깊이깊이 가라앉은 苦腦의 말씀들
.돌로 살아서 반짝여 오던 것을
더러는 물속에서 튀는 물고기같이
살아오던 것을
그리고 山茶花 한 가지 꺾어 스스럼없이
건네이던 것을
누이야 지금도 살아서 보는가
가을山 그리메에 빠져 떠돌던, 그 눈썹 두어 낱을
기러기가 강물에 부리로 가는 것을
내 한 盞은 마시고 한 盞은 비워 두고
더러는 잎새에 살아서 튀는 물방울같이
그렇게 만나는 것을,

누이야 아는가
가을山 그리메에 빠져 떠돌던
눈썹 두어 낱이
지금 이 못물 속에 비쳐옴을.

박남수는 추천하면서 "작품세계는 다양했지만 밑바닥에 흐르는 것
은 한국적인 恨이라고나 할까, 뭣인가 좀 답답하면서도 남의 것이 아

닌 그런 것이었다."고 평하였으며, 김용직은 "서정시가 갖추어야 할 몇 가지 요건을 개략적으로 찾아낼 수 있다. 시의 내면공간과 여기 나오는 토속어 구사의 능력, 그리고 그의 작품 여러 군데에 번뜩이는 관계설정의 맛이 뿌리를 내린다면 장차 우리 주변에서도 독특한 목소리를 기대해 낼 수 있을지 모른다."고 말하고 있다.

아닌 게 아니라 송수권은 전통적인 서정시의 가락을 빌려 한민족의 한과 그것을 극복하려는 서민들의 의지를 긍정적으로 포착하고 있다. 한이라고 하면 나약한 것으로 여기기 쉽지만 "淨淨한 눈물 돌로 눌러 죽이고/그 눈물 끝을 따라가면/즈믄밤의 江이 일어서던 것을/그 강물 깊이깊이 가라앉은 苦惱의 말씀들/돌로 살아서 반짝여 오던 것을/더러는 물속에서 튀는 물고기같이/살아오던 것을/그리고 山茶花 한 가지 꺾어 스스럼없이/건네이던 것을"에서처럼 한이 많다고 눈물바람이나 하고 살아오지는 않았던 조상들의 지혜를 다시 살려내고 있는 것이다. 때문에 서정시가 흔히 가지기 쉬운 나약함 대신 은근과 끈기를 유장한 가락으로 풀어내고 있다.

17) 장미원 / (≪시문학≫, 1976. 4) / 辛 進

　　그대는 항상 처녀의 가슴으로 나의 손바닥을 묻어주며
　　차마 시들어 버릴 순 없는 시간을 가르친다

　　不眠의 식물
　　示威에서 돌아온 나는 창백한
　　들짐승
　　그대 손바닥 안에서 睡眠하였다.

　　愛情의 마지막 가시밭에서

가슴 찔리다, 가슴 찔리다 그대의 무릎에 비로소 잠이 들면
한 평생
그렇게 살아도 슬프지 않는 땅이 내게 있었다.

　장미원을 '그대'로 의인화시킨 이 시는 모든 것을 다 받아주는 이
상적인 사랑을 식물적 상상력으로 형상화시키고 있다. 시대적 야만에
대항하고 있는 나는 '창백한 들짐승'인데 '장미원'은 그런 내게 '차마
시들어 버릴 순 없는 시간을' 가르치며, '손바닥 안에서' 쉬게 하는
이상향인 것이다.
　이원섭은 추천사에서 "현대적인 자세와 감각이 아주 매력있게 느
껴졌다."고 말하고 있다.

18) 鍾 / (≪현대시학≫, 1977. 4) / 河賢埴

1
벗은 나무들이여
오보에를 불고 있다.
드러난 허리를
햇빛 자락으로 가리고
오뉴월의 다랑어가 꾸는
꿈 속으로 숨는
눈발에 젖고 있다.

2
눈이 그친 뒤에도
밤이 온다.
암내낸 개들은

흰 이빨 안으로
목청을 감추고
솔숲에 와서
떨어져 눕는다.
입을 다문 나무 위에
까치떼 몰려와 울고 있다.

'종'을 회화적이면서도 후각적으로 그려낸 이 시는 아름다운 유화를 보는 듯하다. '벗은 나무'와 '드러난 허리', '암내낸 개'가 환기시키는 관능적 감각을 '오뉴월의 다랑어가 꾸는/꿈속으로 숨는/눈발', '입을 다문 나무'로 처리하여 전체적인 색감을 부드럽게 조화시킨 이 시의 추천자는 전봉건이다.

19) 生命 · 1 / (≪문학과 지성≫, 1977. 겨울) / 文忠誠
   ― 콩밭에서

차가움 속에 나자빠져 얼마만한 세월을 속썩여 왔나
캄캄한 따스함이
내 속을 울렁인다, 어둠을 밀어내야지.
내 生成의 넋을 지그시 누르는 이 숨막히는
어둠을, 흙속에 뿌리내리고 이제
눈부신 빛을.

환한 세상에서 살다 가야 해, 내가 열심히 살면
이 세상 있는 자그마한 기쁨의 씨앗들 푸른 눈 트고
한숨 몰아낸 바로 그 자리
별빛 같은 즐거움은 알알이 깨어나리.

뜻만 있으면 바윗덩이 뒤엉킨 빌레왓인들
내 삶은 풍요롭고 잡초들이
내 목숨을 겨냥한다 할지라도
끄떡없이 漢拏山을 이고 살리.

콩깍지를 뚫고 이 세상에 얼굴 내밀 때 처음
바람을 만났지, 濟州 바람은 모질게 내
목숨을 흔들어 놓았지만 바람결에
귀가 열리면서 바다 소리를 깨달았어, 이내
바다 소리는 내 귀에 얼얼히 피맺혀 오고.
내 눈에 떠나지 않는 것은 손금에
묻어 온 나의 죽음이었지.

　콩이 싹트는 모습을 통해 생명의 힘과 아름다움을 구체적으로 보여주고 있는 이 시는 '차가움', '어둠', '한숨', '바람'과 '따스함', '빛', '즐거움', '바다소리'를 대립적인 이미지로 구조화하고 있다. 하지만 생과 사는 이원적으로 대립되는 것이 아님을 깨닫고 있으니, 1연에서 내 속을 울렁이게 하는 생명의 파동은 '캄캄한 따스함'에서 태어난다. 또한 4연 '내 눈에 떠나지 않는 것은 손금에/묻어 온 나의 죽음이었지.'에서 보듯 생명의 영속성은 삶과 죽음을 관통하고 있는 것이다.
　이 시에서는 제주도의 자연이 3연의 '한라산', 4연의 '제주바람' 정도로 등장했지만 생명의 영속성과 제주도의 자연, 역사, 현실은 그의 시가 끈질기게 추구하는 주제가 된다.

2. 신춘문예 당선 작품

1) 噴水 / (≪동아일보≫, 1956) / 黃 命

그것은
오늘을 넘어서
눈물과 한숨을 拒否하는
意慾의 嚆矢.

싱싱한 心臟으로 하여
목숨의 기꺼운 보람을 겨누고
뒤미치는 핏발
아니면 물결이었다.

도시 기막힌 이야기나
미칠 듯 그리운 이름을랑
제마다의 가슴 속에
―먼 훗날의 아름다운 記憶을 위하여
한 개 碑石을 아로사겨 두자.

지금 여기 殺戮의 休息時間 같은
더 없이 不安한 地域에서도
비둘기는
方向을 찾아야 하고

어쩔 수 없이 地表가 失色한
이렇듯 荒涼한 뜰에서도
무궁화는

다시금 피어야 한다.
그것은
눈물이나 한숨만으로
이루어질
보람은 아니었기에…

來日에로 向을 하여
뜨거운 입김(呼吸)과
새로운 믿음(信念)을 뿜는
우리들의
無限한 가슴이었다.

　이 시는 분수를 통해 온갖 절망과 비애를 뛰어 넘으려는 시적 의
식을 보여주고 있다. '그것'으로 표현되는 분수를 "오늘을 넘어서/눈
물과 한숨을 거부하는/의욕의 효시"로 파악하면서 현실의 '불안'을 비
둘기를 통해 방향을 찾아야 하고, '황량한 뜰'에서도 무궁화는 피어
야 한다는 신념을 보이고 있다.

2) 休戰線 / (≪조선일보≫, 1956) / 朴鳳宇

　山과 山이 마주 향하고 믿음이 없는 얼굴과 얼굴이 마주 향한
항시 어두움 속에서 꼭 한번은 천둥같은 火山이 일어날 것을 알
면서 요런 姿勢로 꽃이 되어야 쓰는가.

　저어 서로 응시하는 쌀쌀한 風景 아름다운 風土는 이미 高句麗
같은 정신도 新羅 같은 이야기도 없는가. 별들이 차지한 하늘은
끝끝내 하나인데…… 우리 무엇을 불안한 얼굴의 意味는 여기에
있었던가.

모든 流血은 꿈같이 자고 지금도 나무 하나 안심하고 서있지 못할 曠場. 아직도 정맥은 끊어진 채 休息인가 야위어가는 이야기 뿐인가.

언제 한번은 불고야말 독사의 혀같이 징그러운 바람이여. 너도 이미 아는 모진 겨우살이를 또한번 겪으라는가 아무런 罪도 없이 피어난 꽃은 시방의 자리에서 얼마를 더 살아야 하는가 아름다운 길은 이뿐인가.

山과 山이 마주 향하고 믿음이 없는 얼굴과 얼굴이 마주 향한 항시 어두움 속에서 꼭 한번은 천동같은 火山이 일어날 것을 알면서 요런 恣勢로 꽃이 되어야 쓰는가.

조국의 분단 상황과 민족의 비극적 현실을 울분, 저항, 우수, 동경의 마음을 가지고 삶과 죽음의 존재가치를 묻고 있다. 심사위원인 김광섭은 "시상과 표현이 바로 깨어 있는 까닭이다. 이 시는 「휴전선」의 위치에 서 있는 사람으로 하여금 새로운 느낌을 가지게 하고 새로운 의미를 열어 보기 위하여 새로운 형성력을 발휘하고 있다."라고 평했다.

국토에 가로놓인 휴전선에서 '요런 자세로 꽃이 되어야 쓰는가', '불안한 얼굴의 의미는 여기에 있었던가', '아직도 정맥은 끊어진 채 휴식인가 야위어가는 이야기뿐인가', '아름다운 길은 이뿐인가'라는 죽음에의 산화를 보이고 있는데 특히 이 작품은 전쟁의 내음을 풍기지 않으면서 민족의 아픔과 '꽃'을 통한 동경의식을 울분과 우수로 표현하고 있어 시적 가치를 높이고 있다.

3) 바람 불다 / (≪동아일보≫, 1964) / 李 炭

地表 위의 時間이 인다

도미의 피리 소리와
寺院入口의 木鐸소리
그리고 저 山 언덕의 砲聲
내가 오늘 記憶할 수 있는 것들은
全部, 꽃잎같이 地表 위에 쌓여 있다.
지난밤, 어머니의 신음소리도 어느 나무등걸 밑으로 떨어졌을
것이다.
「新羅 마지막 임금의 哀話도 깊은 갈잎 속에 묻혀 있을테지」

어느해 가을
코스모스 핀 墓地에서
나는 異常한 꽃을 보았다.
少女, 少年, 老人과 아주머니의 얼굴을 한 꽃송이들
生命의 빛깔들.

世界의 空氣가 엷은 목에서 흘러내리고 가냘픈 손을 흔들면
손 사이로 흐르는 愛情의 感度와
세월의 매듭,
地球의 한모퉁이에서 접히는
生命의 나래
十餘年前 낯선 고장의
피난살이와 風物은
지나간 것일까

絶望이 天障보다 낮아
목을 주리며
一九五〇년 以後의 거리와
室內에서 항시 亂舞하듯 헝클린

머리칼

當時 二百間通의 아이들과 그녀석들의 철없는 時間은

비듬처럼 떨어져

地表를 덮었다.

휘트먼의 달구지는 지나갔는지 모른다.

에머슨의 「죽는 人間」과 헤밍웨이의 「老人」은 죽음을, 이기지

못했을 것이다.

모든 사람과 움직일 수 있는 것은 다 지나갈 것이다.

그러나

나의 피가 흐르는

地表가 있다. 여기서 부는

生命의 바람이여

나의 목숨을 돌아가는 바람에

나는 人情을 안다.

바람부는 地表 위의 時間은

지나갈 수 없는

피의 샘,

여기서 彈皮의 目的을 說明하라.

여기서 르노아르의 女人을 사랑하라.

여기서 나의 학문은 무엇인가 물어보라.

地表 위의 時間이 인다.

피의 샘,

훈훈한 아지랭이 같은

저 뿌리 밑의 時間이 인다.

개인적 경험을 역사적 사실과 결부시켜 토로하면서 절망과 비애의

현실에 부는 바람을 포착하고 있는 이 시는 유연한 리듬과 사유의 반추를 통하여 인간의 근원적 가치를 묻고 있다. 심사위원이었던 김현승·조지훈은 "현실의 사물을 통하여 불멸의 인간 가치가 무엇인가를 노래하는 시 정신이 건전하고 그 표현이 더러는 의젓하면서도 아무런 기성 수법이나 유형에도 감염되지 않은 자기다운 데가 귀중하였기 때문이다."라고 평했다.

당면하고 있는 시대의 어둠, 혹은 개인의 비극적 삶을 극복하기 위한 첫 단계는 정직하게 사태를 바라보는 것이다. '十餘年前 낯선 고장의/피난살이와 風物', '絶望이 天障보다 낮아/목을 주리며/一九五〇년 以後의 거리와/室內에서 항시 亂舞하듯 헝클린/머리칼/當時 二百間通의 아이들' 같이 참담한 현실을 제시하고 있으면서도 바로 거기에서 생명의 빛깔을 볼 수 있기에 시인은 '地表 위'에서 '훈훈한 아지랭이 같은/저 뿌리 밑의 時間'을 느끼는 것이다. 끈질기게 거듭되는 사유의 힘과 역사성의 교직이 눈여겨볼 만하다.

4) 貧弱한 올페의 回想 / (≪조선일보≫, 1964) / 崔夏林

나무들이 日前의 폭풍처럼 흔들리고 있다.

먼 意識을 橫斷하여 나의 場所는 不在의 손을 버리고
쌓여진 날이 비애처럼 젖어드는 쓰디쓴 理解의
속,
退去하는 계단의 광선이 거울을 통과하며, 시간을 부
르며, 바다의 脚線 아래로 빠져나가는,
오늘도 외로운 發端인
우리……

아아, 무슨 根據로 물결을 출렁이며, 아주 끝나거나 싸늘한 바다로 나아가고자 했을까?

나아가고자 했을까?

機械가 의식의 잠 속을 우는 허다한, 허다한 港口여.

內部로 쌓인 눈들이 수없이 作別하며 흘러가는 나여.

*

이 雲霧 속, 찢겨진 屍身들이 걸린 침목 아래서 나뭇잎처럼 토해 놓은 우리들은 오랜 붕괴의 부두를 내려가고. 저 時間들, 背信들, 植樹와 같이 심은 별—

우리들의 소유인 이와 같은 것들이 肉體의 격렬한 通路를 지나서

不明의 아래 아래 퍼져 버리고

*

울부짖음처럼 회색의 눈 속을 나누어 간 때 없는 날의 종교가 정처없이 분별의 장소를 향하여 달려지고.

*

차가운 결정을 한 가지새에서. 헤매임의 이휘에 걸려, 裸裸히

그 무거운 팔을 흔들고.

*

나의 가을을 잠재우라. 痕迹의 湖水여,

지금은 물속의 봄, 潛跡한 故鄕의

말라들어가는 응시에서

핀

보라빛 꽃을 본다.

나무가 장난처럼 커오르고, 푸르디 푸른 벽에 감금한 꽃잎은

져 내려 바다의 분홍빛 몸을 얼싸고

직모물의 무늬같이 不動으로 흐르는
기나긴 철주를 빠져나와, 우리들은 모두
떠오른다.

旅人宿처럼 낯설게 임종한 그 다음에 물이 흐르는 肉
體여.
아득히 다가와 주고 받으며 멀어져가는
비극의 시간은 西山에 희고 긴 비단을 입고, 오고 있
다. 오고 있다, 아주 장대하고 단순한 물결 위에서….
아아, 유리디체여!

(유리디체여. 달빛이 죽어버린 철판 위 人間의 땀이 어
룽져 있는 건물 밖에는 달이 떠 있고, 달빛이 기어들어와
파도소리를 내는 철판 위,
빛낡은 감탄사를 손에 들고 어두운 얼굴의 목이 달을
돌아보면서서 있다.)

푸르디 푸른 鉉을 律法의 칼날 위에 세우라.
소리들이 떨어지며 빠져나가며 매혹하는 음절로 칠지
라도, 너는 멀리 故鄕을 떠나서 긴 팔굽만을 슬퍼하라.
들어가라. 들어가라, 계량하지 못하는 조직 속
밑푸른 심연 끝에 사건은 매달리고 붉은 황혼이 다가
오면 우리들의 결구도 내려지리라.

아무런 이유도 놓여 있지 않은 空虛 속으로 어느날 아
이들이 쌓아버린 언어.
휘엉휘엉한 철교에서는 달빛이 상처를 만들어 쏟아지
고 때없이 걸려진 거기

나는 내 正體의 智慧를 흔든다.

들어가라, 들어가라. 下體를 나붓기며. 海岸의 아이들
이 무심히 선 바닷속으로.

막막한 江岸을 흘러와 쌓인 死兒의 場所. 몇겹의 죽엄.
장마철마다 떠내려 온, 노래를 잃어버린 神들의 항구
를 지나서,

유리를 통과한 투명한 漂流物 앞에서 交尾期의 어류들
이 듣는 파도 소리.
익사한 아이들의 꿈.

기계가 창으로 모든 노래를 유괴해 간 지금 무엇이 남
아 눈을 뜰까?

…下體를 나붓기며 해안의 아이들이 무심히 선 바다속
에서.

이 시는 우리 사회를 조이고 있는 권위적인 체제 안에서 자유를
추구하는 의지를 형상화하고 있다. '올페'는 그리스 신화에 나오는
인물로 수금 켜는 솜씨가 훌륭해 짐승까지도 그 음악에 매혹당 했다
고 한다. 죽은 부인 '유리디체'를 구하기 위해 저승까지 찾아가 그
수금솜씨로 하데스를 감동시켰다는 인물인 '올페'는 뒷날 흔히 시인
으로 비유되었다.

최하림은 '빈약한'이라는 형용사를 '올페' 위에 얹음으로써 '모든
노래를 유괴해 간 지금' 시인의 자세를 노래하고 있다. 심사위원이었

던 박두진·박목월은 "형상과 내적 세계의 표출에 완전한 조화를 이루어 충분한 참신하고 원융한 일품을 이루었다"고 평하고 있다.

5) 內亂 / (≪경향신문≫, 1965) / 金鍾海

낙엽이내린다. 雨傘을들고.
帝王은운다헤맨다. 검은碑閣에어리이는
帝王의깊은밤에낙엽은내리고
어리석은民衆들의횃불은밤새도록바같에서
闕門을두드린다.
깊은돌층계를타고내려가듯
한밤중에燭臺에불을켜들고
闕안에내린낙엽을投石을
맨발로밟고내려가라내려가라
내려가라깊고먼地境에沈潛하여
帝王은행방불명이된다. 帝王은
화구의불구멍이라自己혼자뿐인거울속에서
여러개의卓子위에내린
낙엽이되고投石이되고
獨裁者인나는맨발로난간에나가앉아
벽기둥에꽂힌살이되고
깊은밤이된다. 帝王은군중속에떠있는
외로운섬인가, 낡은法廷의흔들리는벽을헐어
이한밤짐에게碑文을써다오
火焰인채무너지는大理石처럼깊은밤인경은
侍女같이누각에서운다누각에서떠난다
아, 한장의풀잎인가迷宮속에서
內殿에세워둔내銅像은흔들리고

나는거기가서꽂힌匕首가되고
한밤동안石段을내리는물든가랑잎에
붉은龍床은젖어
雨傘을들고帝王은운다혜맨다.

  '나'와 '帝王'으로 분리된 시적 화자의 분열과 혼란, 방황과 행방불명 상태를 띄어쓰기 없이 촘촘히 붙여씀으로써 효과적으로 표현하고 있는 이 시는 의식세계의 흐름을 지적 직관으로 형상화하고 있다. '밤', '碑閣', '碑文'과 '내린다'라는 동사의 반복을 통해 '제왕/독재자'인 나의 흔들림과 죽음을 들뜨지 않고 차분하게 보여주고 있다.

  심사위원이었던 조지훈·박목월은 "「內亂」은 작자의 혼란된 의식 내면의 '內亂'을 표출하는데 성공한 작품이다. 더구나 간결하고도 정확한 수사는 이 시인의 역량을 충분히 보여준다."고 평하였다.

6) 木手의 노래 / (≪중앙일보≫, 1971) / 任永祚

다시 톱질을 한다.
언젠가 잘려나간 손마디
그 아픈 순간의 記憶을 잊고
나는 다시 톱질을 한다.
일상의 고단한 動作에서도
이빨을 번뜩이며, 나의 톱은 정확해,
허약한 시대의 急所를 찌르며
당당히 전진하고 살아오는 者.
햇살은 아직 구름깃에 갇혀 있고
차고 흰 所聞처럼 눈이 오는 날
나는 먼지낀 창가에 서서

原木의 마른 來歷을 켜고
갖가지의 失策을 다듬고 있다.
자네는 아는가,
대낮에도 허물어진 木手들의 날림 塔.
그때 우리들 피부 위를 적시던
뜨거운 母情의 긴긴 탄식을
그러나 到處에 숨어 사는 技巧는
날마다 허기진 대팻날에 깎여서
설익은 要領들만 빤질빤질 하거던.
밖에는 지금
집집이 제 무게로 꺼져가는 밤,
한밤내 눈은 내리고
드디어 찬 방석에 물러 앉는 山
내 꿈의 거대한 山이
흰 무덤에 얼굴을 파묻고 운다.
죽은 木手의 기침소리 들리는
깊은 잠의 숲 속을 지나, 나는
몇 개의 차디찬 豫感,
새로 얻은 몸살로 새벽잠을 설치고,
문득 고쳐잡는 톱날에
凍傷의 하루는 잘려 나간다.
잘려나간 시간의 아픈 빛살이
집합하는 住所에 내 목이 뜬다.
온갖 바람의 멀미 속에서
나의 뼈는 견고한 白蠟이고
머리카락 올올이 성에가 희다.
저마다 손발이 짧아
나누는 눈인사에 눈을 찔리며

바쁘게 드나드는 이 겨울,
또 어디에선가
木手들은 자르고 있다.
關節 마디 마디 서걱이는 겨울을
模索의 손 끝에 쥐어지는
가장 신선한 꿈의 骨格을
나도 함께 자르고 있다.
언젠가 잘려나간 손마디
그 아픈 순간의 記憶을 잊고
나는 다시 톱질을 한다.

　보편적이고 일상적인 삶에서 그래도 '신선한 꿈'을 다듬어 나가는
행위를 '톱질을 한다'고 비유한 이 시는 재기발랄한 착상과 날카로운
비유가 돋보인다. '설익은 要領들만 빤질빤질'한 세상이라도 '허약한
시대의 急所를 찌르며/당당히 전진하고 살아오는 者'가 있어 역사의
진전이 이루어지는 법, 손마디 잘려나간 아픈 기억과 '關節 마디 마
디 서걱이는 겨울을' 이기는 의지가 전체적으로 균형잡혀 있으면서
건강하다. '비교적 건강한 윤리로 이 작품의 무게를 더한 점에서' 당
선작으로 뽑는다는 심사위원 김현승·박남수·김종길의 평도 이 건
강성을 높이 산 것으로 보인다.

7) 瞻星臺 / (≪대한일보≫, 1973) / 鄭浩承

할머님 눈물로 첨성대가 되었다.
一平生 꺼내보던 손거울 깨뜨리고
소나기 오듯 흘리신 할머니 눈물로
밤이면 나는 홀로 첨성대가 되었다.

한단 한단 눈물의 화강암이 되었다.
할아버지 대피리 밤새불던 그믐밤
첨성대 꼭 껴안고 눈을 감은 할머니
繡놓던 첨성대의 등잔불이 되었다.

밤마다 할머니도 첨성대되어
댕기 댕대 꽃댕기 붉은 댕기 흔들며
별 속으로 달아난 순네를 따라
冬至날 홀린 눈물 北極星이 되었다.

싸락눈 같은 별들이 싸락싸락 내려와
첨성대 우물 속에 퐁당퐁당 빠지고
나는 홀로 빙 빙 첨성대를 돌면서
첨성대에 떨어지는 별을 주웠다.

별 하나 질 때마다 한방울 떨어지는
할머니 눈물 속 별들의 언덕위에
버려진 버선 한 짝 남몰래 흐느끼고
붉은 명주 옷고름도 밤새 울었다.

여우가 아기무덤 몰래 하나 파먹고
토함산 별을 따라 산을 내려와
첨성대에 던져논 할머니 銀비녀에
밤이면 내려앉는 산여우 울음소리.

첨성대 창문턱을 날마다 넘나드는
동해바다 별 재우는 잔물결소리
첨성대 앞 푸른 봄길 보리밭 길을

빗장이 따라가던 송아지 울음소리.

빙 빙 첨성대를 따라 돌다가
보름달이 첨성대에 내려 앉는다.
할아버진 대지팡이 첨성대에 기대놓고
온 마을 石燈마다 불을 밝힌다.

할아버지 첫날밤 켠 촛불을 켜고
첨성대 속으로만 산길가듯 걸어가서
나는 홀로 별을 보는 日官이 된다.

지게에 별을 지고 머슴은 떠나가고
할머닌 小盤에 새벽별 가득 이고
인두로 고이 누빈 베동정같은
반월성 고갯길을 걸어오신다.

端午날 밤
그네 타고 계림숲을 떠오르면
흰 달빛 모시치마 홀로선 누님이여.
오늘밤 어머니도 첨성댈 낳고
나는 繡놓은 할머니의 첨성대가 되었다.
할머니 눈물의 화강암이 되었다.

   한 땀 한 땀 수를 놓듯 이미지를 교직시키고 있는 이 시는 리듬
역시 율동적으로 살려내고 있는데 '댕기 댕대 꽃댕기 붉은 댕기 흔들
며', '싸락눈 같은 별들이 싸락싸락 내려와' 같은 행이 그 예이다. 심
사위원이었던 박목월, 박재삼은 다음과 같이 평하고 있다.

"이 작품은 우리 정감의 바탕인 지성과 한의 세계를 명암으로 교직시키고 있다. 눈물, 별, 달, 수와 같은 연상군, 할머니, 어머니, 누님과 같은 연상군을 무리없는 발전된 이미지로 잘 엮어내고 있는 솜씨는 비범하다. 3·4조의 시조적인 율격도 잘 살렸거니와 군데군데 부린 조사도 그 묘를 얻고 있다 하겠다. 다만 주제를 확산시키는 데만 골몰할 것이 아니라 그것을 집중적으로 통일하는 데 노력한다면 훌륭한 시인으로 될 것을 믿는다."

8) 斷食 / (≪한국일보≫, 1974) / 金榮錫

　　　　죽음 곁에서 물을 마신다.
　　　　잠든 세상의 끝
　　　　마른 땅 위에
　　　　全身의 어둠을 쓰러뜨리고
　　　　無垢한 물을 마신다.

　　　　너희들의 빵을 들지 않고
　　　　너희들의 옷을 입지 않고
　　　　너희들의 허망한 불빛에 눈 뜨지 않고
　　　　주춧돌만 남은 자리
　　　　다 버린 뼈로 지켜 서서
　　　　피와 살을 말리고
　　　　그러나 끝내
　　　　빈 손이 쥐는 뿌리의 藥.

　　　　바람이 분다.
　　　　無垢한 물도 마르고

씨앗처럼
소금만 하얗게 남는다.

 이 시는 '단식'을 통해 '全身의 어둠을 쓰러뜨리고' '뼈로 지켜 서서' '뿌리의 藥'을 쥐려는 의지를 노래한 것이다. 허망한 물욕을 모두 버리고 존재의 본질을 만나는 모습을 단단하게 표현하고 있다. '無垢한 물도 마르고' 하얗게 남는 소금이 눈부시지만 서걱이는 느낌을 준다.
 심사위원이었던 서정주, 김현승은 "시적 박력과 간결과 정선에 있어 「斷食」은 이론의 여지없이 단연 뛰어났다. 시에 있어 소재 자체가 강렬하다고 시적 형상이 강력하게 되기 마련인 것은 물론 아니다. 오히려 소재에 압도되어 형상에는 무능할 수도 있는데, 이 난점을 이 시는 훌륭히 극복하고 있다."고 평하고 있다.

9) 月蝕 / (≪서울신문≫, 1977) / 金明秀

달 그늘에 잠긴
비인 마을의 잠
사나이 하나가 지나갔다
붉게 물들어
발자국 성큼
성큼
남겨 놓은 채

개는 다시 짖지 않았다
목이 쉬어 짖어대던
외로운 개

그 뒤로 누님은
말이 없었다.

달이
커다랗게
불끈 솟은 달이
슬슬 마을을 가려 주던 저녁

이 시는 달을 먹어 버린 '월식'을 누님의 외로움을 훔친 사나이로
비유하고 있다. 설명을 극도로 생략하고 여백을 많이 줘 독자의 창조
적 상상력이 이 여백을 채우게 유도하는 것이다. 2연에서 '개는 다시
짖지 않았다'와 3연의 '그 뒤로 누님은/말이 없었다'를 통해 개와 누
님의 유사성을 암시한 채 누님의 외로움에 대해서는 언급하지 않은
채 누님의 외로움을 전달하는 데 성공하고 있다. 육감적인 상상력이
아름답게 언어화된 시이다.

심사위원이었던 박목월, 김우창은 이 작품을 다음과 같이 평했다.
"김명수의 세 작품은 참으로 보기 드문 매력을 지닌 작품들이다. 여
기에 표현된 환상은 동화처럼 소박하다. 그러면서도 범속한 동화가
그러기 쉽듯이 진부한 교훈으로 해소되지 않는다. 교훈이 없음으로
하여 풀리지 않는 수수께끼로서 우리의 마음을 자극한다. 이 시들이
나타내고 있는 것은 높고 순수한 환상의 능력이다. 그렇다고 이러한
시가 환상으로만 이루어질 수 있는 것은 아니다. 그것은 그것을 결정
하게 할 수 있는 절제를 필요로 한다. 김명수의 환상력은 요즘의 시
단에서 매우 희귀한 것이다."

10) 塔 / (≪동아일보≫, 1979) / 원구식

무너지는 것은 언제나 한꺼번에 무너진다.
무너질 때까지 참고 기다리다 한꺼번에 무너진다.

塔을 바라보면 무언가
무너져야 할 것이 무너지지 않아 不安하다.
當然히 무너져야 할 것이
가장 安定된 자세로 비바람에 千年을 견딘다.
이렇게 긴 세월이 흐르다보면
이것만큼은 무너지지 않아야 할 것이
무너질 것 같아 不安하다.

아 어쩔 수 없는 무너짐 앞에
뚜렷한 명분으로 塔을 세우지만
오랜 세월이 흐르다 보면
맨 처음 塔을 세웠던 사람이 잊혀지듯
塔에 새긴 詩와 그림이 지워지고
언젠간 무너질 塔이 마침내 무너져
흔적도 없이 사라지고
어디에 塔이 있었는지조차 알 수 없게 된다.

塔을 바라보면 무언가
무너져야 할 것이 무너지지 않아 不安하고
무너져선 안될 것이 무너질 것같아 不安하다.

'탑'을 통하여 불안의식을 내보이고 있는 이 시는 "무너지지 않아 不安하고" "무너질 것같아 不安"한 삶의 모습을 보여주고 있다. 이 시의 기저에는 존재의식까지 짙게 깔려 있다.

심사위원인 전봉건, 신동욱은 "군살을 부식시켜 단단하면서도 윤

기어린 시의 알맹이를 구워내는 바람직한 기량'을 발휘하고 있으며 "세계와 삶의 근원적 실상에 접근하려는 그 시선(사상성이라 해도 좋겠다)은 나름대로 깊이와 넓이를 그리고 애정을 갖추고" 있다고 평했다.

11) 안개 / (≪중앙일보≫, 1979) / 孫鍾浩

이것은
洞察의 거울에 번지는 피.
그대 등 뒤로 퉁겨 오르는
虛妄의 파도다.

녹슨 우리의 살을 뚫고
흔들리는
이것은,

새로 한시쯤의 눈물이었다가,
데살로니카전서 5章 3節의
젖은 아픔이었다가,
새벽녘이면 뒷 울안
薔薇의 발등에 차가운 입술을 비빈다.

不可解의 꽃이여.
아득하므로 너의 얼굴은 잔혹하다.
그리고 아름답다.
흐릿한 窓에 이마를 대면 무엇일까, 지느러미를 흔들며 흔들며
홀연 목숨의 맨 안쪽을 깨무는
찬란한 香氣.

손 저으면
마악 밑뿌리를 흔들며 가는
바람 한 자락이여,
빛을 닮은 커다란 손 하나가
또 다시 서녘 한 페이지를 넘길 때 말하라,
우리의 混沌이
얼마나 건강한 눈물을 키워 왔는가를.

이것은
洞察의 거울에 번지는 피.
그대 등 뒤로 퉁겨 오르는
허망의 파도다.
永遠의 기슭에서 밀려와
永遠의 기슭으로 멀어지는
소리.

이 시는 존재의 원리를 '안개'로 파악하고, '안개'를 다양하게 형상화해 보여주고 있다. 그것은 아득함과 잔혹함 그리고 아름다움을 통합하는 '不可解의 꽃'이기도 하고, '홀연 목숨의 맨 안쪽을 깨무는/찬란한 香氣'이기도 하다. 또 그것은 '허망의 파도'이지만 동시에 '永遠의 기슭에서 밀려와/永遠의 기슭으로' 돌아가는 소리이기에 시인은 '우리의 混沌이/얼마나 건강한 눈물을 키워 왔는가를' 노래하고 있는 것이다.

심사위원인 성찬경, 김용직은 "사물의 존재를 뿌옇게 가림으로써 오히려 사물의 본질을 그 본질로써 있게끔 하는 「안개」는 사물의 존재의 매개요, 원리요, 섭리의 상징으로 풀이할 수 있다. 그 안개는 뭇사물을 가림으로써 잔혹하고 또 그럼으로써 아름답다. 그 깊이를 다

헤아리기 어려운 뿌연 안개가 그렇게 드러날 때, 그것이 바로 안개에
대한 명확한 윤곽이 되는 것이다."라고 평했다.

각주

Ⅰ. 창작의 정신
1) 정재찬, 『한국문학의 리얼리즘과 모더니즘』, 민음사, p.280.
2) 빌헬름 딜타이, 김병욱 외 역, 『문학과 체험』, 우리문학사, pp.65~100 참조.
3) J. R. 크로즈, 권종순 역, 『시의 요소』, 학문사, pp.263~271 참조.
4) 조지훈, 『시의 원리』, 나남출판사, p.39.

Ⅱ. 시의 종자와 성장
1) 이형기, 『당신도 시를 쓸 수 있다』, 문학사상사, pp.211~214.
2) 신경림, 『나의 시, 나의 시학』, 공동체, pp.211~121.
3) 박목월, 『밤 하늘의 산책길』, 삼아출판사, pp.124~126.

Ⅲ. 시의 언어
1) R. Jakobson, *Linguistics and Poetics, in Style in Language* Cambridge Mass, 1960, p.358.
2) I. A. Richards, *Principles of Literary Criticism*(London, Routledge & Kegan Paul Ltd. 1955), p.268.
3) I. A. Richards. *Poetries and Sciences*, (New york, W. W. Nortonco, 1970), pp.58~59.
4) I. A. Richards, 위의 책. p.197.
5) S. Ullmann, 남성우 역, *Principles of Semantics*, p.57.
6) S. Ullmann, *Semantics, An Introduction*(New York, 1962), Chap.7 참조
7) 이승훈, 『시론』, 고려원, 1990, p.138.
8) W. Empson, *Seven types of Ambiguity*(Penguine Books, 1965), pp.234~235 참조
9) W. Empson, 앞의 글, p.28.
10) 정효구, 『현대시와 기호학』, 느티나무, pp.321~324 참조
11) 홍문표, 『시어론』, 양문각, p.259.
12) 박진환, 『현대시 창작이론과 실제』, 조선문학사, pp.223~227.
13) 홍문표, 『시창작강의』, 양문각, pp.249~250에서 재인.
14) V. Erlich, 박거용 역, 『러시아 형식주의』, 문학과 지성사, pp.226~227.
15) 홍문표, 『시창작강의』, p.254.

16) I. Lotman, 유재천 역, 『시 텍스트의 분석』, 가나, pp.193~194 참조

Ⅳ. 리듬의 이해와 자유시

1) M. Eliade, 정진홍 역, *Cosmos and History*, 현대사상사, pp.80~82.
2) W. 카이저, 김윤섭 역, 『언어예술작품론』, 대방출판사, p.374.
3) 벤야민 흐루쇼브스키, 박인기 역, 『현대시의 이론』, 지식산업사, 1989, p.116.
4) 문덕수, 『시론』, 시문학사, p.130.
5) 김흥규, 『한국문학의 이해』, 민음사, pp.148~149.
6) 김준오, 『시론』, 삼지원, pp.91~92

Ⅴ. 시의 상상력

1) R. L. Brett, 심명호 역, 『공상과 상상력』, 서울대 출판부, p.59.
2) 구상, 『현대시 창작 입문』, 현대 문학, pp.38~40 참조
3) R. L. Brett, 위 책, 서울대, p.46에서 재인

Ⅵ. 이미지 만들기

1) C. Day Lewis, *The Poetic Image*(London, 1966), p.16.
2) C. Day Lewis, 위 책, p.18.
3) T. E. Hulme, "Romanticism and Classicism", R. B. West(ed), *Modem Literary Criticism* (New York, 1952) pp.128~129.
4) E. Pound, *Literary Essay of Ezra Pound*(Faberand Faber, London, 1954), p.4.
5) C. Day Lewis, 앞 책, p.23.

Ⅶ. 비유의 방법

1) A. Preminger(ed), *Encyclopedia of poetry and Poetics*(Princeton Univ. Press, 1965), p.490.
2) I. A. Richards, *The Philosophy of Rhetoric*(Oxford Univ. Press, 1936, 1979), p.96.
3) T. Hawkes, *Metaphor*(London : Methuen & Co Ltd, 1972), p.1.
4) 김준오, 『시론』, 이우출판사, pp.110~111.
5) Rene Wellek & Austin Warren, *Theory of Literature*(New York : Harcourt, Brace and Company, 1942, 1956), p.185.

Ⅷ. 상징의 방법

1) 문덕수, 앞 책, p.210.
2) 위 책, p.209.
3) 김준오, 앞 책, p.156.
4) 여러 유형이 있으나 여기에서는 보편적으로 나누는 개인적 상징, 대중적 상
   징, 원형적 상징 등으로 유형화하여 살핀다.
5) 김춘수, 「내가 가장 사랑하는 한 마디 말」, ≪문학사상≫, 1976. 6월호.

Ⅸ. 아이러니와 역설의 방법

1) 문덕수, 앞 책, p.251.
2) 홍문표, 『시창작강의』, pp.385~386.

Ⅹ. 패러디와 편의 방법

1) Victor Erlich, 박거용 역, 『러시아 형식주의』, 문학과 지성사, p.334
   참조.
2) M. Bakhtin, "From the prehistory of novelistic discourse", David
   Lodge(ed), *Modern Criticism and Theory* (London : Longman, 1988),
   pp.136~137 참조
3) M. H. Abrams, 최상규 역, 『문학용어사전』, 대방출판사, p.232.

Ⅻ. 화자

1) 문덕수, 앞 책, pp.292~294.
2) 김준오, 앞 책, p.206.

시 용어 사전

● 감각적 이미지(sensual image)

감각적 이미지는 우리의 신체구조에서 외부의 사물에 직감적인 반응을 일으키는 감각기관, 즉 시각·촉각·후각·미각·근육감각·기관감각 등을 통하여 지각될 수 있는 사물이거나 상상될 수 있는 사물을 말한다.

● 감상적 오류(pathetic fallacy)

이 말은 1856년 러스킨이 의인법을 비판하며 처음으로 사용하였는데 감정을 가지지 않은 외적인 현상을 감정이 있는 것처럼 표현하는 것은 무생물에 감정이 있는 것처럼 인식하는 오류를 범하게 한다는 이론이다.

● 감상주의(sentimentalism)

감상이 지나치게 강조되어서 감정의 과장을 보여주는 것을 의미한다. 이것은 슬픔과 고통, 비애를 사실적으로 표현한다기보다 그런 정서에 빠져 있는 상태를 즐기기 위해 인위적으로 조장할 때 생겨난다. 이런 성향은 소녀 취향이나 멜로드라마에서 쉽게 볼 수 있는데 이것은 감상주의가 성숙하지 못한 독자와 관계있음을 드러내는 것이다.

● 감수성(sensibility)

18세기 초 영국에서 문학과 관련된 용어로 사용되기 시작하였다. 처음에는 사랑, 연민, 동정과 같이 부드러운 감정을 느낄 수 있는 사람의 성격을 의미하였으나 나중에는 아름다운 것에 쉽게 반응하는 성격을 의미하게 되었다. 즉 대상이나 사물에 대해서 지적인 판단보다 감정적인 반응이 앞서는 것으로 오관을 통해 사물을 생생하게 체험할 때 형성된다. 현대비평에서 감수성은 엘리어트가 '감수성의 통합'이란 말을 사용하여 새로운 의미를 갖게 되었다. 형이상학파 시인들에 대한 자신의 논문에서 사상까지도 감각을 통해서 파악했다고 하는데 이때 감수성은 지성과 정서가 서로 분열되지 않고 통합된 상태를 가리키는 것이다.

● 감정이입(empathy)

예술작품을 대할 때 우리 자신을 그 예술적 상황과 동일시하는 것을 말하는 것으로 작품에서 감동을 얻게 하는 중요 요소이다.

● 객관적 상관물(objective correlative)

T. S. 엘리어트가 사용한 용어로 일상생활에서의 정서와 문학작품에 나타난 예술적 정서의 절대적 차이를 강조하는 입장에서 사용하였다. 즉 시를 쓸 때 표현하고자 하는 정서나 사상을 관념어로 나타내는 것이 아니라 그것을 어떤 사물이나 정황 혹은 일련의 사건으로 표현해야 하는데 이때 사상이나 정서를 나타내는 그 사물이나 정황, 일련의 사건을 객관적 상관물이라고 한다.

● 경구시(epigram)

2행이나 4행으로 된 지극히 압축되고 날카롭게 다듬어진, 아주 짧은 시를 말한다. 그리스에서 건물이나 묘비, 석상 등에 새기는 단순한 비문에서 유래된 형식으로 18세기말부터 산문에도 쓰이기 시작하였는데 대체적으로 위트·유머·코믹한 표현이 삽입되었다.

● 공감각(synaesthesia)

하나의 감각만을 표현하는 것이 아니라 감각 체험을 억제하거나 분리하지 않고 여러 감각을 혼합시킨 감각 형태를 가리키는 것으로 시각·청각·후각·촉각·미각 등 인간의 여러 감각 중 둘 이상의 감각을 결합한 표현을 공감각적 표현이라고 한다.

● 과학적 진술(scientic statement)

사물이나 존재를 해석할 때 이성적 측면에서 논리적 합리적 체계적으로 사유하여 이를 추상화하고 객관화한 진술을 가리킨다.

● 관념시(platonic poetry)

물질이나 자연 등의 실재를 인정하지 않고 존재하는 것은 다만 인식 주체의 정신에 있는 관념뿐이라는 태도를 가지고 이상과 감정을 주관적 관념으로 드러낸 시를 가리킨다. 이런 시는 감각적이고 정서적인 이미지보다 어떠한 관념·사상·추상적 의미 등을 강조하기 때문에 예술적 아름다움이 부족하고 관념적인 색채가 짙게 드러나게 된다.

● 관점(point of view)

시인이나 작가가 주제와 제재를 보는 방법을 의미하는 것으로 시간적·공간적·철학적인 모든 것들이 작용한다. 시인은 과거를 더 중요시하는가? 아니면 미래에 일어날 것을 중요시하는가? 다루고자 하는 사건에 관하여 어떤 사람의 관점에서 작품을 묘사하는가 등 주제와 제재를 다루는 시인의 태도에 따라 작품은 전혀 다른 모습을 갖게 된다.

● 구조(structure)

작품을 형성하고 있는 여러 요소와 부분들간의 상호관계 전체를 뜻하는 것으로 하나의 작품을 이루는 요소와 부분들은 다양하다. 시의 경우 말뜻, 소리, 이미지, 어조, 작품의 주제, 소재, 문장의 짜임, 시상의 전개방법 등인데 이것이 유기적으로 짜여야 한 편의 시가 완성되는 것이다. 모든 작품들은 언어적으로 창조된 소우주이며, 이 소우주는 그 나름의 가능성과 개연성을 지녀야 하는데, 이러한 관계의 일관성을 구조라 한다.

● 구체시(concrete poetry)

일찍이 그리스에서는 기원전 3세기 경에도 구체시 형태의 시가 있었지만 1953년 스위스 시인 오이겐 곰링거에 의해 창시되면서 오늘날 세계적인 시형태로 발전하였는데 구상시로 부르기도 한다. 이 시의 특징은 철저하게 축소된 언어의 특수한 형태로 타자기로 치거나 인쇄하여 시각적인 효과를 줌으로써 독자의 주의를 끄는 점이다. 시 한 편이 한 개의 단어나 구로 형성되어 있기도 하고, 단어 조각이나 의미 없는 음절들, 심지어는 숫자, 구두점으로 이루어져 있기도 하고 그림이나 사진으로 이루어져 있기도 하다. 에즈라 파운드, E. E 커밍즈, 조나단 윌리암즈 등의 시인이 있다. 우리나라에서는 이상의 시에 구체시의 면모가 엿보인다.

● 극시(dramatic poetry)

운문으로 씌어진 희곡을 말한다. 근대 이후 희극은 산문으로 씌어지고 있지만 중세까지는 희곡이 운문으로 씌어지는 일이 많았다. 현대에는 시적 목적을 위해 극적 형식이나 극의 수법은 사용하는데 연극 상연에는 적합하지 않고 주로 낭송이나 극적 독백을 위해 사용한다.

● 기교(technique)

기교란 세심한 계획적인 절차로서의 양식(style)을 뜻한다. 즉 기교는 감정상의 가치라든가 표현상의 가치라기보다는 형식적 가치를 내포하는 문학적 예술적 장인성을 의미한다. 모든 시인은 얼마간 관습적인 기교를 사용하기는 하지만 영감과 기교 중에서 무엇에 더 중점을 두느냐 하는 논의는 감수성에 대한 개념의 변화와 연계되어 있다. 르네 웰렉은 영감을 불신하고 기교를 중요하게 여기는 점이 낭만주의와 상징주의를 구별하는 요체라고 주장하는데 대부분의 비평가들도 동조하고 있다.

● 기지(wit)

보통 이질적으로 여겨지는 관념을 당돌하게 연결시켜 우스꽝스러운 효과를 내는 표현법으로 신비평에서는 이질적인 사물들에서 유사성을 인지하는 지적 능력으로 보아 아이러니를 만들어내는 중요한 정신작용으로 본다.

● 긴장(tension)

긴장은 상호 보완되는 것 혹은 대립되는 것 사이의 충동이나 마찰을 의미한다. 앨런 테이트는 시에서 긴장이란 문자 그대로의 의미와 은유적 혹은 수식적 의미의 동시존재성(extension과 intension에서 ex와 in을 빼면 tension만 남음)을 의미한다고 주장했다. 즉 시에서 느끼는 긴장감을 말하는데 서로 이질적 요소를 지닌 두 요소들이 한 시속에 공존하기 위해서는 끌고 당기는 팽팽한 힘의 균형이 이루어져야 한다.

● 꼴라쥬(collage)

원래는 화면의 아름다움을 나타내기 위해 종이 · 머리털 · 나뭇잎

등을 오려붙여 보는 사람에게 이미지의 연쇄반응을 일으키게 하는 미술상의 한 기법이다. 그러나 시에서도 비유나 상징을 통하여 뜻하지 않은 기상천외한 효과를 거두는 수법을 가리킨다.

● 낯설게 하기(defamiliarization)

러시아 형식주의자인 쉬클로프스키가 사용한 용어로 시란 우리에게 친숙한 것을 낯설고 생소한 것으로 표현함으로써 타성적이고 관습적으로 작용하는 인간의 의식을 새롭게 각성시키는 것이라고 한 것을 가리킨다. 그는 예술이란 난해성을 창조해내야 하며, 이 난해성을 인식하는 것이 미학적 체험의 본분이라고 생각하였다. 따라서 그는 예술의 목적은 사물들이 알려진 그대로가 아니라 지각되는 그대로의 감각을 부여하는 것으로, 예술의 여러 기법은 사물을 낯설게 하고, 형태를 어렵게 하고, 지각을 어렵게 하고, 지각하는 데 소요되는 시간을 지연시킨다고 말한다.

● 내재율(internal rhythm)

운율이 정형율처럼 밖으로 드러나지는 않았지만 시에 내포되어 있는 시의 호흡을 말한다. 정형시가 일정한 형식, 고정적인 리듬을 가지고 있어서 외형적인 특징을 보여주는 반면 내재율은 이러한 규칙적인 리듬이 아니라 개인적 정감과 심리에 의해 조절되는 운율로 작품의 내용, 의미, 주제에 밀접하게 관련되어 나타나는 것으로 시인의 주관성에 의거한 것이므로 일반화되지 않은 것이다. 대부분의 현대시는 내재율을 지니고 있다.

● 내포(connotation)

시어를 형성하는 주요 개념에 외연과 내포가 있는데 내포는 외연에 속하는 여러 가지 사물이 공통적으로 지니는 필연적 성질의 전체를 의미한다. 즉 외연이 사전적 의미라면 내포는 지시적·환기적 기능을 가졌고, 어의와 어감을 중시하며 함축적이다. 비유, 알레고리, 상징 등은 언어의 내포적 사용으로 만들어지는 것이다.

● 뉘앙스(nuance)

원래 미술용어로 색채나 음영의 정도를 의미했는데 범위가 확대되어 예술전반에 적용되어 작품에 나타난 섬세하고 미묘한 차이를 의미하게 되었으며, 일상생활에서도 분위기, 정조, 미묘한 기분 등의 의미로 사용된다.

● 다다이즘(dadaism)

세계 제 1차 대전의 거대한 파괴력에 직면한 유럽 지식인의 정신적 불안과 공포를 배경으로 1916년에 새롭게 나타난 이 운동은 일체의 예술형식에서 벗어날 뿐 아니라 기성예술의 도그마와 형식을 파괴하였다. '다다'란 아무 의미가 없는 말로서 그 운동의 중심인물이었던 시인 트리스탄 짜라가 붙인 이름이다. 이 예술운동은 앙드레 부르통, 폴 엘리아르, 루이 아라공 등 급진적인 시인의 동조를 얻으며 예술 전반에 커다란 파문을 일으켰으며, 1922년경 해체되었다.

● 동기 부여(motivation)

창작 또는 표현의 기본 동기를 말한다. 문예상으로는 일정한 소재를 예술적 관점에서 해석한 것이 표현의 동기가 되고 다시 그것이 관념을 구체적으로 전개하기 위해 인물과 생활을 조직하여 일정한 플롯을 준비할 때, 이것을 모티프라 한다. 시에서는 시적 발상이나 착상을 유발시키는 시적 동기 유발을 말한다.

● 동일성(identity)

자아와 세계가 만날 때 일어나는 미적 체험으로 자아와 세계가 각각 특수한 성격을 상실하고 새로운 하나의 차원에서 융합된 주객 일치의 경지를 말한다. 바슐라르에 따르면 몽상하는 사람이 말하는 것인지, 세계가 말하는 것인지 구분할 수 없는 경지를 동일성이라고 한다.

● 모더니즘(modernism)

전통적 권위나 도덕을 부정하고 자유와 평등, 근대적 기계문명을 수용한 예술사조로 단일사조가 아니라 20세기 초반 현대예술의 특질을 일컫는 명칭으로 이미지즘, 미래주의, 입체파, 다다이즘, 쉬르리얼리즘 등 다양한 하위 개념을 포함한다. 예술에 대한 새로운 태도, 새로운 기법, 새로운 관점을 가지고 여러 가지 실험적, 전위적인 것들을 모색하였다. 우리 나라에서는 1930년대 이상, 김기림, 김광균 등이 모더니즘의 범주에서 논의되는 시인들이다.

● 모방(imitation)

플라톤은 모방을 실재나 진실이 아닌 그림자를 그대로 복사하는 것으로 보았지만 아리스토텔레스는 모방은 인간의 본능이기 때문에 그 자체가 즐거운 것이라고 보았다. 이에 반해 신고전주의에서는 인간의 심성과 행위의 보편적 양상을 제시하는 재현으로 보았는데 인간의 본질적 특성, 또는 우주적 실재를 모방한다는 생각에서 사물, 특히 인간생활의 표면을 사실적으로 보여준다는 생각으로 변한 것이다. 이것은 특히 근대 소설문학의 발전과 관계가 깊은 개념이다.

● 모티프(motif)

반복되어 나타나는 동일하거나 유사한 낱말, 문구, 내용, 사건을 의미하는데 한 작품에서 나타날 수도 있고 한 작가 또는 한 시대, 한 장르에서 나타날 수도 있다. 우리 나라 문학에서 반복되는 이별

한 님, 두견, 소쩍새나 서양에서의 마녀 이야기, 미녀 이야기 등이
모티프이다.

• 몽따쥬(montage)

프랑스어로 조성(組成)편집이라는 뜻인데 몇 가지 영상을 선회시
키면서 하나의 초점으로 이끌어가는 수법을 지칭했다. 하지만 이
방법은 '필름에 리듬을 부여하는 것', '쇼트로 분해하고 창조적인
순서로 접합하여 현실과는 다른 장면을 이루는 방법', '독립된 쇼트
의 상극·충돌에 의하여 일어나는 아이디어' 등으로 해석하기도 한
다. 오늘날 시에서는 서로 이질적인 사물을 끌어들여 결합시키는
수법을 이른다.

• 무의미의 시(nonsense verse)

김춘수가 제기한 무의미 시는 시에서 역사와 현실을 완전히 배
제하고 일체의 선입관을 중지하는 현상학적 환원으로 몰두함으로써
언어의 물화(物化)라 할 수 있다. 이 때문에 시적 인식은 매우 낯설
고 난해한 인상을 주게 되는데 이는 모더니즘의 철저한 심화이며
극복이라고 할 수 있다.

• 물질적 상상력(l'imagination de la matiere)

바슐라르에 의해 논의된 것으로 그에 의하면 정신의 상상력은
두 가지 아주 다른 방향으로 전개된다. 하나는 신기한 것을 앞에
두고 자유롭게 그 몫을 드러내는 것으로 형식적 상상력이고 다른
하나는 물질적 상상력으로 자연 안에서 원초적이고 본원적인 것과
영원성을 동시에 발견하려고 노력한다는 것이다. 이 물질적 상상력
을 다시 불, 공기, 물, 흙을 들고 상상력의 영역에 있어서 4원소의
법칙을 확립하려고 노력하였다.

● 사물시(physical poetry)

사물시는 사상이나 어떤 의지를 배제하고 사물의 이미지를 중시하는 시로서 사물의 이미지만으로 성립시키는 시를 말한다. 이때 관념이나 정서는 물론, 의식까지도 사물적 이미지에 의탁되기 마련이다.

● 산문시(prose poem)

산문체의 서정시, 즉 산문으로 시적 요소를 갖춘 서정시의 일종을 의미한다. 정형시와 자유시가 외형적이건 내재적이건 간에 어떠한 율적 해조의 성분을 갖는데 비해 산문시는 전혀 이런 것에 관여하지 않는다. 그러나 산문시도 시인 이상 리듬은 없을지라도 형태상의 압축과 응결은 있어야 하며 시정신의 결정을 필요로 한다. 보들레르의 「파리의 우울」에서 처음 이 명칭이 사용되었다.

● 상상력(imagination)

지적 능력과 의지, 기억과 구별되는 인간의 정신능력으로 코올리지가 말했듯이 지각으로 하여금 마음에 환기되게 하고 용해되게 하는 것이다. 일반적으로 상상력을 정신활동의 표준으로 보고 여기에서 사물들이 창조되거나 상상되는 것이며, 상상력이 작용하기 때문에 사물들이 작가나 시인들의 마음속에 의식화되기 시작한다. 바슐라르는 이를 존재생성의 내면적인 힘으로 보았고 최재서는 체험과 체험을 잇는 고리역할로 보았다. 일종의 창조적 정신작용이다.

● 상징(symbol)

일반적인 의미의 상징은 그 자체로서 다른 것을 대신하는 사물 일체나 기호를 뜻한다. 아라비아 숫자는 어떤 수량을, 태극기는 대한민국을, 연꽃은 불교를, 십자가는 기독교를 나타내는 것이 상징의 예이다. 그러나 문학에서의 상징은 앞의 예들처럼 지시적이고, 단일한 의미를 나타내는 게 아니라 의미의 폭이 넓고 암시적인 것이 특징이다.

● 상징주의(symbolism)

일반적으로는 상징을 많이 사용, 상징의 체계를 갖는 문학을 상징주의라고 할 수 있는데 특히 19세기 중엽 프랑스에서 일어난 문예사조를 가리킨다. 중심적 인물은 보들레르, 베를레느, 말라르메 등이었으며, 분명하게 감각이 되는 실제의 사물보다 그것이 암시한다고 생각되는 신비하고 영원한 세계를 찾고자 하였다 이들의 작품은 미묘한 상징들로 가득 차 있으며, 암시적인 분위기가 매우 강하였다. 특히 말라르메는 언어가 가지고 있는 음악성을 최대한 살리기 위해 언어에 무서운 강제력을 행사하였는데 말을 악보의 음표처럼 쓴다는 말은 그가 남긴 말이다.

● 서경시(敍景詩)

자연의 풍경을 그림을 그리듯 묘사한 시로서 단순한 서경만의 재현이 아니라 그 속에 시인의 정조나 심리상태, 그리고 암시를 집어넣어 분위기·느낌·감정 등의 뉘앙스를 환기시키는 시로 서정시에 속한다.

● 서사시(epic)

장중한 문체로 진지하고도 심각한 주제를 다루는 장편의 이야기 시이다. 주로 국가나 민족, 인류의 운명과 관계있는 위대한 영웅의 행위가 중심적인 이야기감이 된다. 서사시는 크게 두 가지로 나눌 수 있는데 원시적 서사시(전승적, 일차적)와 문학적 서사시이다. 원시적 서사시는 개인의 창작이 아니라 구전되어 오다가 나중에 문자로 정착된 것이다. 이것의 가장 대표적인 예가 「일리아드와 오딧세이」이다. 그러나 문학적 서사시는 원시적 서사시를 바탕으로 시인이 창조한 서사시이다.

● 서정시(lyric)

본래 그리스에서 lyra라는 악기에 맞추어 부르던 노래를 뜻했으나 근래에 와서는 문학의 기본 장르인 서정시를 의미한다. 서정은 개인의 감정과 정서를 표현하는 짧은 시이다.

● 순수시(pure poetry)

시에서 비시적인 요소를 제거, 시적 순수차원을 개척하고자 한 시를 가리킨다. 그 지향이 절대차원에 도달하고자 한 점에서 절대시라고 부르기도 한다. 이 시에 대한 구체적 논의는 20세기에 와서 본격적으로 제기됐는데 발레리는 모든 예술이 음악의 상태를 동경한다는 전제 아래 시를 완전히 음악화함으로써 순수시, 절대시의 이념을 세우고자 했다. 이와 별도로 이미지즘도 순수시의 한 예로 말할 수 있다. 한국에서는 시문학파에 의해 불순 목적과 정치적 태도를 배제하고 시다운 시, 예술적인 시를 주창한데서 순수시가 출발했다.

● 아날로지(analogy)

논리학상으로 상호유사점을 기초로 하여 어떤 특수사물에서 다른 특수한 사물로 논급하는 추리를 말한다. 또 언어학에서는 어떤 낱말이 의미와 형식이 다른 낱말과의 연상에 의하여 변화하는 것을 의미한다. 그리고 문학에서는 미지의 것을 암시하기 위해 이미 알고 있는 것을 묘사하는 형식을 말한다. 끝으로 수사학에서는 이질적인 두 의미의 유사점에 의하여 이루어진 비유, 곧 유추로 해석한다.

● 아이러니(irony)

본의와는 반대로 말하거나 또 부정적·소극적 표현으로 도리어

긍정적·적극적 의미를 나타내는 표현법이다. 수사법에서 강조법의 하나로 비꼼과 다소의 풍자가 있는 반어적 표현이므로 겉으로 나타 낸 말로 그 이면에 숨은 뜻과는 반대가 있는 것이 그 특징이다.

● 알레고리(allegory)

추상적 관념을 구체적 비유로써 표현하는 기법으로 원관념 A를 나타내고자 할 때 다른 구체적인 보조관념 B를 사용하여 그 유사 성을 적절하게 암시하면서 원관념을 나타내는 방법이다. 우리말로 는 풍유라고 한다.

● 애매성(ambiguity)

언어에 있어서의 다의성·모호성으로 해석되기도 하는 애매성은 하나 이상의 여러 의미로 생각할 수 있는 낱말, 비유법 등의 특징 을 표현하기 위한 용어이다. 시는 압축된 언어경영으로 정제된 형식 미와 상징미를 나타냄으로 고도로 응축되어 있다. 따라서 한정된 의미의 전달을 넘어서 낱말의 핵심적 의미에 풍부하고도 다양한 암 시성을 더하기도 하고 둘 이상의 의미를 모두 수용할 수 있는 함축 성을 가지기도 한다. 이 때문에 시어는 애매성을 갖기 마련이다. 엠 프슨은 애매성을 일곱 가지로 분류하였다. 1)한 낱말이나 문장이 동시에 여러 방향으로 효과를 미치는 경우 2)두 가지 이상의 뜻이 모두 저자가 의도한 단일한 뜻을 형성하는 데 같이 참여하는 경우 3)일종의 동음이의어로 한 낱말로 두 가지의 다른 뜻이 표현되는 경우 4)서로 다른 의미가 합작하여 저자의 복잡한 정신 상태를 나 타내는 경우 5)일종의 명유로서 그 명유의 두 개념은 서로 잘 어울 리지 못하나, 저자가 한 개념에서 다른 개념으로 옮겨가고 있음을, 즉 그 자신이 불명확에서 명확으로 나아가고 있음을 보이는 경우 6)한 진술이 모순되든가 또는 부적절하여 독자가 스스로 해석을 해 야 하는 경우 7)한 진술이 근본적으로 모순되어서 저자의 정신에 원천적으로 분열이 있음을 나타내는 경우이다.

● 어조(tone)

작품 안에서 작중화자가 갖는 말씨, 목소리를 의미하는데 저자가 자기가 말하고 싶은 주제나 내용 등에 대해 어떤 태도와 입장을 갖 느냐에 따라 다양한 어조가 생기게 된다. 그러므로 어조는 말하는 사람의 태도를 나타낸다고 할 수 있으며, 작품의 전체적인 분위기 나 주제와도 밀접한 관계를 갖는다.

● 언어유희(pun)

흔히 동음이의라고 하는데 다른 의미를 암시하기 위한 말이나 다른 의미를 가진 같은 소리의 말을 해학적으로 사용하는 말장난, 말재롱 같은 것이다. 구체적으로 지적하면 1)두 개의 뜻을 가진 단 어의 사용 2)달리 표기되지만 같은 발음을 가진 두 단어의 뜻의 유 사성 3)똑같이 발음되고 표기되지만 같은 뜻을 가진 두 개의 단어 등을 포함하는 말재롱을 가리킨다.

● 역설(paradox)

일종의 공인된 의견에 반대되는 진술로서 언뜻 보면 모순 같지 만 실제로는 근거가 있는 진술을 의미한다. 이 때문에 역설은 겉으 로는 논리에 모순된 것 같지만 사실은 진실을 말하는 것으로 단순 한 말로 쉽사리 표현하기 어려운 삶의 복잡성을 표현하는 기법이라 고 할 수 있다. 현대시에 즐겨 사용하는 표현기법의 하나이다.

● 영감(inspiration)

시인이 시작을 할 수 있게 하고 또 계속하게 해주는 촉진 요소 라고 할 수 있는 정신적인 것을 말한다. 이 같은 시작의 촉진에 대 한 견해는 두 가지가 있는데 하나는 이 영감이 시인의 내부에서 발생되는 것이 아니고 외부와의 작용에서 일어난다는 것이고, 다른 하나는 시인 내부에서 일어나는 것이라는 견해다. 어느 쪽이든 이 문제는 오늘날에도 일종의 미스테리로 남아 해결의 이론이 나오지 못하고 있다.

● 외연(denotation)

언어의 사전적 의미 혹은 지시적 의미를 가리키는 것으로 일종의 과학적 기술이라고 할 수 있다. 객관적 표시의 정확성을 기하기 위해 과학자는 말의 개념을 엄밀히 규정하는 동시에 가능한 한 그 말의 함축성을 배제하고자 한다. 이는 시인이 사전적 의미를 배제하고 개인적이고도 창조적인 언어를 함축적으로 사용하는 내포적 언어와 대조적인 것이다.

● 원형(archetype)

어떤 사물이 가지고 있는 근원적인 상으로서 여러 구체적인 사물들이 한결같이 지니는 어떤 특성을 포괄하고 있는 기본적 표상이다. 즉 원시적이고 보편적이고 일반적인 여러 기본적인 특성을 내포하는 상황·사건·관계·대상·인물·행동·관념 등을 뜻한다. 그러므로 문학에서의 원형이란 개인적이거나 특수한 요소가 아니라 인류에게 보편적인 의미를 갖게 하는 것인데, 예를 들면 모든 영웅담에 나오는 공통적인 영웅상, 모든 연애소설에 나오는 공통적인 미인 등 보편성 있는 것이다. 융에 의하면 집단무의식에 녹아 있는 수 없는 경험의 잔유물(殘留物)이다.

● 의인법(personification)

사물이나 사람이 아닌 생물에게 사람과 같은 성질을 부여해서 표현하는 비유로, 무생물을 생물처럼 표현할 때는 활유라고도 한다. 직유나 은유와 함께 가장 오래된 비유법의 하나인데 역사적으로 보면 먼저 인간 이상인 신·영적 존재를 인격화하는 것이 발생했고 그 다음에 비인간적 존재, 무생물, 추상개념을 인격화하는 것으로 발달한 역사를 지니고 있다.

● 이미저리(imagery)

이미저리란 언어에 의해 정신에 생산되는 이미지군의 결합을 의미한다. 어떤 감각이건 언어로 호소하면 이미저리이고 이것이 감각 체험을 통해 상상력을 자극하여 상황을 생생하게 체험하게 해준다. 일반적으로 독자에게 가장 친근한 시각에 호소하는 것이 시각적 이미지, 청각에 호소하면 청각적 이미지로서 모든 감각기관에 따라 후각·미각·표피감각·기관감각 이미지로 불리는데 이것이 복합적으로 나타날 때 공감각적 이미지라고 한다.

● 이미지(image)

이미저리와 이미지는 그 어원이 이미지네이션으로 동일하다. 흔히 심상이라고 불리며, 사물로 그린 그림, 언어의 회화란 말로 해석된다. 이미저리와 같이 감각적 체험에 의해 마음속에 그려진 사물의 영상으로서 상상력에 의해 결합된다. 현대시의 중심을 이미지라고 할 정도로 절대적인 표출방법이 되고 있다.

● 이미지즘(imagism)

1912년경에 H. E. 흄, 에즈라 파운드 등을 중심으로 영·미 시인들이 일으켰던 시운동이다. 이들은 시에서 무엇보다도 이미지를 중요한 것으로 여겼으며 선명한 이미지를 보여주는 시들을 많이 썼다. 이미지즘의 근본 주장은 다음과 같은 것들이다. 1) 일상의 언어를 사용할 것, 그러나 반드시 정확한 말을 쓸 것, 너무 정확한 말을 피할 것 2) 모든 습관화된 표현을 피할 것 3) 새로운 기분을 표현하는 새로운 리듬을 창조할 것, 옛 기분을 반향할 뿐인 옛 리듬을 흉내 내지 말 것 4) 주제의 선택에 있어서 완전히 자유로울 것 5) 하나의 이미지를 제시할 것, 구체적인 사실을 정확히 보여주어야 하며 아무리 웅장하고 귀에 좋게 들리더라도 막연한 일반론, 추상론을 배제할 것 6) 견고하고 투명한 시를 쓸 것, 윤곽이 흐리던가 불명확한 시를 피할 것 7) 집약, 집중을 위해 노력할 것, 그것이 시의 정수임을 알 것 8) 완전한 진술이나 설명보다는 간략히 암시할 것.

● **자동기술법**(automatisme)

초현실주의에서 즐겨 쓴 시와 회화의 중요한 기법으로서 의식이나 의도가 없이 무의식적 세계를 무의식적 상태로 대할 때 거기서 솟구쳐 오르는 이미지를 그대로 기술하는 법이다. 부르통에 의해 창시된 의식의 제약이나 의도성이 배제됨으로써 무의식의 또 다른 새로운 세계를 창출해내는 작용을 한다.

● **자유시**(free verse)

일정하고 형식적인 운율에서 벗어나 연상율(聯想律)에 근간을 둔 자유로운 리듬에 의하여 씌어진 시를 총칭하는 용어다. 현대적 의미의 자유시는 19세기 미국의 휘트먼에서 시작되어 프랑스의 상징주의자들에게 영향을 끼쳤고, 영국의 홉킨즈의 「스프렁 리듬 Sprung Rhythm」이 20세기 자유시의 효시가 되었다. 우리 나라의 경우는 최남선이 실험한 신체시가 기존의 정형률에서 벗어나려는 시도를 보여 주었으며, 1910년대 후반부터 활동한 주요한, 황석우, 김억 등에 의해 본격화되었다.

● **전경화**(foregrounding)

러시아 형식주의자들이 주장한 용어로 시에 있어서 일상적인 어법을 후경(後景)으로 하고 시적 어법을 전경에 노출시키면서 전경과 후경의 충돌을 통해 시적 감동을 고조시키는 기법이다. 이때 전경에 등장한 시어에서 낯설음을 강하게 느끼게 한다. 일종의 긴장·충돌·아이러니·역설의 시학과 같은 수법이라 할 수 있다.

● 전이(transferense)

시는 사물을 재생시키거나 재생된 것을 해체시켜 새롭게 창조하는 문화적 행위다. 이러한 창조를 위해 인간을 사물화하기도 하고, 사물을 인간화하기도 하고 심지어는 사물이나 인간 자체를 변용하기도 한다. 이렇게 새로운 사물로 변형시키는 시적 창조를 전이라 한다.

● 절대 심상(絶對 心象)

순수 사물 이미지만을 추구하거나 관념의 이미지화를 모두 거부하고 무의미한 기호로 남거나, 전체적 논리성이나 관련성을 거부하고 서로가 병치적인 상태에서 어떤 심리적 분위기만을 드러내려는 경향을 절대 심상이라 한다.

● 정서(emotion)

희로애락처럼 격렬하고 강하지만 폭발적으로 표현되어 오래 지속되지 않는 감정을 정서라고 한다. 타오르는 듯한 애정, 강렬한 증오 등이 이에 속한다. 이에 비해서 약하기는 하지만 표현이 억제되어 비교적 오래 지속되는 감정은 정취(情趣)라고 한다. 공포는 정서이며, 걱정과 불안은 정취이다. 격노(激怒)는 정서이지만, 상대방에 대한 불유쾌한 생각은 정취이다. 그렇기는 하지만 요즈음 일상어에서는 정서와 정취를 구별하지 않는 것은 물론 흔히 감정 대신 정서를 사용하는 경향이 있다. 국민정서니, 지역정서니 하는 것처럼 정서는 문화적 풍토, 심정적 경향 등을 모두 이르는 용어가 되어 있다.

● 정조(sentiment)

가치 의식이 가해진 안정적이고 영속적인 감정으로 문화적 원인에서 생긴다. 예술적 정조, 도덕적 정조, 과학적 정조, 종교적 정조 등이 있는데 일정한 문화가치를 가진 사물에서 일어나는 여러 가지 감정이 통합된 것으로 보편적이라기보다는 문화에 따라 다르게 나타난다.

● 주정시(emotion poetry)

인간의 감정이나 정서를 위주로 한 시로서 지성보다는 감성을 중시·강조하는 창작태도와 경향의 시를 말한다. 이미지의 조소성이나 직관은 경시되는 반면 격정이나 정열을 중시한다. 낭만주의 시는 이러한 주정시를 대표한다.

● 주지시(intellectual poetry)

주정시가 감정이나 정서를 중시한 것과는 달리 지성을 기반으로 창작되는 시로서 위트·역설·해학·풍자·아이러니를 사용하여 제작하는 시라고 할 수 있다.

● 죽은 비유(dead metaphor)

비유가 독자의 관심과 흥미를 끄는 충격을 주지 못하고 일상적으로 사용하는 한계 이상이 될 수 없는 비유를 의미한다. 예를 들면 '반달 같은 눈썹'이라든지, '앵두 같은 입술' 혹은 '입시지옥'이나 '교통지옥' 같은 비유이다.

● 중층묘사(multiple description)

같은 내용을 추상적 차원과 감각적 차원으로 교차시켜 입체적으로 표현하는 기법을 중층묘사라 한다. 일종의 관념적인 인식과 감각적인 표현이 대비되는 서술방식이라고 할 수 있다.

● 참여시(參與詩)

현실에 입각해서 시대와 상황의 문제를 제시한 시를 말하는데 이러한 참여의 근저를 이루고 있는 것은 문학도 인간의 보다 나은 삶을 위해 기여해야 한다는 문학관이라고 할 수 있다. 따라서 인간의 고통이나 사회의 구조적 모순을 단순히 묘사하는 데서 그치는 것이 아니라 극복·개선해야 한다는 인식에서 비롯된다. 한국에서는 일제 강점기 시대 카프문학이나 6·25 이후 현실비판·체제에 대한 저항 등으로 활발히 전개되어 왔다. 다만 참여란 이름으로 목적문학이 되어서는 안 된다는 시적 자각을 요구하기도 한다.

● 초현실주의(surrealism)

제1차 대전 후 합리주의와 자연주의에 반대하여 비합리적 인식과 잠재의식의 세계를 추구, 표현의 혁신을 꾀한 전위적 예술운동으로 프랑스를 중심으로 활동하였다. 초현실주의는 심미적인 혹은 윤리적인 관심을 비롯한 모든 선입견에서 벗어나 자동적으로 사고를 기록하려는 노력을 했다. 초현실주의자는 의식의 세계와 무의식의 세계 사이의 구별을 제거함으로써 데카르트 이성의 전통을 뿌리 뽑으려고 했다. 말하자면 시적 상상력으로 인간 이성을 해방시키고자 했던 것이다.

● 패러디(parody)

다른 사람의 작품이나 문체, 구절, 제재 등을 모방하여서 내용이 전혀 다른 것을 표현함으로써 외형과 내용에서 오는 부조화, 이로 인해 얻어지는 해학, 풍자를 나타내는 방법이라고 할 수 있다. 그리스어 'paradia'에서 온 것으로 'para'는 대조와 대비의 의미도 있지만 일치와 친밀성의 의미도 있어 조롱의 효과를 산출하는 희극의 패러디뿐만 아니라 진지한 형태의 패러디도 포함된다고 보아야 한다.

● 퍼소나(persona)

   퍼소나는 배우의 가면을 의미하는 라틴어 퍼소난도(personand)에서 유래한 연극의 용어였는데 문학에서, 특히 시에서는 시의 화자를 가리킨다.

● 포스트 모더니즘(post modernism)

   포스트 모더니즘은 확정된 것은 아무 것도 없다는 특징적인 시대인식 아래 전통적인 미학과 장르와는 전혀 다른 문화적 논리를 바탕으로 하고 있는데 그 특징으로는 단편화, 미학적 대중주의, 탈정전화, 혼성모방, 의미의 해체, 퍼포먼스와 참여에 대한 강조를 들 수 있다. 용어에서도 알 수 있듯이 포스트 모더니즘은 모더니즘이 끝나는 곳에서 출발했다기보다는 모더니즘으로 표현할 수 없는 것을 표현하는 것이라 할 수 있다.

● 해체시(解體詩)

   해체시는 이제 모더니즘과 언어는 더 이상 공존할 수가 없다는 언어에 대한 불신에서 출발한다. 형이상학이나 이념의 지배, 선과 도덕과 같은 지배문화에 예속된 내용물은 쏟아버리고 그 껍질인 언어체, 현상의 표면체만을 남긴다는 언어인식에서 비롯된 것이다. 해체의 방법으로 언어의 희화, 패러디는 물론 비속어·욕설과 같은 하위개념의 언어를 동원하기도 한다.

● 형이상학적 시(metaphysical poetry)

   랜섬은 시를 세 유형으로 분류하였다 첫째 형이하학적 시로 유형적인 사물만을 다루어 그 밖의 것을 배제하려는 시, 둘째 플라톤적 시로서 관념만을 다루어 선전에 이바지하고자 하는 시, 셋째, 형이상학적 시로서 시를 본체론적 관점에서 인식이라고 여기는 시이다. '형이상학적'이라는 용어는 드라이든이 존 던의 시를 보고 "형이상학을 즐겨 사용하였다"고 한 말에서 비롯되었다. 존 던의 시는 위트, 역설, 언어유희, 독특한 비유 등을 특징으로 하고 있는데 존 던이 시도한 형이상학적 특징들(기습전술, 거친 어법, 극적 형식, 생생한 목소리의 리듬 등)은 재미있으나 교묘하고 괴팍스러워 난해한 시로 받아들여진다. 제 1차 세계대전 뒤에 존 던을 위시한 일련의 시인들을 '형이상학파 시인들'이라고 부른다.

● **환상**(fantasy)

다소 막연하게 사람의 잠재의식의 표현을 일컫는다. 문학의 한 수법으로서의 환상적 방법은 외부 사실을 잠재의식의 요구에 따라 일그러뜨린 것이든가 비합리적인 연상작용을 자극하는 심상, 낱말, 리듬의 배열, 병치 등을 말한다. 환상은 일반적으로는 실제 경험상의 사실에서 자유롭게 풀려난 유희적 정신작용으로 풀이된다. 문학사조상 반사실주의적 경향에 속하는 것이다. 표현주의나 초현실주의의 기법과 환상적 기법은 상통하는 점도 있지만, 가장 큰 차이점은 환상적 수법이 훨씬 자유분방한 유희정신을 가진다는 점이다.

찾아보기

1. 인 명

ㄱ

강계순 273
강남주 182
강연호 138
강윤후 140
강은교 107
강희안 66, 249
게이찌(伊藤桂一) 80
구상 154
구영주 108, 260
국효문 249
권환 13
궤린 167
김광규 176
김광균 74, 87, 88, 112, 125
김광림 126
김광섭 193, 245
김규화 120, 206

김기림 195
김대규 253
김동수 248
김명수 309
김명원 141
김석환 226
김소월 77, 183, 234, 241, 245
김수영 45, 46, 50, 51, 52, 152, 177
김영남 225
김영랑 75
김영석 138, 220, 308
김용언 248
김용재 235, 247
김윤성 94, 222, 251
김은철 140
김종삼 132
김종해 302
김지향 207
김춘수 51, 134, 160, 226, 227
김현승 104, 199
김후란 111

나태주 255

두보(杜甫) 68
뒤 마르세 138

러스킨 84
로츠 70
리처즈 38, 39, 115

마광수 122
모윤숙 249
무카로프스키 59
문덕수 22, 92, 116, 150, 226, 232,
    239, 248, 270
문충성 291
밀턴 49

바슐라르 96
바흐친 187
박남수 , 108, 112, 230, 231

박두진 83, 166, 245
박명용 104, 129, 173, 182, 184
박목월 33, 68, 112, 203, 229, 241,
    245
박봉우 294
박용래 75, 238
박운식 143
박이도 120, 211
박재삼 109, 246
박제천 173, 209
박진환 188, 190, 191, 236
박혜숙 219
변영로 120
브라우닝 44
브룩스 43, 182
빅토르 어얼리치 186

사르트르 54
서정주 18, 24, 31, 48, 59, 75, 111,
    112, 162, 164, 250, 264
서정학 126
성찬경 224, 271
성춘복 110, 275
셰익스피어 80
셸리 80
소포클레스 177
손종호 66, 127, 312
송수권 288
송욱 136, 190, 268
쉬클로프스키 57
신경림 24, 29, 213, 258
신달자 286

신동엽 172, 249
신석초 276
신진 137, 143, 208, 289

ㅇ

아리스토텔레스 63
안도현 143
앙드레 브르통 96
양문규 218
양애경 202
양왕용 124
양채영 159
엘리아데 62
엘리어트 53, 91, 194, 195, 198, 242
엠프슨 44
오규원 132, 134
오세영 64, 118, 196, 205, 223, 280
왕닝유(王宁宇) 89
울만 43
워렌 63, 98
원구식 311
웰렉 63, 98
윈체스터 84
유치환 215
윤동주 112, 163, 243
윤석산 249
융 165, 167
이탄 295
이건청 184, 282
이동주 112
이백 67
이상 45, 47
이상옥 131, 212, 250

이성선 248
이승하 217
이승훈 113, 133
이운룡 65, 249, 259
이유경 117
이육사 148
이은봉 108, 250
이장희 68
이태수 143
이형기 26, 93, 103, 135, 140, 179, 265
임강빈 248
임영조 233, 303
임제 189
임화 13

ㅈ

장정일 180
전봉건 51, 106, 140, 267
정몽주 73
정의홍 157
정지용 87, 110, 145, 243, 245
정진규 93, 127, 133
정철 73
정한모 101, 112
정현종 219
정호승 305
제임즈 84
조병무 138, 199
조병화 158, 248
조석구 256
조인자 221
조정권 283

조지훈 112, 183, 241
조창환 124, 130
조향 118
존 러스킨 79

채수영 139
채트먼 204
최남선 231
최문자 216, 254
최승호 127
최원규 133
최하림 139, 298

코울리지 80, 84, 87
퀸틸리아누스 140
키이츠 41
킬머 82

테니슨 41
틴덜 150

퍼소나 46
페이터 63

포프 58
푸쉬킨 60
프라이 114, 167
프레밍거 115
프레이저 165
프로이드 52, 167

하이데거 56
하일 187
하현식 290
한성기 164, 269
한용운 155
한하운 76
해즐리트 80
허영자 239, 277
허형만 64, 137, 210, 250
홍문표 167
홍사용 167
홍신선 236, 279
홍희표 111, 136
황명 293
황금찬 248
황동규 250
황지우 107
휠라이트 130, 163, 167
흄 53, 79
흐루쇼브스키 63

2. 작품

「가는 길」 227
「가랴거든 가거라」 13
「가시리」 73
「가을(1)」 239
「가을날」 126
「가을에」 112
「가정」 68
「갈대」 83
「강(江)·2」 166
「강강술래」 112
「강설(降雪)」 93
「개봉동의 비」 132
「갯메꽃」 218
「거석상(巨石像)」 159
「거울」 286
「고추를 따면서」 117
「고향」 211
「광야」 148
「구경꺼리」 182
「구름의 테마 II」 113
「구약(舊約)」 184
『구약성서』 184
「국군은 죽어서 말한다」 249
「국화 옆에서」 31, 241
「그릇·1」 223
「그릇·2」 64
「그리스도 폴의 강(江) 33」 154
「금잔디」 245
「기상도」 195

「길 잃은 노끈」 232
「길음동 산언덕의 별」 250
「깃발」 215
「까마귀떼 나는 보리밭」 137
「껍데기는 가라」 172, 249
「꽃」 45, 131, 160
「꽃병」 270
「꽃을 위한 서시(序詩)」 160
「꽃이라면 좋겠다」 254

「나그네」 112, 241
「나는 거기에 없었다」 220
「나는 바퀴를 보면 굴리고 싶어진
다」 250
「나는 왕(王)이로소이다」 167
「나는 왜 비속에 날뛰는 저 바다를
언제나 바다라고만 부르는 걸까」
249
「나를 떠나 보내는 강(江)가엔」 275
「나무」 82
「나의 하나님」 134
「나이팅게일」 41
「나이팅게일을 위한 오드」 42
「낙과(落果)」 23
「낙화」 26
「난(蘭)」 123
「낮잠에서 깨어나보니·5」 222
「내가 나 될 것은」 212
「내가 생각에 잠긴 도시를 방황할
때…」 60
「내란(內亂)」 302
「너는」 127

「네 사중주(四重奏)」 198
「논개」 120
「눈」 45, 46
「눈과 눈」 106
「눈길」 29
「눈물」 224, 251
「님의 침묵」 11

「다른 것이 되고 싶다」 236
「다시 나의 시(詩) 5」 124
「단식(斷食)」 308
「단심가」 73
「닮은 꼴 찾기」 250
「대전에 가면」 108
「데상」 88
「도량석」 108
「도이체 이데올로기」 164
「돈 이야기」 188
「돌」 226
「돌베개의 시(詩)」 140
「동천」 75
「둑길·1」 24
「들리는 소리」 51
「등나무 아래」 140
「등나무 아래에서」 248
「등나무가 내 목을 비튼다」 225
「DJ 풀이」 190
「땅에 꿇어 앉아」 64
「또 다른 고향」 112

「말」 50
「멍,멍…머엉…」 143
「모순(矛盾)의 흙」 205
「목수(木手)의 노래」 303
「목포에서」 137
「몸살 이후」 235
「몽금포타령」 73
「묘비명」 176
「무등(無等)」 107
「무제(無題)」 251
「문둥이」 59, 112
「밀물」 65
「밀양 아리랑」 73
「밀어」 18, 226

「바다 갈매기·5」 120
「바다」 87
「바다·2」 145
「바다는」 138
「바다의 층계(層階)」 118
「바람 불다」 295
「바위」 141
「박타령」 187
「밤에 핀 난초꽃」 250
「백양나무 푸른 아래」 66
「뱀」 127
「뱀사골 이무기」 136
「벽(壁)」 116
「별은 다정해」 202

「별의 눈을 가진 다섯개 손톱」 283
「병실부근·2」 206
「복어알」 208
「볼레로」 130
「봄 태안사」 139
「봄꽃이 꿈처럼 휘날린다」 219
「봄날」 118
「봄은 고양이로다」 68
「봄이 오는 바다」 221
「부서져라, 부서져라, 부서져라」 41
「부처는 반눈 뜨고 세상을 본다」 249
「북천이 맑다거늘」 189
「분수(噴水)」 293
「불국사(佛國寺)」 229
「비 갠 여름 아침」 193
「비」 110, 111, 245
「비(碑)」 173
「비오는 날」 265, 266
「비유(比喩)를 나무로 한 나의 노래는」 279
「빈 자리」 111
「빈약(貧弱)한 올페의 회상(回想)」 298
「빗소리」 259

「사랑」 122, 196
「사모곡」 277
「사미인곡(思美人曲)」 73
「사진」 133
「산소묘제 6」 24
「산문(山門)에 기대어」 288

「산에 가면」 109
「산유화」 234
「새」 104, 230
「새벽·3」 101
「새벽바다」 92
「새와 함께」 209
「생명(生命)·1」 291
「서울로 가는 전봉준(全琫準)」 143
「석녀(石女)들의 마을」 103
「선사(禪師)의 설법(說法)」 11
「선(線)에 관한 각서(覺書)」 49
「선운사 동구」 24
「설야」 74, 125
「성(性)」 52
「성북동 비둘기」 245
「세모에」 233
「세번째 녀(女)」 173
「속의 바다 11」 51
「속의 바다 12」 51
「손수건」 55
「수도 워싱턴의 초겨울」 120
「순수(純粹)」 199
「숲에서 폭우 만나다」 217
「승무(僧舞)」 183, 241
「시제 1호(詩第 1號)」 251
「시제 2호(詩第 2號)」 252
「시학사전」 115
「신록(新綠)」 94
「실명」 216
「실제(失題)」 252
「심지를 끼울까요」 133
「12월」 138
「십자가」 163
「쑥을 보며」 199
「쓰러진 황산(黃山)의 소나무」 89

「쓸쓸한 뫼앞에」 75

「아가(雅歌)」 147
「아프리에 환상(幻想)」 132
「아침 숲에서」 248
「아침 이미지」 112
「아파트 묘지」 180
「안개」 126, 150, 312
「안테나는 단풍들지 않는다」 249
「알 수 없어요」 155
「애국가」 71
「어느 날의 초상화」 182
「어둠속 안개」 251
「어머니」 210
「어우야담(於于野談)」 282
「여름 이사」 236
「여운」 112
「역(驛)」 269
「연꽃을 기다리며」 249
「오감도(烏瞰圖)」 47, 251
「오디푸스 왕」 178
「외인촌」 112
「외짝 군화」 22
「용촌리 소식」 247
「우박」 133
「원」 268
「월식(月蝕)」 309
「유리창」 110
「6백만 불의 인간」 179
「의자 · 7」 158
「이 세상의 말씀 중에서」 253

「이런 인간(人間) · 2」 239
「이름 바꾸기」 191
「이미지스트 시집」 99
「이상한 마을」 207
「이승과 저승이 따로 없을 것도 같
았다」 249
「이율배반(二律背反)」 184

「자동판매기」 127
「자유로운 결합(結合)」 96
「자전(自轉)1」 107
「자화상 2」 238
「잠깨는 추상(抽象)」 280
「잠자리에 들면서」 248
「장마」 93, 109
「장미(薔薇)」 268
「장미원」 289
「장시(長詩) 1」 177
「저녁 한때」 255
「저녁눈」 75
「제비꽃」 141
「적」 51
「절대신앙」 104
「절망(絶望)」 51
「J. A. 프루프록 연가」 195
「존재와 무」 54
「종(鍾)」 290
「종달새」 231
「좋은 풍경」 219
「죽음」 227
「진달래」 140
「진달래꽃」 77, 241

「짖기」 143
「찔레꽃 옆에서」 248

「차단」 164
「찬란한 열반」 256
「참외」 157
「첨성대(瞻星臺)」 305
「첫눈」 129
「청산별곡」 71
「초혼(招魂)」 17
「추일서정」 87, 112
「추천사(鞦韆詞), 향단(香丹)의 말 1」 162
「추포가(秋浦歌)」 67
「춘망(春望)」 68
「측량사」 226
「침묵(沈默)」 270, 271

「탑(塔)」 311
「태초(太初)의 아침」 243
「투사 삼손」 49

「파랑새」 76
「폐광」 24, 258
「폐역(廢驛)」 213
「포장마차 아저씨의 얼굴」 250

「폭포」 135
「푸리슴」 271
「풀」 152
「풀잎과 앉아」 248
「풍경화」 273
「피사리 2」 143

「하관(下棺)」 203
「하여지향(何如之鄕)」 190
「한 여름밤의 꿈」 80
「한 톨 씨앗처럼」 66
「한림별곡」 71
「한밤중」 226
「한약방」 260
「해」 245
「해마다 6월은 와서」 248
「해마다 봄이 오면」 248
「해방, 푸른빛 아래서」 139
「해(海)에게서 소년(少年)에게」 231
「해인연가(海印戀歌)」 136
「향수(鄕愁)」 243
「헌시(獻詩)」 13
「현상 실험·1」 134
「호루라기」 108
「혼자 사는 집」 110
「홍련암 파도 소리」 138
「화사(花蛇)」 48, 111, 162, 264
『황금의 가지』 165
「황무지(荒蕪地)」 241
「휴전선(休戰線)」 294
「흥부부부상(夫婦像)」 246

오늘의 현대시작법

1판 발행   2003년 3월 5일
2판 발행   2008년 3월 15일

지 은 이   박 명 용
펴 낸 이   한 봉 숙
펴 낸 곳   푸른사상사

출판등록   제2-2876호
주   소   100-193 서울시 중구 을지로3가 296-10 장양빌딩 701호
전   화   02) 2268-8706-8707
팩시밀리   02) 2268-8708
이 메 일   prun21c@yahoo.co.kr / prun21c@hanmail.net
홈페이지   prun21c.com
편집 ● 심효정 / 지순이 / 이선향 / 김조은
기획/영업 ● 김두천 / 한신규

ⓒ 2008, 박명용
ISBN 978-89-5640-613-8-93810

정가 17,000원